NICOLA CORNICK

Lady Secret

BestSellers

Titre original : UNMASKED

Traduction française de BLANCHE VERNEY

Photo de couverture
Femme : © ARCANGEL / YOLANDE DE KORT / PLAINPICTURE

83/85, boulevard Vincent-Auriol, 75646 PARIS CEDEX 13.
Tél : 01 42 16 63 63
Service Lectrices — Tél. : 01 45 82 47 47
www.harlequin.fr
ISBN 978-2-2802-2441-3 — ISSN 1248-511X

Je dédicace ce livre au Yorkshire, terre de mes ancêtres, dont les paysages sauvages et merveilleux m'ont largement inspirée…

Prologue

Londres, avril 1805.

Langage des fleurs — Valériane : Dissimulation.

Le major Nick Falconer observa son reflet d'un œil critique dans le miroir de l'entrée de la résidence londonienne du marquis de Kinloss.

— Ce qu'il ne faut pas faire pour l'Angleterre !

Le marquis n'était pas en ville, ce qui, au goût de Nick, n'était pas plus mal. Son grand-oncle était notoirement très à cheval sur les principes et il aurait pu à bon droit s'offusquer de l'accoutrement de son héritier.

Nick se tourna vers le jeune homme nonchalamment appuyé à l'un des piliers de marbre, qui le regardait d'un œil assez moqueur.

— Qu'est-ce que vous en dites, Anstruther ?

— Mon Dieu, major, je vous trouve… oui, presque choquant. Les rubans et la mouche étaient vraiment une bonne idée, tout comme le parfum.

Nick eut un rire bref.

— Et la jaquette ? Quasiment décadente, non ?

— Pire, répondit Anstruther avec un sourire.

Pardonnez-moi de le dire, mais elle dénote des penchants plutôt douteux. Mon pauvre père aurait dit que vous avez l'air d'une folle…

— Je fais de mon mieux.

Nick prit son chapeau, une charmante chose avec un large rebord et un plumet orange.

— Cet endroit où vous vous rendez… ce club…

— La Poule et Le Vautour…

— C'est cela…

Anstruther paraissait vaguement embarrassé.

— Est-ce que c'est vraiment un de ces endroits… enfin… où des hommes… et même des femmes…

— Se travestissent parfois ? C'est ce que je me suis laissé dire…

Nick sourit.

— Un endroit bien trop scandaleux pour un garçon rangé comme vous…

— Des hommes habillés en femme, murmura Anstruther d'un air dégoûté. Qu'est-ce que cela peut bien avoir d'attirant ?

— Je suppose que tout l'attrait de la chose est dans l'ambiguïté. L'endroit est également fréquenté par quelques-unes des plus belles courtisanes de Londres. Vous voyez donc qu'il y en a pour tous les goûts…

— Mon Dieu, tout cela est aussi peu britannique que possible, dit le jeune homme, qui semblait réellement scandalisé.

— Estimez-vous heureux de ne pas être obligé de m'accompagner, Anstruther…

Nick regarda son compagnon, d'une sobre élégance dans son habit noir de soirée. Dexter Anstruther lui avait été adjoint sur ordre du secrétaire d'Etat à l'Intérieur en personne. C'était un jeune civil, diplômé d'Oxford depuis un an seulement, mais intelligent, diplomate et travailleur. De plus la mission actuelle de Nick, qui était de freiner les ardeurs excessives de son propre cousin, le comte de Rashleigh, requérait l'assistance d'un adjoint d'une absolue discrétion. Dexter Anstruther, malgré son jeune âge, était l'homme de la situation.

— Comment vous habilleriez-vous, si vous deviez visiter La Poule et Le Vautour, Anstruther ?

— Eh bien, mais… comme un gentleman anglais, je suppose, répondit-il en regardant la tenue colorée de Nick avec une sorte de réprobation horrifiée. Pas comme… le personnage que j'ai devant moi, sauf votre respect, major. Que dirait lord Kinloss, s'il venait à apprendre… ? Il en aurait une attaque. L'héritier d'un marquis dans une maison… enfin… un mauvais lieu…

— Je croiserai probablement quelques pairs du royaume dans l'établissement en question, répliqua calmement Nick. Alors, je serais bien surpris qu'on m'y montre du doigt.

Anstruther secoua la tête, pas convaincu.

— Avec la réputation qui est la vôtre, major, il est vraiment étrange de vous voir accoutré ainsi.

— Mon cher, je vous remercie mille fois de me la reconnaître, mais il se trouve que j'ai aussi la malchance d'être le cousin de Rashleigh.

— Et l'un des hommes les plus braves d'Angleterre, fine lame, excellent tireur au pistolet, assidu à la salle de boxe du grand « Gentleman Jackson », compléta le jeune homme avec une admiration non feinte.

Nick sourit.

— Vous êtes trop bon. Mais plus sérieusement, Anstruther, lord Hawkesbury sait pertinemment qu'il s'agit pour moi d'une affaire de famille, bien que je déteste mon cousin.

Il pencha la tête sur le côté et montra le faux grain de beauté de mousseline noire qu'il avait collé sur sa joue.

— Et la mouche, demanda-t-il. Ce n'est pas un peu trop ?

Anstruther soupira.

— Vous avez l'air d'une tenancière de maison close, major.

— C'est l'effet recherché.

— Lord Hawkesbury dit que c'est une affaire très délicate, fit remarquer Dexter en dansant d'un pied sur l'autre, comme s'il était gêné de se trouver dans la même pièce que quelqu'un qui portait une tenue aussi équivoque. Il a même dit que « cette histoire pourrait bien ébranler les fondements de notre société ».

— Oui, elle est diablement délicate. Vous savez que mon cousin Rashleigh a emprunté des sommes astronomiques à toute l'aristocratie de ce pays, Anstruther. Il s'attaque aux rejetons des plus vieux noms d'Angleterre, pourvu qu'ils soient riches et peu surveillés. Et à présent que cela se sait, il y a une ligne de comtes et de barons d'Aberdeen jusqu'à Anglesey qui rêvent de l'envoyer tout droit en enfer. Lord Hawkesbury veut qu'il lui soit clairement délivré un avertissement ce soir même et que l'argent soit entièrement remboursé avant que l'un de ces pères, ou pairs si vous me permettez ce mauvais jeu de mots, ne le tue.

Nick s'interrompit en songeant qu'en d'autres temps, Dexter Anstruther aurait pu faire partie de ses victimes ; le père du jeune homme, quoique roturier, venait d'une famille honorablement connue et il avait été riche, avant de dilapider son héritage dans les salles de jeu.

— J'ai toujours entendu dire que c'était un noceur, approuva Anstruther. Je m'en excuse, car il est votre cousin, mais il est tout à fait infréquentable.

— Mon cher, à qui le dites-vous ? répondit le major sur un ton bienveillant. Je n'ai jamais pu le supporter une seconde. Il vient d'ailleurs d'une branche tout à fait détestable de ma famille : les frères de ma mère rivalisent volontiers d'abjection.

— Fâcheux tout de même qu'il vous faille vous rendre dans ce… club, pour le rencontrer. Avez-vous essayé de lui rendre visite chez lui ?

Nick rit avec indulgence.

— Si fait ! Il n'a pas voulu me recevoir. Nous ne nous sommes pas parlé depuis des années et la dernière fois, il m'a solennellement maudit parce que je refusais de lui prêter de l'argent.

— Dommage qu'il soit un habitué de La Poule et Le Vautour, plutôt que du White's, vous auriez au moins pu passer une bonne soirée.

— Rashleigh y est persona non grata depuis belle lurette, pour y avoir abusé de son crédit.

— On ne peut décidément pas se fier à lui.

Une fois de plus, Anstruther se mit à danser d'un pied sur l'autre, comme si cette conversation même le gênait.

— Lord Hawkesbury dit qu'il a été détroussé à son tour par l'une de ses maîtresses, il y a quelques années.

Il paraît que toute la bonne société en a fait des gorges chaudes.

Les lèvres de Nick se pincèrent légèrement.

— Exact. C'était une Russe. Rashleigh avait une propriété en Russie, héritée de sa grand-mère. Il s'est même vanté devant moi d'avoir vendu ses serfs un très bon prix.

Sa bouche se tordit un peu, de dégoût cette fois.

— Je crois que c'est là que j'ai commencé à le haïr.

Sa voix s'était durcie. Anstruther le regardait avec un air surpris, mais Nick n'épilogua pas. Il avait passé sa vie d'adulte dans l'armée, à se battre pour des principes auxquels il croyait. Son code moral personnel était de fer et plus encore depuis que sa femme était morte, de mort violente, trois ans auparavant. Son cousin, lui, considérait les êtres humains comme des marchandises que l'on pouvait vendre et acheter, comme si leurs âmes, au reste, ne valaient rien. Il écrasait les faibles et les pauvres sous ses talons rouges de prétendu aristocrate. Rashleigh riait au nez des réformateurs et prétendait que ceux qui, en Russie, voulaient abolir le servage étaient des imbéciles. Ce qui faisait de lui, dans l'échelle des valeurs de Nick, l'échelon immédiatement inférieur à celui de la fange.

— Bon, dit-il à Anstruther, coupant court à ses pensées. J'y vais.

Il inclina son chapeau d'un air canaille.

— Bonne chance, major. Vous êtes sûr que vous ne voulez pas que je vous accompagne ?

— C'est une offre généreuse et je vous en remercie.

Mais dans cette tenue, vous tomberiez, si vous me passez l'expression, comme un cheveu sur la soupe.

Il donna au jeune homme une tape amicale sur l'épaule.

— Je vous verrai tout à l'heure. Quand je serai sûr de pouvoir affirmer à Lord Hawkesbury que la mission est accomplie.

Il sortit sur ces mots. Dehors, une fraîche brise d'avril chassait les nuages et dégageait le Clair de Lune. Nick s'installa sur la banquette d'un fiacre qui se mit en route tandis qu'il observait distraitement le paysage urbain défiler devant la portière. Il n'avait que peu de goût pour le spectacle qui l'attendait dans ce bouge et moins encore pour la perspective d'y rencontrer son cousin. Ce dernier n'avait fait que semer le trouble depuis le jour de sa naissance et si Nick avait accepté la mission que lui avait confiée le secrétaire d'Etat, c'était uniquement pour le bien de sa famille. Anstruther avait raison : M. lecomte de Rashleigh était la lie de l'humanité.

Le fiacre s'arrêta dans un grincement de roues. Nick poussa un soupir résigné et sauta à terre, en retenant son chapeau au plumet ridicule, afin que le vent ne le lui enlève pas. Il n'avait sans doute jamais porté un accoutrement plus éloigné de son uniforme habituel.

Vu de l'extérieur, La Poule et Le Vautour ressemblait à n'importe quel bouge du quartier de Brick Hill. Les volets étaient clos, mais l'on devinait, derrière, la lueur tremblotante des chandelles, on sentait jusque dans la rue les odeurs de tabac et d'alcool, on percevait les rires et les voix criardes des clients. Nick carra ses épaules ; il avait connu bien des aventures au cours de sa carrière au 7e dragon de la Garde, mais aucune ne ressemblait à celle-ci.

Il poussa la porte.

A l'intérieur, il faisait si sombre que durant quelques instants, il n'y vit rien du tout. Puis ses yeux s'accommodèrent à la pénombre et il chercha un coin tranquille, pour finalement s'asseoir sur un banc, derrière une table tachée par les ronds de verre. En dépit de la réputation déplorable de l'établissement, il n'y avait apparemment là que deux travestis. L'un d'eux arborait un corset brodé de dentelles, à manches de satin et une impressionnante robe à traîne. Il portait une perruque poudrée, des boucles d'oreilles et une mouche à côté de laquelle celle de Nick faisait pâle figure. L'autre était le serveur, un jeune homme qui aurait pu aisément passer pour une fille. Il déposa un pot de bière sur la table avec un sourire engageant, qui s'élargit encore lorsque Nick déposa dans sa main le prix de la consommation, ainsi qu'un généreux pourboire.

Nick jeta un coup d'œil autour de lui. A première vue, Rashleigh n'était pas encore arrivé. Il avala une gorgée de bière. Elle avait le goût d'eau sale et il reposa bien vite la chope sur la table. Si les boissons étaient toutes d'aussi mauvaise qualité, la soirée promettait d'être bien morne. Il croisa alors le regard d'une femme seule, masquée, qui portait une robe mauve très ajustée. Comme lui, elle était assise dans un coin sombre et semblait attendre quelqu'un. Elle soutint son regard un long moment et, en dépit du lieu, en dépit de l'accoutrement équivoque de Nick, propre à faire douter n'importe qui de l'orthodoxie de ses mœurs, quelque chose de très violent passa entre eux, au point qu'il en ressentit comme un coup au creux l'estomac.

L'inconnue se leva et traversa nonchalamment la salle pour venir s'asseoir près de lui.

— Bonsoir, chéri, lui dit-elle d'une voix chaude et indiscutablement féminine.

Nick se mit à réfléchir rapidement. En montrant clairement son intérêt pour cette fille, il s'était évidemment désigné comme un client potentiel. Les « créatures » qui fréquentaient ce genre d'endroits ne le captivaient guère, d'ordinaire, mais mieux valait feindre de s'intéresser à celle-ci pour ne pas trop attirer l'attention. Cela dit, elle était si jolie que Nick n'avait pas vraiment à jouer la comédie.

Depuis trois ans qu'il était veuf, il n'avait pratiquement regardé aucune femme. Anna avait été son amour d'enfance et, très tôt, le mariage avait été arrangé par les deux familles. La cérémonie avait eu lieu dès que Nick eut atteint vingt et un ans. Il espérait alors vivre heureux avec Anna… Hélas, la réalité avait été quelque peu différente. Sa jeune épouse était trop délicate pour le suivre dans ses affectations et Nick, lui, souhaitait servir à l'étranger, si bien qu'ils avaient vécu le plus souvent séparés. Il avait bien essayé de se persuader que ce n'était pas grave, que son mariage était plus solide que bien d'autres, mais il savait, au fond, que quelque chose n'allait pas. Cela aurait pu continuer néanmoins, vaille que vaille, si un vol à la tire, en plein Londres, n'avait pas mal tourné. Son épouse y avait perdu la vie et Nick avait dû faire face à sa culpabilité, à ses manques. Le chagrin l'avait submergé, non seulement à cause de la mort d'Anna, mais aussi pour tout ce qui aurait pu être et ne serait jamais. L'éloignement et l'impuissance le rendirent à demi fou de douleur, d'autant que le temps qu'il reçoive la nouvelle et rentre en Angleterre, il n'avait pu lui faire ses adieux.

Depuis, il ne s'était plus intéressé à aucune femme, à l'exception de celle qui se trouvait en ce moment devant lui, et qui, inexplicablement, l'attirait malgré lui.

Elle dégageait un doux parfum de fleurs, frais et léger, pas du tout capiteux comme on aurait pu s'y attendre. Cet effluve fit naître un frisson sur sa peau, attisant le désir qu'il ressentait déjà pour la sublime créature. Il ne parvenait pas à se souvenir de la dernière fois où le parfum d'une femme avait ainsi charmé ses sens. Il était si troublé par la présence de cette femme qu'il en ressentit une certaine gêne, comme s'il offensait la mémoire d'Anna. Reprenant ses esprits, il repoussa très vite cette idée embarrassante et sourit aimablement à la fille. Après tout, il avait une mission à accomplir.

— Bonjour, charmante inconnue. Que puis-je faire pour vous ?

Elle le regarda droit dans les yeux.

— Plusieurs choses me viennent à l'esprit, murmura-t-elle.

Elle n'était pas timide et ne faisait pas même semblant de l'être. Cela n'était pas pour déplaire à Nick. Il n'aimait guère les artifices. Etant lui-même un homme plutôt direct, il préférait la franchise à toute forme de dissimulation. Qui qu'elle puisse être, elle paraissait honnête.

Il prit le temps de l'observer un bon moment. Elle avait des cheveux blonds bouclés et sous son masque de velours, ses grands yeux candides étaient si sombres que Nick les crut totalement noirs, avant que la flamme d'une chandelle proche ne s'avive et ne révèle du vert et des pépites d'or dans leurs profondeurs. Elle était bien trop maquillée pour l'âge qu'elle paraissait avoir, mais il fallait bien admettre que le rouge cerise de ses lèvres pulpeuses attirait irrésistiblement le regard. Délibérément, elle passa le bout de ses doigts sur la dentelle de son décolleté généreux, attirant ainsi son attention sur ses seins hauts et fermes. Nick suivit son mouvement et il sentit sa propre chair s'éveiller en réponse. Il releva la tête et vit qu'elle le regardait, une lueur amusée dans les yeux.

— Comment vous appelle-t-on ? lui demanda-t-il d'une voix un peu trop rauque à son goût.

Elle lui adressa un sourire malicieux.

— Molly.

Nick laissa échapper un petit rire. Il doutait que Molly soit son véritable prénom, même si cela allait très bien avec le lieu où ils se trouvaient.

Elle glissa sur le banc pour se rapprocher de lui. Sa cuisse habillée de satin se pressa contre la sienne et, de nouveau, il ressentit une poussée de désir violente au creux de son ventre. Damnation ! Il avait toujours voulu s'imposer une discipline d'acier, mais en cet instant, il était incapable de dompter son excitation, qui croissait au moindre mouvement provocant de la jupe de Molly contre sa cuisse.

— Et vous, qui êtes-vous ? lui murmura-t-elle à l'oreille.

Sa voix était basse et un peu rauque, elle aussi. Son souffle lui caressait la joue.

— Je m'appelle… John.

Elle eut de nouveau son petit sourire espiègle.

— Et qu'êtes-vous venu chercher ici, John ?

— Un peu de compagnie.

Pour se donner une contenance, Nick but une gorgée de sa bière insipide en fixant la charmante créature par-dessus le rebord de sa chope.

— Et vous ?

Elle haussa légèrement les épaules. La lumière des chandelles brillait sur sa peau, la faisant paraître plus douce et plus désirable. Il y avait d'adorables petites taches de rousseur sur ses épaules et une jolie fossette à la base de sa gorge qui faisait bouillir le sang de Nick, tant il ressentait l'envie frustrante d'y poser ses lèvres et de goûter sa chair. Il remua nerveusement sur son banc.

— Je cherche quelqu'un, moi aussi, lui dit-elle.

— Quelqu'un en particulier, ou bien n'importe qui ?

Il crut voir, un bref instant, flamboyer quelque chose dans ses yeux, trop rapidement toutefois pour qu'il puisse l'interpréter.

— Quelqu'un de spécial, chéri. Quelqu'un comme toi.

Nick se pencha vers elle pour l'embrasser. Un baiser était peu de choses et il le désirait, *la* désirait, avec une faim qu'il avait le plus grand mal à contrôler. Elle s'écarta.

— Pas si vite, chéri. Il y a un prix à payer.

Nick fronça les sourcils.

— Tu demandes de l'argent pour un baiser ?

— Je demande de l'argent pour tout.

La courbe de ses lèvres était vraiment trop tentante. Nick passa doucement son doigt à l'intérieur de son bras, sur sa peau douce. Elle frémit à peine. Quel sang-froid !

Décidément, les courtisanes les plus expérimentées étaient celles qui feignaient l'innocence.

— Et si je demandais un acompte ? murmura-t-il.

Le regard de la belle blonde s'éteignit derrière le masque.

— C'est contre toutes les règles, répondit-elle.

Il sentit sa main se poser sur sa cuisse.

— Laisse-moi te persuader d'ouvrir ta bourse, chuchota-t-elle.

Il prit le menton de la fille entre ses doigts et le tourna vers lui pour la forcer à le regarder.

— Laisse-moi te persuader d'enfreindre les règles, répondit-il sur le même ton.

Elle se raidit soudain, comme un animal sauvage devant le danger. L'espace d'un instant, Nick put voir la terreur dans les profondeurs de ses yeux sombres et il recula. Il ne voulait avoir aucune part dans les violences que les tenanciers de ce genre de maison devaient faire peser sur les femmes pour les forcer à faire un métier qu'elles étaient déjà obligées d'exercer pour survivre. Mais alors, Molly posa sa main sur sa nuque et, l'attirant à elle, l'embrassa. La surprise le prit de court mais très vite, il s'absorba dans le bouquet de sensations que ce baiser faisait naître en lui. Molly hésita un instant encore avant de lui ouvrir ses lèvres et de s'abandonner totalement à leur étreinte. Elle glissa alors sa langue contre la sienne et une violente bouffée de désir s'empara de lui, aussi désespérée que s'il avait été un adolescent. Ses émotions étaient si puissantes qu'il en resta abasourdi. Jamais encore il n'avait ressenti cela avec aucune femme, et singulièrement pas avec Anna.

Le désir était si fort que l'espace d'un instant il oublia ses scrupules, ses souvenirs et jusqu'à la raison de sa présence dans ce bouge, pour un baiser qui les laissa tous deux à bout de souffle.

Quand elle s'écarta enfin, il ressentit comme une sorte de vertige, qui le laissa complètement désorienté. Puis elle recula encore davantage en glissant le long du banc, une main sur la bouche et le visage apeuré. Elle tremblait et semblait si vulnérable que la colère et l'envie de la protéger de toute menace se mêlèrent en lui au désir. La voir ainsi, tellement sans défense, ramenait à sa mémoire de terribles souvenirs qui lui tordaient le cœur : il n'avait pas su protéger sa propre femme quand il l'aurait fallu, il avait manqué à ses devoirs et de plus d'une manière. Tentant de remettre de l'ordre dans son esprit, il enfouit son visage dans ses mains. Ce n'était pas le moment de penser à ce genre de choses. Jamais il n'aurait dû toucher cette fille. Mais comment aurait-il pu deviner qu'un simple baiser le rendrait aussi vulnérable ?

Avec un violent effort, il chassa toutes ces pensées pour se concentrer sur Molly dont l'attention semblait captivée par quelque chose, à l'autre bout de la salle. Il suivit son regard et vit que son cousin, Robert Rashleigh, venait d'entrer dans le bouge. A son habitude, il se pavanait en perruque blanche, jaquette argent, culotte dorée et chaussures vermillon. Il attirait tous les regards.

Il y eut quelques murmures dans la salle, puis tout le monde se remit à s'occuper de ses propres affaires, à boire et à lutiner filles et garçons. Pourtant, Molly, elle, demeurait crispée, pleine d'une tension qu'il ne comprenait pas. Toutes ses pensées semblaient dirigées sur la silhouette extravagante du comte.

— Excusez-moi, murmura-t-elle.

Puis elle se leva et se dirigea droit vers Rashleigh. Elle posa sa main sur le bras du comte et fit signe à l'équivoque « servante » de la taverne de lui apporter à boire.

Les yeux étrécis, Nick regarda attentivement l'échange qui se déroulait entre son cousin et la fille. Il se maudissait de sa coupable faiblesse envers elle. Il fallait croire que ne pas avoir eu de femme depuis longtemps lui manquait, pour s'être enflammé aussi vite. Molly l'avait immédiatement délaissé pour aller rejoindre Rashleigh, à qui elle faisait maintenant signe de la suivre, vraisemblablement vers une chambre. Elle ne faisait preuve d'aucune réticence. Elle avait sûrement feint d'hésiter lorsqu'elle l'avait embrassé, à moins qu'elle n'ait simplement pensé qu'il ne valait pas la peine qu'elle perde son temps. La fragilité, la vulnérabilité qu'il avait cru discerner en elle, tout cela n'était visiblement que le produit de son imagination surchauffée. Il serra les dents en la voyant décerner à Rashleigh le même sourire tentateur qu'elle lui avait adressé un peu plus tôt.

Son cousin vida alors son verre de vin en une gorgée, avant d'en demander un autre qu'il expédia de la même façon, sans quitter la porte des yeux. Nick supposa que la fille lui avait demandé quelques minutes pour qu'elle puisse se préparer à le recevoir dans son lit. Il était temps de gâcher un peu la soirée de son cousin. Il s'avança vers lui d'un pas nonchalant.

Leurs regards se croisèrent alors et ils s'observèrent un moment, puis le comte tourna les talons et sortit sans un mot en claquant la porte, si fort qu'elle trembla sur ses gonds. La flamme des chandelles vacilla un instant et certaines s'éteignirent. On entendit quelques jurons dans la salle. Nick s'élança vers la porte à son tour. Il n'allait pas laisser Rashleigh s'en tirer comme cela.

Au-dehors, la ruelle était plongée dans l'obscurité. Au-dessus de sa tête, l'enseigne de la taverne grinçait au vent. Nick s'arrêta sur le seuil, afin d'accommoder sa vision. Il tendait l'oreille, pour percevoir le moindre bruit mais n'entendit rien. Il n'aurait pu dire dans quelle direction Rashleigh était parti mais il était déterminé à le retrouver et à lui signifier les menaces de lord Hawkesbury, avant que son maudit cousin n'ait eu le temps de se mettre au lit avec cette traînée.

Enfin, il aperçut quelque chose au bout de la ruelle, là où celle-ci débouchait dans une artère plus large. Il retint son souffle et, pris d'une impulsion, il se précipita dans la première taverne en criant, sur le seuil :

— De la lumière, vite !

Le patron se précipita, une lanterne sourde à la main. Nick discerna alors la fameuse jaquette argent qui brillait dans la nuit. Elle brillait moins, d'ailleurs, car elle était étendue au sol, tachée par la boue du caniveau.

Les clients de la taverne, curieux, s'attroupaient déjà à la porte. Une autre lanterne vint éclairer la ruelle. Rashleigh gisait au sol, son visage maquillé déformé par la surprise et la douleur, sa perruque poudrée de travers, un bras étendu, l'autre ramené près du corps, la main crispée sur l'arme qui l'avait tué : Nick, en se penchant, put voir le manche d'un poignard entre ses côtes, enfoncé jusqu'à la garde. A côté du cadavre, une autre perruque, blonde celle-ci, et un loup de satin.

L'image de sa femme, Anna, étendue morte à la place de son cousin, ses beaux yeux bleus déjà voilés, assaillit alors son esprit. Une vague, trop familière, de chagrin et de remords l'envahit. Au prix d'un grand effort, il chassa ce souvenir douloureux et se força à se concentrer sur le cadavre de son cousin. Sans guère d'émotion, cette fois. Le comte de Rashleigh était mort comme il avait vécu, dans l'indignité, dans une posture et une tenue grotesques. Il avait l'air de ce qu'il était : un pitoyable débauché. Nick chercha son cœur. Il ne battait plus. Le monde serait un tout petit peu plus moral, sans lui.

La brise agitait doucement sa jaquette ainsi qu'un bout de carton, qu'il serrait entre ses doigts. Nick le lui retira discrètement. C'était une carte de visite, sur laquelle était gravé un paon en or, qui déployait sa queue. Nick fronça les sourcils. Il connaissait ce symbole héraldique. Il apparaissait sur le blason de son vieil ami d'école Charles, duc de Cole. Il retourna la carte ; au verso était écrit : Château de Peacok Oak (le chêne au paon) propriété campagnarde de Charles, dans le Yorkshire.

Nick leva les yeux. Le travesti qui servait à boire à La Poule et Le Vautour avait rejoint le lieu du crime et il regardait le cadavre de Rashleigh, les yeux agrandis par la terreur. Nick se releva et vint vers lui.

— Vous étiez près de lord Rashleigh quand cette fille lui a parlé, avez-vous entendu ce qu'ils se disaient ? lui demanda-t-il, sans préambule.

— Vous… vous êtes de la police ? bégaya le jeune homme.

Nick pensa à lord Hawkesbury. Qu'allait-il dire de tout cela ?

— Quelque chose comme ça. Répondez.

Le travesti secoua la tête. Il avait tellement peur qu'un peu de sueur perlait à sa lèvre et il l'essuya du revers de sa manche.

— Il lui a demandé si elle connaissait un endroit où ils pourraient parler tranquillement et elle lui a dit d'attendre quelques minutes, puis de la rejoindre dans la rue. C'est tout ce que je sais.

Nick lui mit la carte de visite sous les yeux.

— Et ça, vous l'avez déjà vu ?

Le jeune homme prit le morceau de bristol et le présenta dans la lumière. Puis il sursauta et lança un regard apeuré par-dessus son épaule.

— Mais… mais c'est la carte de Glory !

Bouche bée, il se tourna de nouveau vers Nick.

— Vous ne l'avez jamais vue, m'sieur ? On l'a reproduite dans toute la presse. Glory laisse toujours sa carte, quand elle détrousse une victime.

Un murmure excité parcourut la foule des badauds. Glory ! La plus fameuse des coupe-jarrets d'Angleterre. Une femme, mystérieuse, insaisissable. Tout le monde connaissait son nom.

— Il ne manquait plus que ça ! murmura Nick en regardant autour de lui.

Il se souvenait du goût des lèvres de cette fille sur les siennes. On eût dit celles d'un ange. Il était vraiment difficile de penser à elle comme à une meurtrière ou une criminelle. Impossible, même. Quelque chose en lui criait qu'elle n'avait pas pu tuer Rashleigh, alors même qu'il en avait les preuves sous le nez : la perruque, le masque, le couteau… sans oublier le cadavre de son cousin, qui lui rappelait encore et toujours le meurtre de sa pauvre Anna.

Il repensa à l'étrange tension qu'avait manifestée la fille en voyant Rashleigh entrer dans la taverne. A l'évidence, elle l'avait reconnu. Peut-être même le connaissait-elle bien ? Elle avait dit qu'elle attendait quelqu'un et il n'était pas impossible que ce quelqu'un fût le comte en personne. Sans doute toutes les actions de la belle inconnue avaient-elles été préméditées ; elle avait délibérément attiré Rashleigh à l'extérieur pour le tuer de sang-froid.

— Faut-il appeler la police, monsieur ?

Cette fois, c'était le patron de La Poule et Le Vautour, qui lui avait adressé la parole, un homme trapu au visage rougeaud luisant de sueur.

— Pas bon pour les affaires, ce genre de choses, remarqua-t-il.

Comme Nick le regardait d'un air peu amène, il s'empressa d'ajouter :

— Une terrible tragédie, monsieur… un de vos amis ?

— Non, pas un ami, mon cousin.

Le patron le regarda d'un air surpris, avant d'envoyer son serveur travesti alerter la garde. Nick savait bien qu'il aurait dû se précipiter chez lord Hawkesbury pour faire son rapport, mais il préféra s'attarder un moment encore, afin d'inspecter les rues obscures avoisinantes. Il avait l'impression que le parfum délicat de l'inconnue flottait encore dans l'air et crut même, un instant, entendre le bruit de ses talons sur le pavé. Mais ce n'était que le fruit de son imagination. Jamais il ne retrouverait cette fille.

Déjà, la rumeur du meurtre se repandait dans le quartier. On s'attroupait autour de la dépouille misérable et grotesque de ce qui avait été le comte de Rashleigh, gisant dans le caniveau.

Et parmi les murmures on entendait :

— C'est Glory. Elle était là. C'est elle qui a fait ça…

Lord Hawkesbury ne jugeait pas cela drôle du tout… Lorsque Nick et Dexter Anstruther furent introduits en sa présence, le lendemain matin, ils le trouvèrent de fort méchante humeur.

— En voilà un fichu gâchis, Falconer ! aboya-t-il en tambourinant sur son bureau. Je vous confie une mission discrète et me voilà avec un meurtre en pleine rue sur les bras ! Commis par cette maudite femelle, par-dessus le marché ! Et c'est dans tous les journaux, bien entendu ! Ils font d'elle une héroïne pour avoir débarrassé le pays d'une ordure, comme ils disent ! Votre mission avait précisément pour but de prévenir ce genre de… saletés ! Au lieu de cela, vous faites le joli cœur avec cette… Glory pendant une demi-heure, puis vous la laissez tranquillement filer poignarder votre cousin !

— C'est un peu cela en effet, milord, répondit Nick, les dents serrées. A ceci près que la liste de ceux qui auraient eu une bonne raison de tuer Rashleigh est longue, et que je ne pouvais prévoir qu'il le serait par cette femme.

— Cette femme est le bandit de grand chemin

le plus célèbre du pays, grommela lord Hawkesbury en repoussant le rapport écrit que Nick lui avait fait parvenir. Vous l'avez prise pour une demi-mondaine, dites-vous ? C'est désarmant ! Mais quel âge avez-vous donc ? Quinze ans ?

Anstruther lança à Nick un regard de sympathie.

— C'est bien la carte de Glory, observa-t-il en ramassant le rectangle de bristol que lord Hawkesbury avait lancé sur son bureau et en le faisant tourner entre ses doigts. Je lis volontiers les gazettes, c'est une excellente source d'informations. Ceci…

Il montra la carte.

— … est en effet la signature qu'elle laisse toujours, à chacune de ses attaques.

— Mais elle n'avait encore jamais opéré à Londres, n'est-ce pas ? objecta Nick. Jusque-là, elle n'avait sévi que dans le Nord…

La ride soucieuse sur le front de Hawkesbury se creusa encore davantage.

— Jusque-là, ce n'était qu'une minable détrousseuse, grommela le secrétaire d'Etat, mais il semble qu'elle évolue vers la haute trahison, et votre cousin…

Solennel, il leva un doigt boudiné.

— Oui, votre cousin faisait partie de la conspiration !

— Glory est une héroïne, milord, fit observer Anstruther. Elle vole les riches pour donner aux pauvres.

Lord Hawkesbury étouffa un grognement furibond.

— Vous lisez trop de sottises, Anstruther ! fulmina-t-il. C'est une criminelle et rien de plus !

Lord Hawkesbury se pencha et regarda fixement Nick.

— Je n'ai pas d'autorité directe sur vous, Falconer,

lui dit-il, les dents serrées, mais je pourrais bien signaler à qui de droit que tout ce fouillis est de votre fait. Vous êtes toujours en congé de l'armée, n'est-ce pas ? Bon ! Alors filez au Yorkshire et mettez la main sur cette Glory. Vous êtes toujours en relation avec le duc de Cole, je crois ?

— Nous étions ensemble à Eton, milord.

— Parfait ! On dit qu'il compte recevoir, le mois prochain, dans sa résidence de campagne. Débrouillez-vous pour être invité. Il y a bien une relation entre lui et cette félonne, puisque son nom était au dos de sa carte !

Nick hocha la tête. Il y avait de plus mauvaises façons de passer le temps qu'un séjour à la campagne chez le duc et la duchesse de Cole et, de toute manière, la suggestion de Milord Hawkesbury ressemblait plus à un ordre.

— Insinuez-vous que Charles pourrait être impliqué dans quelque conspiration, monsieur le Secrétaire d'Etat ? demanda-t-il.

— En aucun cas ! claironna Hawkesbury. Le comte est un homme avisé. Il vote tory à la Chambre et vous feriez bien de vous inspirer de lui ! Non, pour moi, cette maudite femelle est en train d'essayer de nous lancer sur une fausse piste avec ses paons, son chêne et ses fichues cartes de visite. Pouah ! Plus vite vous mettrez la main sur elle et mieux cela vaudra, Falconer. Trouvez-la et faites-moi prévenir. Je la ferai parler et je la ferai pendre.

Surpris de sa véhémence, Nick haussa les sourcils.

— Après un procès équitable, je suppose, milord ?

— Cela reste à voir ! aboya le secrétaire d'Etat. Et

puis non, je la ferai fusiller. Nous sommes en guerre, après tout. Le pays doit être débarrassé des traîtres.

Furieux, il se tourna vers Anstruther.

— Une héroïne ! Ah, vous faites une fameuse équipe, tous les deux...

Puis, détournant son regard vers Nick :

— C'est vous le responsable de cette débâcle, Falconer, et c'est vous qui allez m'arranger tout ça. Anstruther peut vous accompagner. Il vous sera peut-être utile, s'il cesse de rêvasser à ce... ce Robin des Bois femelle !

— Qu'allons-nous faire, major ? interrogea le jeune homme quand ils eurent quitté le cabinet du secrétaire d'Etat et qu'ils sortirent dans le froid de ce matin londonien.

Nick ne put s'empêcher de rire.

— Vous avez entendu comme moi, mon cher ; nous trouvons Glory, nous prévenons lord Hawkesbury, il la fait parler et puis il la fait pendre.

Le jeune homme lui lança un regard en coin.

— Vous l'avez rencontrée, vous, lui dit-il. Que pensez-vous d'elle ?

Nick y avait pensé toute la nuit. Il avait encore sur ses lèvres le goût de son baiser et détestait devoir se dire que, selon toute vraisemblance, elle était une meurtrière.

— Je pense qu'elle m'a bien eu, Anstruther, répondit-il, les mâchoires serrées. Elle m'a pris pour un imbécile. Mais je n'ai pas encore dit mon dernier mot. C'est pourquoi je vais prendre beaucoup de plaisir à donner la chasse à cette Glory.

1

Yorkshire. Juin 1805.

Rhododendron : Danger.

Parfois, le cauchemar l'assaillait au plus profond du sommeil et Marina s'éveillait en tremblant, trempée de sueur et cherchant maladroitement à rallumer sa chandelle. Mais parfois aussi, et c'était le cas cette fois-ci, il se saisissait d'elle à la frange même de la conscience, alors que le jour perçait déjà entre les rideaux.

Elle allait mourir et ne pouvait plus respirer. Ses poings étaient déchirés par les liens qui la maintenaient attachée à la carriole et ses jambes presque insensibles d'avoir été traînée sur autant de kilomètres. Elle entendait le bruit des roues qui résonnait dans son crâne. Sa jupe était en lambeaux et ses cuisses zébrées par les coups de fouet que Rashleigh lui avait administrés, riant quand elle s'effondrait dans la poussière. Il s'était juré de la punir, parce qu'elle avait été malade durant tout le trajet, de la Russie vers l'Angleterre. C'était là sa revanche contre la frustration qu'elle lui avait imposée. Il avait imaginé passer la traversée dans une cabine avec elle, à jouir de son corps mais, au lieu de ça, il avait dû supporter un être faible et malade, incapable de lui procurer du plaisir. Il ne lui avait pas ménagé son mépris.

C'était l'hiver et la route était épouvantable. Ses pieds étaient nus et bleus de froid, ses doigts gourds, ses poignets tordus et déchirés par la corde. Et elle avait l'envie de meurtre au cœur. Si Rashleigh lui en laissait la moindre chance, s'il relâchait sa vigilance un seul instant, alors elle le tuerait. C'était aussi simple que cela.

Mais ce moment ne venait jamais…

Dans son cauchemar, il y avait toute la colère, la douleur, l'humiliation endurée et pas le moindre soulagement. Pas d'échappatoire possible. Elle n'était rien d'autre qu'une esclave, une serve, un simple objet que l'on pouvait vendre et acheter. Prise au piège, pour l'éternité.

Marina se réveilla en sursaut. Le rêve se dissipait peu à peu. Elle était dans son grand lit, dans sa maison de Peacock Oak. Il faisait grand jour et en bas, les domestiques étaient déjà au travail. Elle pouvait les entendre aller et venir à l'étage en dessous. Jane n'allait pas tarder à lui monter une tasse de thé. Elle babillerait aimablement à propos de la beauté du jour tout en tirant les rideaux pour laisser entrer le soleil.

En effet, quelques minutes plus tard, il y eut un léger bruit de porcelaine sur un plateau, quelques coups à la porte et la servante entra, aussi enjouée qu'à l'ordinaire.

— Bonjour, madame.

Marina s'étonnait toujours de l'éternelle bonne humeur de Jane. Même par le plus glauque des matins d'hiver, quand la neige s'accumulait sur le rebord de la fenêtre et qu'un vent glacé hululait lugubrement dans le conduit de la cheminée, elle ne manquait pas de faire remarquer que le temps ne pouvait que s'améliorer. Jane était à la fois sa femme de chambre et sa gouvernante. Elle entretenait Peacock Oak avec l'aide d'une bonne à tout faire et d'un jardinier-homme de peine qui répondait au nom de Frank, un cousin à elle, aussi laconique qu'elle était expansive et bavarde.

— Quelle belle journée, madame ! s'exclama tout de suite la servante en déposant le plateau sur la table de nuit avant d'aller ouvrir les rideaux. Quelle chance pour Sa Grâce qu'il fasse aussi beau le jour de sa garden-party !

— Espérons que le temps se maintiendra, soupira Marina en se redressant sur ses oreillers.

Jane prit la petite théière et remplit une tasse. Le thé était fort, comme Marina l'appréciait. « C'est comme ça qu'on l'aime aussi dans le Yorkshire », avait fièrement répondu Jane lorsque sa maîtresse lui avait indiqué sa préférence. Elle ignorait que les goûts de Marina avaient été forgés en Russie, là où le thé est si noir que les gens d'ici l'auraient probablement trouvé imbuvable. A côté de sa tasse, il y avait une lettre et un exemplaire du *Times*, vieux de trois jours. Les nouvelles mettaient du temps à parvenir jusqu'à Peacock Oak mais pour Marina, c'était sans importance. La vie à la campagne lui convenait, tranquille et au jour le jour.

— Hier soir, j'ai eu peur que le temps ne tourne à l'orage et détruise toutes nos belles fleurs, dit-elle à Jane.

— Oh non, madame, répliqua Jane. Il est toujours aussi magnifique. M. Osborne serait fier de vous voir continuer ainsi son œuvre.

— Oui, dit Marina en s'étirant. Ce cher monsieur Osborne !

Cher feu monsieur Osborne. On pouvait voir son portrait à côté du lit. Un homme d'un certain âge aux cheveux gris et au visage aimable et doux. Il avait été un mari parfait, riche, tendre et protecteur. Marina se sentait pleine d'affection pour lui. Il lui arrivait même parfois d'oublier que M.Osborne n'avait jamais existé.

Elle faisait croire, dans la région, qu'elle était veuve. Une femme seule, dans un aussi petit village, avait besoin d'un passé respectable. C'était peu dire que le sien ne l'était pas vraiment… Pour imaginaire qu'il était, M. Osborne offrait, lui, tous les dehors de leur respectabilité. Il était censé avoir été un homme posé et réfléchi, fils cadet d'un obscur clergyman de Cornouailles qui s'était raisonnablement enrichi dans l'importation et le commerce de plantes exotiques. Marina s'était bien amusée à créer de toutes pièces le profil du mari parfait dont elle avait besoin : M. Osborne avait été strict en affaires, mais tendre et affable à la maison, il était un buveur très mesuré, fumait parfois un cigare dans les grandes occasions et n'avait pas d'autre vice discernable. Il n'était pas clairement dit, mais néanmoins sous-entendu, qu'il n'exigeait de la part de son épouse ni trop d'implication émotionnelle, ni relations physiques. Ce qui était un bien car, elle se l'était juré, plus aucun homme ne la toucherait jamais. Pendant un bref instant, les images de son cauchemar lui revinrent à la mémoire et elle frissonna. Rashleigh…

Non, il ne fallait pas penser à lui, ni aux horreurs du passé. Tout cela était mort et enterré. Rashleigh lui-même avait quitté ce monde, poignardé dans un quartier mal famé de Londres, deux mois auparavant.

Marina frémit en se remémorant les événements de cette nuit-là. Jamais elle n'avait pu découvrir comment le comte avait suivi sa trace jusque dans le Yorkshire, sept ans après qu'elle se fut enfuie. Elle croyait même qu'elle était à jamais délivrée, mais toute sa sérénité s'était envolée lorsqu'elle avait reçu une lettre de lui, la menaçant de chantage. Ça l'avait presque rendue malade. Elle avait su alors qu'une dernière confrontation avec ce monstre était nécessaire, si elle voulait préserver ce qu'elle avait acquis en sept ans. Car Rashleigh connaissait ses secrets et avait de quoi la faire pendre plusieurs fois. Il savait qu'elle était à présent un bandit, un chef de bande, qu'elle volait sous le nom de Glory. Il savait tout d'elle et menaçait de tout révéler si elle refusait de le rencontrer. Elle n'avait guère le choix, il lui fallait bien protéger ses complices, qu'elle aimait.

Elle était donc partie pour Londres afin de faire face à son destin. Elle avait loué une chambre près du bouge où Rashleigh lui avait donné rendez-vous et l'avait attendu à l'heure dite. Lorsqu'il était arrivé, elle lui avait demandé de la suivre à l'extérieur afin qu'ils puissent discuter mais le comte n'était jamais venu. Elle avait entendu un cri et l'avait trouvé mort, étendu dans le caniveau, un poignard entre les côtes. Marina n'était pas restée suffisamment longtemps sur le lieu du crime pour en apprendre plus. Si l'on avait découvert qu'elle avait été l'esclave et, à son corps défendant, la maîtresse de Rashleigh, on n'aurait pas tardé à exposer au grand jour tous ses secrets, qu'elle cachait depuis toujours afin que ceux qu'elle aimait ne soient pas ruinés et déshonorés à jamais. Elle savait que personne, plus qu'elle, n'aurait eu davantage de raisons de tuer Rashleigh. Alors qui aurait cru à son innocence ? Ainsi, pour la deuxième fois de sa vie, elle avait opté pour la fuite.

Elle revint lentement à la réalité. Rashleigh était mort à présent et personne ne retrouverait plus sa trace : elle avait trop bien appris, il y avait des années de cela, à brouiller les pistes. Ses secrets étaient demeurés avec Rashleigh, enfouis dans sa tombe.

Le portrait de M. Osborne avait été composé à l'exact opposé du comte de Rashleigh… en tout point. Il avait été doux, courtois et modéré. Marina avait imaginé un homme qui ne lui aurait jamais fait de mal, ne l'aurait jamais menacée, ni ne lui aurait causé le moindre chagrin.

— C'est vrai, soupira-t-elle en souriant au portrait qu'elle avait acheté à un brocanteur pour la modique somme de deux shillings. M. Osborne était un exemple parmi les hommes.

— Lady Hester prendra son petit déjeuner dans sa chambre ce matin, indiqua Jane, parlant de celle qui vivait sous le toit de Marina depuis cinq ans. Elle dit qu'elle est fatiguée mais qu'elle vous rejoindra sur la terrasse à 10 heures, avant votre départ pour la garden-party.

— Parfait.

Marina se dit en elle-même que le terme « parfait » était en fait plutôt mal choisi. Hester n'était pas fatiguée. Lady Hester Berry, la cousine du duc de Cole, s'ennuyait, en fait. Un ennui qui la poussait souvent à fréquenter les tavernes en assez douteuse compagnie. Nul doute que c'était ce qui s'était encore passé la veille et qu'elle avait tout simplement un violent mal de crâne dû à toute la bière qu'elle avait bue.

Jane reprit la tasse de Marina et débarrassa le plateau.

— Frank m'a dit que cette bande, les *Glory Girls*, avait encore fait parler d'elle, hier soir.

Marina replia lentement son journal pour se donner une contenance et répliqua calmement :

— Ah oui ? Et qu'ont-elles fait, cette fois ?

— Elles ont attaqué le banquier de M. Arkwright sur la route d'Harrogate et lui ont pris tout son argent !

Marina leva les sourcils.

— Tout ?

— Un dixième des profits, madame. Cela représente l'argent qu'Arkwright avait promis de verser à ses employés, sans jamais le faire. On dit que les Filles vont le rendre à ceux qui le méritent. Est-ce qu'elles ne sont pas magnifiques ?

— Non, elles sont criminelles, répliqua calmement Marina. Elles enfreignent la loi.

Le visage de la servante s'allongea. Elle préférait visiblement le romantisme qu'il y avait à voler les riches pour donner aux pauvres plutôt que l'âpre réalité du code pénal.

— Oui, madame, répondit-elle, à regret. Bien sûr.

Mais tout de suite, elle releva la tête, la voix vibrant de fierté.

— Mais je vous demande pardon, madame, je pense néanmoins que ces femmes sont des héroïnes. Je sais que vous n'appréciez pas les bandits de grand chemin, mais celles-ci ne s'attaquent qu'à ceux qui l'ont cent fois mérité en opprimant sans cesse les faibles et les pauvres.

— Je ne nie pas les bonnes intentions de Glory et de ses acolytes, Jane. Je vous fais seulement remarquer que détrousser les gens au bord des routes est un crime capital.

— Oui, madame, répondit docilement la servante en esquissant une petite révérence. Voulez-vous que je revienne un peu plus tard pour vous habiller ?

— Merci. Revenez dans une vingtaine de minutes, je vais lire un peu les journaux en attendant.

Jane quitta la pièce. Lorsque son pas se fut éloigné dans le corridor, Marina se saisit de l'enveloppe qu'elle avait laissée sur sa table de nuit. Hester se moquait toujours de la manie qu'elle avait de laisser traîner des lettres des jours entiers sans les ouvrir, alors qu'elle-même se jetait sur tout nouveau courrier dès son arrivée. Elle croquait la vie à pleines dents, mais Marina, elle, était obligée de se montrer plus prudente.

Elle déplia la lettre. C'était un feuillet unique sur lequel on avait écrit en lettres capitales :

« Je sais qui vous êtes et je sais ce que vous avez fait. »

Le message n'était pas signé.

Marina ne réagit pas à cette lecture comme la plupart des personnes l'auraient fait ; elle ne pâlit nullement, ne poussa aucun cri de stupeur. Elle se contenta de fixer en silence ces quelques mots, les yeux étrécis, profondément concentrée.

« Je sais qui vous êtes et je sais ce que vous avez fait. »

Le problème était que justement, elle avait fait beaucoup de choses. Elle avait volé le comte de Rashleigh et s'était enfuie loin de lui. Elle avait menti pour se fabriquer de toutes pièces une vie imaginaire, avait été présente sur le lieu du meurtre de son tourmenteur. Et elle faisait partie d'une conspiration qui volait aux riches pour donner aux pauvres…

Elle ignorait auquel de ces crimes la lettre faisait allusion. A moins, bien entendu, qu'elle ne les englobe tous…

Marina rejeta le feuillet sur le lit et, repoussant ses couvertures, alla droit à la fenêtre, dont elle écarta les rideaux. La brise était tiède et sentait bon le foin prêt à être coupé. Jane avait raison, c'était une journée idéale pour une garden-party et l'amie de Marina, la duchesse Laura de Cole, était une hôtesse hors pair ; on allait probablement parler de sa réception durant des mois dans tout le voisinage.

Au-delà de la pelouse de son jardin, se dressaient les serres où Marina cultivait ses plantes rares et exotiques. Frank y était déjà au travail, ouvrant les panneaux des verrières et portant des arrosoirs le long des plantations. Derrière les serres, le vieux mur de brique qui séparait le jardin de Marina du parc aux cerfs de Cole Court. Il s'ouvrait par une jolie barrière peinte en blanc par laquelle Marina avait coutume de passer quand elle rendait visite à son ami Laura. Des moutons paissaient paisiblement dans la prairie et une jolie rivière serpentait paresseusement entre les grands chênes du parc. La brise courbait doucement l'herbe haute.

C'était une vision bucolique et paisible et pourtant, malgré la douceur de la température, Marina croisa ses bras autour d'elle comme pour se réconforter. L'atmosphère lui semblait menaçante, comme si quelqu'un, ou quelque chose, était à l'affût et attendait son heure pour frapper.

La lettre anonyme l'avait certes inquiétée, et il y avait de quoi… Plus elle y réfléchissait et plus elle se disait que le fait de l'avoir reçue si peu de temps après la mort de Rashleigh ne pouvait être une coïncidence. Il avait dû se confier à quelqu'un. Le cauchemar n'était pas terminé. Elle aurait dû savoir qu'une esclave en fuite ne pouvait trouver le repos.

Elle devinait déjà ce qui allait se passer maintenant. On allait lui demander de l'argent en échange du silence et il lui faudrait agir en conséquence. Céder au chantage et aux menaces n'était pourtant pas dans ses habitudes et elle se demandait avec amertume quand elle serait enfin à même d'échapper à son passé. Non pas l'oublier, bien sûr, cela, c'était impossible, mais au moins pouvoir vivre avec son secret. En porter le poids certes, mais le tenir bien caché. Si profondément enfoui que nul ne pourrait le déterrer.

Elle se reprocha ce moment de faiblesse. Broyer du noir était indigne d'elle. Mais tout semblait aller de travers ces derniers jours.

Pour commencer, cette maudite garden-party ! Marina se méfiait beaucoup de ces grandes occasions où il fallait se mêler aux invités de la duchesse. C'était toujours dangereux.

Et puis il y avait l'allusion de Jane aux activités des *Glory Girls*. Cependant, il ne semblait pas que les autorités soient le moins du monde en mesure d'identifier les détrousseuses qui occasionnellement, oh, très occasionnellement… tendaient des embuscades aux riches voyageurs pour redistribuer leur butin aux pauvres et aux nécessiteux.

Sans parler de la lettre qu'elle venait de recevoir. Même si, dans ce cas, Marina ne pouvait hélas rien faire d'autre que d'attendre. Il lui fallait seulement prendre patience. Hester l'y aiderait. Elles s'épaulaient toujours, toutes les deux. Hester et Laura étaient les deux seuls êtres au monde qui connaissaient tous ses secrets.

Marina tourna les talons et marcha d'un pas décidé vers le cordon de sonnette pour appeler Jane. Il était temps de s'habiller. La garden-party allait être un succès. Tous les invités de la duchesse s'extasieraient sur son nouveau jardin, puis toute cette excitation retomberait et la vie à Peacock Oak redeviendrait aussi calme et aussi routinière qu'auparavant.

Pourtant, elle ne put réprimer un frisson.

Quelque chose allait arriver. Elle le sentait. Quelque chose de dangereux.

2

Yucca : Ardeur secrète.

— Eh bien, cela a été un grand succès, dirait-on !

Le bras glissé sous celui de Marina, Laura Cole babillait dans les allées du jardin, alors qu'elle la raccompagnait à travers le parc, passant près de sa cascade aux bassins moussus ombragés de saules pleureurs. Le soleil de la fin d'après-midi flamboyait sur les briques du manoir.

— Je suis épuisée, soupira Laura, et mes pieds me font horriblement mal. Quelle idée de porter ces ravissantes petites mules dorées ! Mais…

La duchesse pressa le bras de son amie.

— … grâce à toi, chère Marina, tout s'est merveilleusement bien passé !

— Grâce à moi ? lui rétorqua Marina. Tu n'as eu besoin de personne pour réussir cette garden-party. Moi, tu sais, je préfère mille fois mes plantes et la routine quotidienne !

— Certains invités se sont montrés insupportables… Cette lady Faye t'a traitée comme si tu n'étais rien de plus qu'une… fermière ! Quelle femme odieuse ! Et ensuite elle a passé son temps à pousser la pauvre Lydia dans les bras de John Teague, alors que le malheureux garçon ne rêvait que de rester seul avec Hester !

Laura regarda autour d'elle.

— D'ailleurs, où est Hester ? demanda-t-elle. Déjà rentrée ?

— Tu sais bien qu'il lui faut toujours des heures pour se préparer avant un bal, dit Marina.

— Elle doit être en train d'empeser ses jupons…

La jeune duchesse eut un sourire malicieux.

— Oh, quelle mauvaise langue je suis ! reprit-elle en riant. Tu sais que j'aime beaucoup Hester, mais enfin ! La robe qu'elle portait l'autre jour chez lady Norris frisait l'indécence. Ne peux-tu lui en parler ?

— Certainement pas ! Je ne suis pas sa mère, s'écria Marina en riant à son tour. En fait, j'ai bien essayé… mais tu connais Hester : elle n'en fait qu'à sa tête.

— Je sais bien, répondit Laura en soupirant.

Puis elle s'arrêta devant un massif de roses qui poussait sur les briques rouges du vieux mur d'enceinte.

— Frank m'a dit que tu avais greffé toi-même ces roses à partir de l'un des rosiers de ton jardin. Est-ce que ce sont des fleurs très anciennes ?

— On ne peut plus anciennes… Ce sont les premières à avoir été importées en Europe, par les croisés.

— Elles sont jolies, au-dessus de ces touffes de lavande.

Laura regarda autour d'elle avec satisfaction.

— C'est mon petit jardin à moi…

Comme chaque fois qu'elle y faisait allusion, Marina sourit de voir son amie s'extasier devant un petit bout de jardin, alors qu'elle possédait des hectares et des hectares de terrain autour de son manoir. Elle avait fait la connaissance de Laura à la société d'horticulture de Skipton et très vite, la jeune duchesse s'était mis en tête de lui faire dessiner les jardins de Cole Court. Marina avait bien sûr protesté, en expliquant que lesdits jardins méritaient l'expérience d'un horticulteur bien plus chevronné qu'elle-même, mais Laura, avec tout le dédain pour les conventions que pouvait se permettre une duchesse, avait décidé qu'elle voulait à la fois les talents de Marina et son amitié. Il était inutile de chercher à discuter avec elle. Laura était tellement adorable et tellement éloignée de tout snobisme que Marina ne pouvait rien lui refuser. C'est ainsi que la duchesse l'avait persuadée de travailler avec elle sur les plans de ses nouveaux jardins deux ans auparavant. Elles s'y étaient appliquées toutes les deux et, à présent, elles étaient les deux meilleures amies du monde. La bonne humeur de Laura avait vite eu raison des réserves initiales de Marina. Elle savait bien qu'il était dangereux pour elle d'être si proche de la duchesse de Cole ; que cela la mettait en lumière alors que, pour sa sécurité, il était préférable qu'elle n'attire pas trop l'attention. D'autant que toute la bonne société des environs prenait exemple sur la duchesse et, à présent que Laura Cole avait un nouveau jardin d'agrément, tout le monde voulait le même, ou tout du moins, un qui fût de la même main.

Laura salua une dame qui passait, de l'autre côté de la pelouse.

— Tu as vu, commenta-t-elle, c'était lady Craven. Elle m'a dit qu'elle allait te passer commande du dessin de ses futures plates-bandes et de son jardin de simples, à Levens Park.

Marina hocha la tête.

— Oui, lord Broughton m'a approchée également, ainsi que Mme Napier et lady Jane Spring.

— Tout le monde ne parle que de toi. Ils disent que tu as beaucoup de talent.

— Ils sont bien indulgents. Moi, j'ai surtout vu que la fontaine paradisiaque s'écoulait mal et que les arbres fruitiers étaient attaqués par des parasites.

— Tu es trop modeste… ou trop pessimiste.

La duchesse regarda son amie et soupira :

— Pardon, Marina. J'ai trop tendance à oublier que tu n'aimes pas la société et que tu as choisi Peacock Oak précisément pour y vivre à l'abri des foules.

— C'est vrai, approuva Marina en riant, mais c'était avant que tu viennes vivre ici. Je me souviens que le notaire était particulièrement fier de m'expliquer que c'était un petit coin tranquille où il ne se passait jamais rien. C'était exactement ce que je voulais… Mais cela a bien changé depuis ton arrivée !

Les deux amis éclatèrent de rire ensemble, mais il y avait un peu d'amertume dans la voix de Laura quand elle reprit :

— Je suppose que j'aurais pu choisir de m'installer dans le Buckinghamshire, le comté de Norfolk, le Surrey, enfin partout où les Cole ont des propriétés, mais j'ai choisi le Yorkshire, précisément parce que c'était le plus loin possible de Londres…

— Oh, Laura, soupira Marina en posant sa main sur le bras de son amie, est-ce vraiment aussi grave ?

— Quoi donc ? D'aimer son mari contre vents et marées, alors qu'il ne vous aime pas ? C'est grave, oui, je crois. Et à présent qu'il m'a rejointe ici pour l'été, c'est encore pire.

— Je suis désolée. N'ayant jamais été mariée, je ne peux pas comprendre, je peux seulement être navrée pour toi.

Laura regarda autour d'elle.

— Chut ! dit-elle, un doigt sur sa bouche. Quelqu'un pourrait entendre et qu'arriverait-il alors à cette pauvre Mme Osborne ?

— Elle connaîtrait de nouveau quelques ennuis, je le crains…

Marina jeta un coup d'œil en direction du cadran solaire installé sur la façade de l'écurie. Juste au-dessus, sur le toit, la girouette qui grinçait au moindre souffle d'air était parfaitement immobile.

— Je crois que je devrais te laisser aller t'habiller, dit-elle à son amie, sinon tu vas être en retard à ton propre bal. Je vais essayer de mettre la main sur Hester, en supposant, bien sûr, qu'elle soit prête.

La duchesse lui prit les deux mains et la força à la regarder.

— Tu vas venir, n'est-ce pas ? Même si tu ne restes pas longtemps ? Tu me le promets ?

Marina aurait bien préféré passer la soirée au calme, mais devant le visage suppliant de son amie, elle capitula définitivement.

— Bon, je viendrai… mais pas longtemps. Je suppose que cela n'aura pas de conséquences.

— C'est ainsi que tu apprécies la légendaire hospitalité des Cole ? s'écria Laura en riant.

Puis elle fit à Marina un petit geste de la main et s'éloigna en direction du château.

— A tout à l'heure, alors, lança-t-elle par-dessus son épaule.

Marina observa un instant le parc, désert à présent. Le soleil plongeait derrière les frondaisons et le bleu du crépuscule commençait déjà à recouvrir le paysage. Sur une impulsion, Marina retira ses chaussures d'un coup de pied, puis ses bas de soie, pour le plaisir de sentir l'herbe grasse entre ses orteils. Tout comme Laura, elle était épuisée par la tension qu'elle avait ressentie toute la journée, à faire la connaissance des uns et des autres, à discuter d'horticulture et à être constamment en représentation. A présent que le soir était là, elle aspirait non seulement au calme mais aussi à se dépouiller de cette fausse personnalité comme d'une peau, à se laver de tous ces mensonges pour n'être plus la respectable veuve Osborne, mais tout simplement Marina, la petite sauvageonne.

Elle s'approcha de la cascade et regarda avec envie l'eau couler sur les rochers. Sa fraîcheur serait si bienvenue… elle regarda autour d'elle. Personne. La tentation se fit plus pressante encore. Personne ne la verrait. S'abritant dans l'ombre des grands sapins, elle commença à retirer ses vêtements.

Il était 8 heures du soir lorsque la malle-poste de Skipton à Leyburn s'arrêta au portail du château de

Cole Court et y déposa deux colis, un paquet de lettres et… Nicholas Falconer.

Nick avait passé la journée entière à Skipton, à s'entretenir avec différents membres des forces de l'ordre de l'impossibilité où ils se trouvaient pour l'instant de mettre la main sur les *Glory Girls*. Il laissait derrière lui un capitaine de la milice territoriale amer, deux juges de paix furieux et un policier de bourgade ronchon, tous peu ravis à l'idée que le secrétaire d'Etat à l'Intérieur s'intéressait à leurs échecs. Il avait laissé là-bas Dexter Anstruther avec la mission d'apaiser ce petit monde avant de le rejoindre le lendemain, dès que leurs malles seraient arrivées de Londres. Nick se préparait donc à ses retrouvailles imminentes avec Charles Cole, ainsi qu'à l'hospitalité légendaire du château de Cole Court.

Il remercia le cocher, jeta son sac de voyage sur son épaule et s'engagea dans l'allée qui menait au manoir avant que le portier n'ait eu le temps de lui demander qui il venait voir. Le domestique échangea avec le cocher un regard étonné. Les visiteurs n'étaient pas rares à Cole Court et la duchesse venait tout juste d'ailleurs d'ouvrir ses jardins à de nombreux invités. Mais ils arrivaient rarement par la malle-poste et moins encore en portant eux-mêmes leur bagage.

— Font ce qu'ils veulent, grommela le portier en se penchant pour prendre le sac de courrier.

— Il va au château, lui ? Tout fripé comme ça et son sac à l'épaule ? demanda le palefrenier.

Cela n'étonnait pas outre mesure le cocher, qui devinait à qui il avait affaire.

— Un vieux soldat, ça porte son sac, répondit-il.

— Je le connais, intervint le portier. C'est le major Falconer. Héritier d'un marquis écossais, mais tout de même, il est allé à l'école avec Sa Grâce...

— Eh ben, dit le palefrenier en se grattant la tête, je ne l'aurais jamais cru.

Ils regardèrent Nick s'éloigner dans l'allée jusqu'à ce qu'il eût disparu derrière les chênes et qu'une voix impatiente, dans la voiture, leur demande s'ils allaient repartir un jour. Alors le cocher se rappela à ses devoirs et fouetta ses chevaux, tandis que le portier rapportait le sac de courrier dans sa loge.

Lorsque la diligence se fut éloignée, la paix revint sur Cole Court. Nick écouta le chant des oiseaux en faisant passer son sac d'une épaule à l'autre. Ce n'était pas vraiment ainsi qu'il avait rêvé de passer son congé, même si la perspective de revoir son ami ne lui déplaisait pas. Mais cette crapule de Rashleigh ne lui avait pas laissé le choix. C'était bien de lui, de se montrer aussi nuisible mort, que vivant.

Depuis la mort d'Anna, Nick avait coupé court à toute mondanité, préférant les rigueurs de la vie en campagne plutôt que les somptueuses réceptions. Par moments, seule l'austérité de la vie militaire parvenait à guérir les tourments de son âme, qui lui reprochait sans cesse de n'avoir pu aider Anna quand elle avait besoin de lui. Cependant, il était bien obligé de tourner le dos à ses préférences en se joignant à la bonne société s'il voulait capturer cette criminelle notoire.

Depuis leur rencontre, il pensait à la fille de la taverne plus souvent qu'il ne l'aurait voulu. Son souvenir le hantait, se superposant à l'image d'Anna, plus altérée par les années, réclamant son attention de manière irrépressible et attisant sa culpabilité. Il ne semblait pas pouvoir lui échapper. Il avait tenu cette fille dans ses bras et l'avait désirée. Oui, davantage qu'aucune femme qu'il avait connue. Il avait rêvé d'elle toutes les nuits après l'avoir rencontrée dans cette taverne ; des rêves torrides qui le laissaient fiévreux, souffrant désir ardent. Cela lui paraissait d'autant plus une trahison à la mémoire d'Anna, dont il conservait le portrait dans un médaillon, que cette femme était sûrement une meurtrière et une traînée. Durant des heures, il était resté assis, le médaillon dans sa main, en essayant de ramener littéralement son esprit vers Anna et de l'écarter de cette femme, qui l'avait ensorcelé. Il avait renoncé aux plaisirs sensuels depuis la mort d'Anna et voilà qu'il entretenait des pensées indécentes envers une femme qui ne ressemblait en rien à sa défunte épouse, si fine, si délicate. Il avait bien essayé d'enfouir son souvenir au plus profond de lui-même et de geler son cœur de nouveau, mais il ne pouvait oublier la fille de la taverne. Contrairement à ce qu'il avait toujours cru, il n'était pas si simple de brider ses émotions et il se haïssait pour cela. Voilà qu'il était esclave de ses sens et apparemment, sans échappatoire.

Dans l'espoir qu'il ne s'agissait de rien d'autre que d'un simple besoin physique, qu'il lui fallait une femme, n'importe laquelle, il était allé rendre visite à l'une des plus célèbres courtisanes de Londres. L'entrevue avait été torride, intense et dénuée du moindre sentiment, d'un côté comme de l'autre. Au matin, elle l'avait embrassé affectueusement et l'avait invité à passer la voir chaque fois qu'il en ressentirait le besoin, mais il s'était senti étrangement insatisfait. Son corps semblait momentanément apaisé mais son esprit, lui, était en ébullition. Il lui fallait trouver Molly. Oui, il la désirait toujours et avec plus de force que jamais.

Tandis qu'il avançait entre les arbres de l'allée, vers les lumières du château de Cole Court, les pensées de Nick revinrent inévitablement vers elle. Se pouvait-il qu'elle soit effectivement Glory, la détrousseuse qui prétendait voler aux riches pour donner aux pauvres ? Il avait tendance à penser que ce Robin des Bois des temps modernes ferait certainement moins jaser s'il n'était pas une femme. On avait écrit sur elle des poèmes et des ballades, on parlait de ses exploits dans les clubs et dans les tavernes, on portait des toasts à sa réussite. En peu de temps, Glory était devenue une sorte d'héroïne populaire. Et voilà qu'il était chargé de mettre la main sur elle, afin que lord Hawkesbury puisse la faire pendre. Par conséquent, si Nick réussissait sa mission, il deviendrait l'homme le plus détesté du pays. Soit ! Pour lui, cela n'avait aucune importance. Car cette mission était devenue, au fil des semaines, une affaire personnelle. Glory, la fille de la taverne, l'avait pris pour un imbécile et il voulait sa revanche.

Il passa le petit portail qui séparait le parc des jardins à la française. Le crépuscule teintait le ciel d'or et de bleu, derrière les arbres déjà sombres. L'air sentait bon le sapin et l'herbe coupée et il percevait le bruit de l'eau qui cascadait non loin de lui. Il se sentit soudain sale, couvert de poussière et eut envie de se rafraîchir. Il repassa le petit portail et, suivant le son de l'eau, il se retrouva devant un bassin près d'une gloriette. Un paysagiste inspiré avait conçu là un ensemble de cascades et de canaux. Dans la pénombre qui s'avançait, l'eau paraissait profonde et mystérieuse. Au centre du bassin, une fontaine jaillissait et son jet retombait en une pluie limpide.

Nick posa son sac à terre et s'approcha du bord auprès des branches basses d'un saule pleureur. Il plongea dans l'eau ses mains en coupe, fit couler le liquide sur sa tête en soupirant de plaisir. Il ressentit une soudaine envie d'entrer dans le bassin mais, à peine avait-il défait les premiers boutons de son pantalon, qu'il s'aperçut qu'il n'était pas seul ; quelqu'un avait eu la même idée que lui…

Nick se cacha aussitôt derrière les longues branches du saule pour observer la silhouette féminine qui, à l'autre bout du bassin, s'approchait de l'eau.

Elle semblait tout droit sortie des rêves érotiques qui hantaient ses nuits… L'inconnue retira la fine chemise qui la vêtait encore et la laissa tomber au sol. La lumière du couchant dora sa peau blanche une fraction de seconde avant qu'elle n'entre dans l'eau. Elle poussa un petit cri de surprise étouffé en découvrant sa fraîcheur avant d'aller se placer sous la cascade pour se tenir sous l'eau ruisselante, telle une créature de rêve. L'onde semblait caresser la naïade qui en recevait l'hommage, les deux mains haut levées au-dessus de la tête, laissant l'eau couler en rigoles d'argent sur son corps nu. Elle souriait, d'un air sensuel et innocent à la fois, et son sourire eut un effet immédiat sur lui. Son sexe se gonfla de désir.

Les accents d'un orchestre lui provenaient du château, l'air embaumait le chèvrefeuille, l'enivrant plus encore.

Il savait bien qu'il était pour le moins inélégant, pour un officier de Sa Majesté, de jouer ainsi les voyeurs, mais il eût fallu être un saint pour résister au spectacle de cette beauté. La tête légèrement penchée, les yeux clos, ses longs cils ombrant ses pommettes, son corps était d'une perfection absolue sous les filets d'eau qui couraient sur les pointes de ses seins et jusqu'à la jointure sombre de ses cuisses.

Un paon se mit à pousser son cri strident à peu de distance et Nick sursauta, passant brièvement sa tête hors des branches du saule. Instantanément, l'inconnue se figea. Elle tourna la tête dans sa direction et leurs regards parurent se croiser une seconde. L'instant d'après, elle n'était plus là. Elle courait, ruisselante, sur la berge vers l'ombre des arbres où sa silhouette disparut.

Nick exhala un soupir presque douloureux. Tout son corps était en feu, il aurait eu besoin plus que jamais de se tremper dans l'eau fraîche et d'aller lui aussi sous la cascade. L'eau froide était exactement ce qu'il fallait à ses sens surchauffés. Malheureusement, il devrait se passer de ce bain apaisant, au risque de se présenter au bal de la duchesse dans un état bien inapproprié. La vue de cette beauté nue avait exacerbé la tension physique qu'il essayait vainement, ces derniers temps, de contenir. Il espérait néanmoins qu'une marche à bons pas jusqu'au château l'aiderait à apaiser sa fièvre.

Et en effet, le temps de rejoindre le bâtiment, Nick avait repris le contrôle sur lui-même. Son imagination, toutefois, était plus rétive et l'image de la beauté nue sous la cascade le poursuivait toujours. Parvenu devant la porte, un laquais en livrée l'accueillit, un chandelier à la main.

Quelque peu effaré, Nick battit des paupières tandis qu'il s'interrogeait sur l'impression que le domestique devait avoir de lui. Tout fripé par le voyage, l'eau dégouttant des mèches encore mouillées de ses cheveux noirs, il devait avoir l'air d'un vagabond aux yeux du domestique. Il déclina toutefois son identité au majordome qui lança un regard surpris vers son sac de voyage, se demandant visiblement s'il ne fallait pas envoyer l'étrange visiteur à la porte de service, ou même le faire chasser de la propriété. Par bonheur Charles Cole passait justement par là, une invitée à son bras. Son visage s'illumina de plaisir quand il reconnut son vieil ami.

— Nick ! Tu es là, tout de même !

L'officier entra sous le regard méprisant du laquais qui ordonna sèchement à un valet de monter à l'étage le bagage du major Falconer. C'est alors que la belle dame d'âge mûr qui accompagnait Charles leva vers lui son visage hautain.

— Major Falconer ? répéta-t-elle avec une sorte de surprise dédaigneuse dans la voix, comme s'il était bien surprenant qu'un officier en dessous du grade de général pût être invité chez le duc de Cole.

Nick sourit et s'inclina aimablement.

— Nicholas Falconer, pour vous servir, milady…

— Nick était à l'école avec moi, Faye, expliqua Charles.

Le duc lui tendit la main et la serra avec chaleur, le visage illuminé d'un sourire.

— Nick, voici l'épouse de mon cousin : lady Faye Cole.

— Falconer…, murmura pensivement la belle

dame. Oh, bien sûr, l'héritier du marquis de Kinloss… Pardonnez ma surprise, j'ai cru un instant que Charles avait invité des militaires à Cole Court !

Il n'y avait plus aucune marque de dédain dans ses yeux bleus.

— Je sers en effet dans l'armée, milady, répondit patiemment Nick.

— Vous serez un jour marquis, c'est bien plus important. Il faudra que vous fassiez la connaissance de ma fille, major Falconer…

Elle eut un sourire bref, qui n'atteignait pas ses yeux.

— Elle a dix-sept ans et ce sont ses débuts dans le monde. Oui, je n'étais encore qu'une enfant lorsque je me suis moi-même mariée…

Nick n'avait pas la moindre envie de faire la connaissance de la donzelle qu'on lui offrait ainsi sur un plateau en raison de son titre nobiliaire futur, mais il s'inclina poliment. Puis la dame les planta là, vraisemblablement pour prévenir sa fille qu'elle allait bientôt l'attacher au piquet du sacrifice…

— Je suis désolé, murmura Charles en la regardant s'éloigner dans un nuage parfumé. Mon cousin Henry a toujours eu un goût épouvantable en matière de femmes. Tu te souviens de lui ? Alors tu vois ce que je veux dire… Elle aurait pu attendre que tu aies passé la porte avant d'essayer de te mettre le grappin dessus pour sa fille.

— Quelqu'un devrait prévenir cette gente dame que je ne suis pas vraiment le gendre idéal, répondit Nick avec un peu d'amertume.

Jamais ses beaux-parents ne lui avaient fait le moindre

reproche à propos de la mort de leur fille, mais Nick savait bien qu'il en était responsable.

— Si tu es solvable et que tu as toutes tes dents, alors pour elle, tu es un parti très acceptable, mon pauvre vieux !

Nick poussa un soupir excédé.

— Alors dis-lui que je n'ai pas le sou, je t'en prie.

— Je le peux, bien sûr, mais ce serait mentir. Et ton titre ?

— Dis que mon oncle m'a déshérité, ou quelque chose comme ça… D'ailleurs, je suis bien sûr qu'il le ferait, s'il le pouvait, ajouta-t-il en riant. Il n'approuve pas ma conduite et ne comprend pas que l'on puisse travailler pour vivre. A ce propos, je suis ici en mission, Charles, et ne puis me permettre de me laisser distraire par des filles à marier.

— Je comprends !

Le duc jeta un coup d'œil derrière son épaule, d'une manière quelque peu théâtrale. Il n'était sans doute pas fait pour travailler dans la clandestinité.

— Hawkesbury m'a écrit, lui dit le duc. Nous aurions dû savoir que Rashleigh était capable de nuire, même au-delà de la mort.

— A qui le dis-tu !

— Où est Anstruther ? demanda Charles. Il n'est pas avec toi ? Hélas pour lui, il est tout à fait inéligible, lui, le pauvre garçon… Faye ne le laissera pas approcher Lydia, sachant que le père d'Anstruther a mis à mal l'honneur de sa famille.

— Il arrive demain. Je l'ai laissé à Skipton, avec pour consigne d'arrondir les angles avec la justice.

— Je vois…

Charles paraissait assez excité par toute cette aventure.

— Toute cette histoire rend cet été plus passionnant que tous ceux qui l'ont précédé. D'habitude, je trouve la campagne si ennuyeuse…

Il s'approcha de son ami pour murmurer d'un air de conspirateur :

— Hawkesbury m'a dit que tu m'expliquerais tous les détails et que je dois t'offrir mon aide pour capturer les fameuses *Glory Girls*…

— C'est exact, confirma Nick en réprimant un sourire.

— Pour ce soir, mêle-toi à mes invités, dit Charles en montrant les portes ouvertes de la salle de bal et les quelques couples qui prenaient le frais dans le vestibule. Peut-être pourras-tu découvrir quelque chose d'utile…

Nick hocha la tête.

— Bien sûr, je…

Il s'arrêta net. La porte d'entrée venait de s'ouvrir et deux invitées retardataires entraient, introduites par le majordome cette fois très déférent. L'une était une beauté spectaculaire de vingt-huit ou trente ans. Elle était aussi impériale dans ses manières que Faye Cole, avec ses cheveux d'un blond lumineux. Son attitude semblait exiger de chaque homme une attention qu'ils ne devaient être que trop heureux de lui accorder. Elle était habillée d'une saisissante et quelque peu choquante robe de bal rouge, au décolleté si vertigineux qu'il couvrait à peine ses seins.

Plutôt provocant… Aucune place pour l'imagination, songea Nick. Charles poussa un long soupir.

— Une autre de mes cousines… hélas ! Lady Hester Berry. Ce sont les inconvénients d'une grande famille…

Mais Nick ne l'écoutait déjà plus. Il avait vu l'autre lady et devinait, à la façon dont elle serrait entre ses doigts son réticule, qu'elle était nerveuse. Elle paraissait plus jeune que lady Hester, son teint était plus pâle, elle était plus petite mais de proportions harmonieuses, ses cheveux dissimulés par un turban à la dernière mode. Elle portait une robe modeste mais très élégante, qui moulait parfaitement ses courbes voluptueuses.

Nick la dévorait du regard car ces courbes, il les avait vues très récemment, sous la cascade du jardin…

Elle tourna la tête à cet instant et leurs regards se rencontrèrent. Il avait d'abord cru que ses yeux étaient noirs mais à la lumière des chandelles, il pouvait voir du vert et de l'or dans leur profondeur. Et soudain, il comprit. La révélation lui coupa le souffle. Ce ne pouvait pas être une coïncidence. Cette fille était celle qu'il avait abordée à la taverne le soir du meurtre de Rashleigh. Elle portait alors une perruque et un masque, mais la couleur si particulière de ses yeux la trahissait. Nick se laissa aller à la contempler, admirant la ligne de ses pommettes, la plénitude de ses lèvres qui n'étaient pas d'un rouge éclatant, ce soir, mais d'un rose du meilleur effet. C'était elle, il en était quasiment certain.

Et elle semblait l'avoir reconnu, elle aussi. Soit comme l'homme avec qui elle avait partagé un baiser brûlant à la taverne, soit comme celui qui l'avait vue nue dans le bassin, à moins que ce ne soit les deux. Il soutint son regard et attendit tranquillement sa réaction. Le menton haut, elle le regarda bien en face, ses yeux posés sur lui avec indifférence comme s'il n'existait pas.

Les coins de la bouche de Nick se relevèrent en un sourire appréciateur. La fille avait du cran…

Mais cette élégante lady pouvait-elle être la fameuse Glory ou la fille de mauvaise vie qu'il avait vue à la taverne ? En tout cas, elle était bel et bien la nymphe de la cascade.

Quoi qu'il en soit, il avait un certain avantage ; son apparition soudaine avait dû la prendre de court, même si elle avait parfaitement contrôlé sa réaction. Il fallait maintenant prendre l'offensive, avant qu'elle n'ait retrouvé tous ses esprits.

— Qui est-ce ? murmura-t-il.

— C'est ma cousine Hester, comme je te l'ai déjà dit.

— Non, l'autre.

— Oh ! Euh…

Charles parut un instant confus, comme s'il ne pouvait voir une autre femme dans la pièce que sa cousine.

— C'est Mme Marina Osborne, une voisine.

Mme Osborne… Les yeux de Nick s'étrécirent.

— Mariée ?

— Veuve.

Charles eut un rire bref, comme si on lui posait souvent cette question.

— Une riche veuve, inconsolable. On dit que son cœur est enterré auprès de feu son époux.

Nick sourit lentement. L'identité de Mme Osborne constituait une couverture parfaite pour des activités illégales… Comme c'était commode pour elle ! Elle pouvait porter le nom respectable de son mari, qui avait le bon goût de ne plus l'embarrasser par sa présence.

— Bah, ne dit-on pas cela de toutes les veuves ?

— Peut-être, mais c'est parfois vrai. Tu es un cynique, mon cher. Sache que tu n'as aucune chance si tu crois pouvoir la rendre sensible à tes charmes. On la dit froide comme la glace.

Nick repensa à la beauté dont il avait vu le corps nu et superbe sous la chute d'eau.

— Nous verrons bien, dit-il en carrant ses épaules. Présente-moi.

3

Jonc fleuri : Attirance.

— Le plus bel homme de la soirée te regarde, Marina, chuchota Hester. Je crois qu'il veut faire ta connaissance.

Marina eut un mouvement nerveux. Elle le savait bien. A la seconde où elle était entrée dans le vaste hall, elle avait remarqué celui qui se tenait à côté de Charles Cole. Sans s'en rendre vraiment compte, elle avait suivi chacun de ses gestes, chaque regard qu'il avait lancé dans sa direction. Elle l'avait vu regarder Hester puis elle-même, et elle avait noté qu'il la fixait à présent comme s'il n'y avait plus personne d'autre dans la pièce.

Ce genre de chose ne lui était jamais arrivé auparavant. L'une des raisons pour lesquelles elle appréciait particulièrement d'avoir Hester comme amie et colocataire était que la flamboyante jeune femme représentait pour elle le plus parfait des camouflages. Marina avait l'habitude de voir le regard des hommes passer sur elle sans s'attarder pour chercher Hester. Et c'était exactement ce qu'il lui fallait. Non pas qu'elle n'ait pas d'admirateurs. Certains appréciaient sa silhouette et plus encore sa fortune, mais le plus souvent, les hommes la trouvaient aimable dans la mesure où elle pouvait les présenter à son amie.

Visiblement, l'homme sombre qui se tenait là-bas n'entendait pas se conformer à la règle…

Dès l'instant où il avait posé les yeux sur elle, et bien qu'elle ne puisse le distinguer correctement derrière les branches de saules, Marina avait su qu'il était celui qui l'avait vue se baigner nue dans la cascade. Et un instant plus tard, quand il s'était avancé dans la lumière, elle avait su également, et sans l'ombre d'un doute, qu'il était l'homme qu'elle avait rencontré dans la taverne de Londres, la nuit du meurtre de Rashleigh. Celui qui l'avait embrassée. Sous le choc, elle avait l'impression de ne plus pouvoir respirer.

Bien sûr, il était différent à présent. Cette nuit-là, il était vêtu d'une façon… assez ambiguë. Mais Marina avait senti, dès le premier regard, qu'il s'agissait d'un déguisement et non de l'affirmation d'une préférence sexuelle, car il y avait en lui quelque chose d'intensément masculin et viril qu'il n'avait pas pu dissimuler. Quelque chose qui, à sa grande honte, appelait tout ce qui était féminin en elle…

Elle frissonna sous son châle de soie et le serra davantage sur elle. Ce baiser avait été une erreur, pire ! une aberration. Normalement, elle n'aimait pas ce genre de choses, cela la dégoûtait même. Elle fuyait autant que possible le contact physique avec les autres êtres humains. Leur proximité l'effrayait et il était extravagant qu'elle ait oublié tous ses principes en embrassant cet homme-là. Depuis, elle avait essayé, sans succès, d'effacer ce baiser de sa mémoire, ainsi que l'inconnu qui l'avait tant troublée… en vain.

Lorsque Rashleigh lui avait donné rendez-vous dans cette taverne, elle avait tout de suite su qu'elle ne pourrait s'y rendre habillée en respectable veuve, si elle ne voulait pas se faire trop remarquer. C'est pourquoi elle avait choisi le costume et l'identité d'une fille facile nommée Molly. Mais les choses n'avaient pas tourné de la façon qu'elle espérait ; dès son entrée, un dandy à moitié ivre avait essayé de mettre la main sur elle. Elle avait cherché un autre homme qui la protégerait et c'est ainsi qu'elle avait remarqué le costume criard et pas très masculin de l'inconnu. Avec un homme de cette sorte, pensait-elle, elle ne risquait rien. Mais elle s'était vite aperçue qu'elle avait eu tort de se fier aux apparences…

Quelque chose en lui l'avait intriguée puis attirée. C'était un sentiment qu'elle n'avait jamais ressenti auparavant, une sensation enivrante qui révélait une faiblesse qu'elle ne se connaissait pas. Elle avait peine à croire qu'après la façon dont elle avait été traitée, elle pouvait encore être troublée par un homme. Bien sûr, lorsque l'inconnu s'était penché pour l'embrasser, elle avait connu un instant de panique, se demandant même si elle allait éprouver la même répulsion qu'avec Rashleigh, mais l'appréhension avait tout de suite cédé la place à une sensation douce et forte, irrépressible. Elle lui avait alors rendu son baiser, instinctivement, impatiente de sentir le goût de ses lèvres sur les siennes. La flambée de désir qui s'était allumée en elle l'avait prise de court, tout comme elle avait été surprise de lire la même soif dans ses yeux à lui.

Cet homme était dangereux, il aurait presque pu lui faire oublier le passé. Marina s'était consolée en se disant qu'elle ne le reverrait jamais, qu'il lui serait facile d'oublier ce qui s'était passé entre eux, mais elle s'était trompée…

A présent, il semblait évident qu'il était également dangereux pour d'autres raisons. Qu'il se soit trouvé à la taverne le soir du meurtre de Rashleigh et à Cole Court à présent ne pouvait être une coïncidence.

Marina leva le menton et détourna ostensiblement les yeux.

— Il n'est pas si beau que cela, répondit-elle à Hester. Son nez a dû être cassé autrefois car il n'est plus très droit. Et puis, je préfère les blonds.

Il y avait pourtant bien peu de choses à redire à son apparence et elle le savait. Il avait des sourcils bien taillés qui ombraient de beaux yeux sombres, des pommettes hautes, une ligne de mâchoire ferme et volontaire et une bouche pleine. Le souvenir précis de ses lèvres lui procura un délicieux frisson.

— Tu plaisantes, protesta Hester. Il a l'air…

— Dur, acheva Marina d'une voix tremblante.

— Si l'on veut. Je dirais plutôt qu'il a l'air très direct. En revanche, je suis sûre de ne pas être son genre. Ça n'en reste pas moins le plus bel homme que j'ai vu à Peacock Oak depuis près de deux ans.

— C'est un endroit bien connu pour la beauté de ses habitants de sexe masculin, pourtant, persifla Marina.

Son ami eut un rire bref.

— Je ne me permettrais pas de mettre en doute tes connaissances en matière botanique, ma chère, mais pour ce qui est des hommes, je crois que tu peux me reconnaître une certaine compétence…

— Je dirais même : une compétence étendue.

Hester lui décocha un petit coup sur l'épaule.

— Ils viennent par ici, chuchota-t-elle. Il a dû demander à Charles de le présenter.

— Qu'il n'y compte pas, dit Marina, dont le cœur se mit à battre plus vite. Je n'ai aucune envie de faire sa connaissance !

— Qu'est-ce qui te prend ? protesta Hester. Je veux bien lui être présentée, moi, si toi tu ne le veux pas !

— Je dois le décourager de m'approcher, répondit Marina dans un murmure. C'est celui dont je t'ai parlé ; celui qui m'a vue à la cascade…

Hester mit la main devant sa bouche pour cacher sa surprise.

— Je comprends maintenant pourquoi il te dévore des yeux !

— Et je suis quasiment sûre que c'est aussi l'homme que j'ai vu à Londres…

Comme son amie la regardait d'un œil vague, elle précisa :

— Dans cette taverne… la nuit où Rashleigh a été tué.

Hester pâlit tout à coup sous son maquillage.

— Mon Dieu, balbutia-t-elle, j'espère que c'est une coïncidence !

— Je n'y crois guère.

Hester se mordit la lèvre.

— Et il est trop tard pour t'enfuir, n'est-ce pas ?

— Je le crains.

Elle le regarda pensivement s'approcher.

— Je soupçonne que si je faisais cela, il me poursuivrait, jusqu'à ce qu'il m'ait mis la main dessus.

— Qu'allons-nous faire, alors ? chuchota Hester, plus morte que vive.

— Toi, rien. Je m'en occupe.

Déjà, Charles Cole s'inclinait devant elle. Marina esquissa une révérence. Elle avait toujours préféré garder ses distances envers le duc, qui lui paraissait cacher son jeu. Il n'était certainement pas uniquement le paisible propriétaire terrien qu'il prétendait être. Avoir à dissimuler ses propres secrets en permanence la rendait particulièrement sensible à ceux des autres, bien qu'elle ne sache pas quels étaient exactement ceux de Charles Cole.

Hester tendit sa joue à son cousin en faisant un immense effort pour dissimuler son angoisse et son trouble. A ce spectacle, Marina fut prise d'un élan d'affection pour son amie. Hester avait insisté pour l'accompagner à Londres, le soir de sa confrontation avec Rashleigh. Elle l'avait attendue à l'hôtel *Grillons*. Marina lui avait raconté tout ce qui s'était passé cette nuit-là, car elles n'avaient aucun secret l'une pour l'autre. Mais à présent, Marina commençait à se dire qu'elle aurait peut-être dû cacher certaines choses à Hester. Elle s'en voulait d'imposer une telle pression à son amie. Pour sa part, il y avait longtemps qu'elle avait appris à assurer elle-même sa propre protection. Elle pouvait bien continuer à le faire mais elle refusait qu'Hester souffre à cause de son passé.

— Bonsoir, chère cousine, dit Charles en faisant de louables efforts pour ne pas regarder trop fixement le décolleté plongeant.

Il s'inclina devant Marina d'une façon un peu plus formelle.

— Madame Osborne…

— Votre Grâce…

Marina s'appliquait à ne pas regarder le compagnon de Charles, mais elle pouvait sentir le poids de son regard sur elle, presque comme s'il la touchait. Quand elle leva enfin les yeux sur lui, son regard brillait d'une flamme qui fit battre son cœur à toute allure et lui procura de délicieux frissons. Elle se souvint de ce que Rashleigh lui avait appris des hommes, de leurs bas instincts et de leur désir de les satisfaire, à tout prix. Lorsqu'elle lui avait échappé, elle avait également fui tout désir d'avoir jamais une relation intime avec n'importe quel homme. Elle croyait alors sincèrement qu'elle n'en éprouverait jamais le besoin. Et voilà qu'en un seul baiser, puis en un seul regard, celui-là jetait à bas toutes ses certitudes.

Elle se força à se souvenir qu'il était certainement venu là pour une raison précise et qu'il n'était pas envisageable pour elle de baisser la garde un seul instant. Cette attirance qu'elle ressentait pour lui ne pouvait que l'affaiblir. Cela la rendait vulnérable, ce qu'elle ne pouvait se permettre.

— Permettez-moi de vous présenter Nicholas Falconer. C'est un vieil ami à moi, venu passer l'été à la campagne. Nick, voici ma cousine lady Hester Berry et notre amie, madame Osborne.

Nicholas Falconer… Ce nom paraissait étrangement

rassurant et inoffensif aux oreilles de Marina. Il s'inclina courtoisement devant elle, mais quand il toucha sa main, la sensation de danger la rattrapa instantanément.

— Très heureuse, monsieur Falconer, dit-elle doucement, la voix aussi neutre que possible.

— Tout le plaisir est pour moi, madame Osborne.

Et soudain, il prit son bras et l'entraîna légèrement à l'écart de Charles et d'Hester. Il le fit avec un naturel désarmant, mais aussi avec l'évidente intention de la séparer de sa compagne. Ce fut fait si prestement que Marina ne s'en aperçut qu'alors qu'il était trop tard.

— Pardonnez-moi, madame Osborne, lui dit-il d'une voix suave, mais… nous serions-nous déjà rencontrés ?

Marina le regarda droit dans les yeux. Son regard était franc et direct. Elle avait l'impression d'être seule avec lui dans la pièce, ses larges épaules semblant la couper des autres personnes présentes. Il l'attira un peu plus contre lui, alors qu'un groupe passait en parlant haut et en riant pour se rendre au buffet. Il avait posé une main sur son épaule, d'une façon très naturelle, mais qui la faisait vibrer tout entière. Elle pouvait sentir son odeur, où se mêlaient celle des nuits d'été, de l'eau de Cologne au bois de santal et aussi quelque chose de plus personnel et de plus intime.

Ses vêtements de voyages étaient fripés et poussiéreux mais cela ne retirait rien à son allure d'autorité. Il avait l'air d'un homme habitué à prendre ce qu'il désirait. Et les femmes, en particulier, ne devaient rien lui refuser.

La tension vibrait entre eux, presque palpable. On eût dit qu'il était conscient de chaque mouvement du corps de Marina sous la soie grise de sa robe du soir. Elle eut le plus grand mal à rompre ce contact mystérieux qui s'était établi entre eux.

— Je ne crois pas, non.

Il lui sourit, de ce même sourire lent qu'il avait ce soir-là, à la taverne.

— Vous ne vous souvenez pas de moi ?

Oh si, elle se souvenait de lui... Comment l'oublier ?

— J'ai une excellente mémoire, répondit-elle sèchement. Et pourtant, je ne vous remets pas.

Impavide, il leva un sourcil ironique.

— C'est bien étrange. Vous me semblez très familière, à moi.

— C'est plutôt vous qui me semblez un peu trop familier, monsieur Falconer, et pas très original, dans votre approche, si je puis me permettre, lui lança-t-elle avec un sourire glacial.

Il sourit de nouveau. Il était tout simplement éblouissant.

— Pourtant je suis bien certain, moi, de vous reconnaître. Même si vous êtes très différente... lorsque vous portez des vêtements...

Marina serrait son réticule si fort que les jointures de ses doigts en étaient blanches. Comment osait-il être... direct à ce point ? Peu d'hommes, assurément, oseraient ce genre de choses et elle devait reconnaître qu'il ne perdait pas de temps en préambules. Il la provoquait, délibérément, pour voir comment elle allait réagir. Après tout, une femme respectable n'était pas censée nager nue dans un bassin d'agrément, au milieu d'un jardin paysager. Si elle admettait s'être conduite ainsi, elle avouerait un manque flagrant de décence, ce qui donnerait à Nicholas Falconer un avantage dont il ne manquerait pas de profiter…

Elle était prise au piège. Que faire ? En avouant que c'était bien elle, sous cette cascade, elle ruinerait sa réputation… mais ce petit secret-là n'était rien, comparé à tous les autres, bien plus lourds et dangereux. Elle pouvait bien admettre s'être baignée nue dans un bassin, mais certainement pas avoir aguiché Nicholas Falconer dans un bouge londonien.

— Je sais que c'était vous, sous cette cascade, lui murmura-t-il tandis qu'elle réfléchissait à toute allure. Vous pouvez bien protester, je vous reconnaîtrais entre mille.

Un frisson parcourut tout le corps de Marina et elle serra davantage son châle sur ses épaules. Il savait que c'était elle sous la cascade, bon, mais avait-il reconnu la fille de mauvaise vie de la taverne, aussi ?

C'était un peu comme jouer au jeu du chat et de la souris. Elle ne devait rien avouer, surtout rien qui puisse la mettre en danger.

Le mieux était de le défier, pour voir jusqu'où il était prêt à aller…

— Très bien. Je reconnais que je me suis baignée dans le bassin mais je me croyais seule !

Il sourit de nouveau, un sourire très charmant. Le cœur de Marina s'emporta de plus belle, comme une adolescente devant son premier amour.

— C'est très bien de le reconnaître. Quatre-vingt-dix femmes sur cent auraient prétendu qu'elles ne voyaient pas ce que je voulais dire. J'apprécie votre sincérité.

S'il savait… Parfois, elle ne savait même plus où commençait le mensonge.

Elle le regarda droit dans les yeux.

— Bien sûr que la plupart des femmes auraient nié. Qui pourrait le leur reprocher ? Une réputation est chose bien fragile, monsieur Falconer.

— Dans ce cas, en quoi êtes-vous différente, vous qui l'admettez ?

— Je ne le suis pas, répondit-elle, le souffle un peu court. Moi non plus je ne tiens pas à perdre ma réputation. Mais je sais bien que vous m'avez vue. Je ne puis donc qu'espérer que vous êtes un gentleman et que vous n'en parlerez à personne.

Elle aurait pu lui dire bien des choses encore ; que parfois le rôle de la respectable veuve lui pesait et qu'elle ressentait un désir irrépressible d'être enfin libre. Que sur une impulsion, elle avait retiré tous ses vêtements pour jouir de la fraîcheur de l'eau. Mais ce n'était pas le genre de choses dont on parle à un étranger et surtout pas à celui-ci, qui savait déjà sur elle un peu plus de choses qu'il n'était nécessaire.

Comme il gardait le silence, elle leva les sourcils et demanda doucement :

— Est-ce tout ce que vous vouliez me dire, monsieur Falconer ?

Un sourire ironique se dessina sur les lèvres sensuelles et bien dessinées de l'officier.

— Non, pas tout à fait.

Il avança sa main et Marina sentit soudain la chaleur de ses doigts sur son cou.

— Vous feriez bien de cacher cette mèche-là, si

vous ne voulez pas que quelqu'un d'autre devine votre secret... Vos cheveux sont encore mouillés. Vous avez vraiment dû rentrer vous habiller très vite...

Marina dissimula prestement la mèche incriminée sous son turban, d'une main légèrement tremblante. Elle sentait ses joues s'empourprer tandis que Nick continuait à la fixer de son regard intense.

— Des cheveux aussi noirs que la nuit, murmura-t-il. Je l'avais remarqué.

Marina sentit son estomac se nouer. Quels autres souvenirs gardait-il de leur première rencontre ? Son corps s'échauffa soudain mais le souvenir de Rashleigh, sa violence, ses innommables attouchements lui revinrent à la mémoire et lui glacèrent aussitôt le sang.

Bien sûr, tous les hommes n'étaient pas aussi cruels que le comte de Rashleigh l'avait été. Elle savait bien que certains pouvaient se montrer chevaleresques et tout à fait honorables. Mais elle n'avait ni le temps ni l'envie de séparer le bon grain de l'ivraie. Elle préférait donc ne se fier à aucun homme, n'en laisser aucun l'approcher, et surtout pas celui-ci, bien trop dangereux en raison même de l'attirance qu'elle ressentait pour lui. Il fallait mettre un terme à tout ceci, et vite.

— Je dois vous demander d'oublier ce que vous avez vu et de ne plus jamais en reparler, à moi ou à quiconque, lui dit-elle sans faire d'effort pour tempérer l'indignation qui faisait vibrer sa voix. Du reste, si vous étiez vraiment un gentleman, vous n'auriez tout simplement pas regardé.

De petites rides se dessinèrent autour des yeux de Nick tandis qu'il lui adressait un sourire amusé.

— Ma chère madame Osborne, vous m'en demandez trop. Je suis un homme, avant d'être un gentleman.

— Bien longtemps avant, je crois.

Il s'inclina comme s'il lui concédait ce point, puis il reprit sa main et l'attira plus près de lui. Elle sentait son souffle chaud près de son oreille. La glace dont elle cherchait toujours à se protéger le cœur commençait à fondre.

— Vous êtes veuve, madame Osborne. En tant que telle, j'imagine que vous savez à quoi vous en tenir quant au désir des hommes ?

Marina ne put réprimer un frisson. Oh oui, elle savait tout ce qu'on pouvait savoir dans ce domaine. Rashleigh lui avait enseigné les choses les plus dégradantes que l'on pouvait imaginer.

— Oui, ce n'est pas chose bien compliquée, répondit-elle toujours aussi fraîchement.

Il rit.

— Sans doute que non, en effet. Vous pouvez donc imaginer ce que j'ai ressenti en vous voyant nue dans les derniers rayons du soleil, l'eau ruisselant sur votre corps.

Envahie d'une subite et vive chaleur, Marina lui retira précipitamment sa main.

— Monsieur Falconer ! lui lança-t-elle, outrée.

— Appelez-moi donc Nicholas, voulez-vous ? Ou bien Nick, si vous préférez. Nous nous connaissons et nous allons apprendre à mieux nous connaître encore.

— Monsieur Falconer, répéta-t-elle en appuyant sur chaque syllabe, vous êtes étrangement obtus, semble-t-il. Je n'ai pas la moindre inclination à encourager les intentions que vous semblez vouloir me témoigner. Je suis une respectable veuve.

— Vous n'en avez pas du tout l'air, madame Osborne, lui répondit-il doucement, d'un air suave.

Elle le regarda fixement. Il avait raison, bien entendu. Une femme qui se baignait nue dans les fontaines pouvait difficilement se prévaloir d'une ombrageuse pudeur. Et dire qu'elle ne s'était mise à l'eau que parce qu'elle croyait être tout à fait seule et que le seul homme du royaume qu'elle espérait bien ne jamais revoir de sa vie était justement passé par là à ce moment.

— Si jamais vous cherchiez un amant…

La colère de Marina flamboya instantanément.

— Certainement pas, monsieur Falconer ! Et je vous prierai de ne plus jamais évoquer ce genre de choses devant moi à l'avenir. Quant à ce que vous avez vu tout à l'heure dans les jardins, je vous prierai de bien vouloir l'effacer définitivement de vos souvenirs et…

Elle s'interrompit brusquement, car Nick secouait lentement la tête.

— C'est impossible, madame Osborne. Je puis vous donner ma parole que personne ne saura ce que j'ai vu, mais…

Il sourit.

— Je ne puis effacer mes souvenirs…

Marina ne voyait que trop bien le genre d'images qu'il gardait dans son esprit. Elle prit une profonde inspiration.

— Très bien. Si j'ai votre parole que vous garderez le silence, je suppose que je devrai m'en contenter.

Il s'inclina de nouveau devant elle, dans un geste désinvolte.

— Bien sûr, un gentleman ne saurait promettre moins.

Marina se mordit la lèvre. Elle ne savait trop si elle pouvait lui faire confiance. Ce n'était qu'une victoire temporaire et cette lueur dans ses yeux sombres ne présageait rien de bon.

— Je vous remercie, articula-t-elle fort raide, du bout des lèvres.

Il haussa légèrement les épaules.

— Mais, je vous en prie. Et si vous me dites que nous ne nous sommes jamais rencontrés, je vous crois, bien entendu. Mais…

Il laissa sa phrase en suspens et les nerfs de Marina se tendirent de nouveau, près de se rompre.

— Je me demandais… vous arrive-t-il de vous rendre à Londres, madame Osborne ?

Il fallut à Marina toute sa force de volonté pour ne pas sursauter. Elle le regarda au fond des yeux mais n'y vit rien qu'un intérêt poli. Cet homme devait être redoutable aux cartes, songea-t-elle, il avait des nerfs d'acier. Il savait visiblement dissimuler la moindre émotion derrière un mur d'impassibilité. Elle voyait, maintenant, où il voulait en venir. Il avait dû reconnaître en elle la femme qu'il avait embrassée dans la taverne. Et il savait qu'elle était venue pour Rashleigh ce soir-là…

Pourquoi était-il ici ? Connaissait-il sa véritable identité ? Etait-il venu l'accuser du meurtre du comte ?

Marina songea aux conséquences, si jamais elle venait à être démasquée, et une froide terreur la saisit. Elle ferma les yeux et essaya de se composer une contenance en se disant que, même s'il la suspectait, il ne pouvait rien prouver contre elle.

— Je me rends très rarement à Londres, monsieur Falconer…

Le ton ferme de sa voix la surprit elle-même.

— Je n'ai pas beaucoup de goût pour les distractions de la ville. Je préfère la campagne.

— C'est curieux, répondit Nick, la tête légèrement penchée sur le côté. Car moi, voyez-vous, je jurerais que je vous y ai rencontrée, il y a quelques mois…

Marina esquissa un sourire sec.

— Je vous ai déjà dit non, monsieur Falconer. Ne poussez donc pas le jeu — et vos familiarités — trop loin.

Ils s'affrontèrent du regard un moment, puis Marina vit avec soulagement s'approcher Laura Cole. La duchesse avait une expression soucieuse sur le visage, comme si elle avait compris que son amie était en mauvaise posture et qu'elle volait à son secours. Marina en fut si soulagée qu'elle l'aurait volontiers embrassée.

— Voilà notre hôtesse qui vient vous accueillir, dit-elle. Je vous souhaite un agréable séjour à Cole Court, monsieur Falconer.

Nick la retint par le bras comme elle allait partir. Malgré l'épaisseur de tissu qui séparait ses doigts de sa peau nue, elle eut l'impression que le contact de ses doigts lui brûlait le bras.

— Nous nous reverrons, madame Osborne, murmura-t-il.

— J'en doute, monsieur Falconer, répondit-elle du tac au tac tandis qu'il lui adressait de nouveau son sourire charmeur.

— Vous ne comprenez pas, madame Osborne. Je vous affirme que nous nous reverrons, ce n'était pas une question.

Elle retira délibérément son bras.

— Bonsoir, monsieur Falconer.

4

Menthe : Souvenir.

Nick appuya ses larges épaules au chambranle de la porte de la salle de bal pour regarder Marina Osborne danser le cotillon. Laura, la duchesse de Cole, lui avait souhaité la bienvenue de cette façon vague et charmante dont il se souvenait qu'elle était coutumière, puis elle l'avait laissé pour aller s'occuper d'autres invités. Nick aurait préféré se retirer alors, au lieu de se joindre aux festivités. Il était fatigué, pas habillé pour la circonstance et il se sentait sale. D'ailleurs, lady Faye Cole ne s'était pas gênée pour froncer les narines et pour faire une remarque désobligeante à voix haute en passant près de lui.

Marina dansait justement avec le mari de celle-ci, le cousin de Charles : Henry Cole. Elle faisait tourbillonner sa robe autour d'elle de façon élégante, au rythme de la danse. Au cours d'une figure, son cavalier la saisit avec une ardeur enjouée et elle ne put retenir un mouvement de recul, froide comme une déesse des neiges. Nick ne connaissait pas très bien Henry — il était son aîné de quelques années et ils n'avaient donc pas fréquenté les mêmes classes, au collège — mais il lui avait toujours fait l'effet du gentilhomme campagnard typique : organisant sa vie autour de la chasse et de la pêche, mangeant comme quatre et buvant sec, ce qui vous condamnait inévitablement à des crises de goutte, tôt ou tard. Tandis qu'il dansait avec Marina, il était très rouge et ce n'était pas uniquement dû à sa corpulence, Nick en était sûr. Un certain moment, il s'arrangea pour effleurer délibérément les fesses de sa cavalière avec sa main, d'un geste maladroit mais sans équivoque, et les poings de Nick se serrèrent de dégoût. Puis Henry se pencha à l'oreille de la jeune femme et il la vit qui rougissait. Personne d'autre que lui ne semblait avoir remarqué cette petite scène ; Henry s'en était assuré. L'opinion qu'entretenait Nick sur le cousin de son ami chuta de plusieurs points. Il s'avançait déjà pour intervenir, lorsqu'il vit Marina enfoncer brutalement les nervures de son éventail dans l'estomac d'Henry. Celui-ci se plia en deux de douleur, fut pris d'une quinte de toux et recula jusqu'au bord de la piste de danse. Marina, les sourcils levés, le regarda en feignant le mieux du monde la surprise et l'inquiétude amicale. Nick se détendit un peu et esquissa un sourire. Henry Cole avait reçu la leçon qu'il méritait et il semblait que Marina n'avait pas besoin de protection.

L'espace d'un instant il avait presque oublié qu'elle était peut-être une criminelle et une meurtrière, parfaitement aveuglé par le désir pressant, l'espèce de faim dévorante qu'il avait d'elle.

Nick était un soldat. Il avait le sens du danger, savait d'instinct quand il devait attaquer, et quand il était préférable de se replier et d'attendre. Il savait prendre son temps et écouter ses intuitions mieux que la plupart des hommes. Cette qualité lui avait bien souvent servi à prendre la bonne décision par le passé. Cet instinct l'avait gardé en vie, lui et ses hommes en maintes occasions. Et cet instinct lui disait que Marina Osborne était bien Molly, la fille de la taverne. Et pourtant, il la désirait toujours.

Soupirer après Marina Osborne, l'intelligente et hautaine veuve de Peacock Oak, était bien la dernière chose dont il se serait cru capable. Aucune femme n'aurait pu être plus différente d'Anna qu'elle ne l'était. Et pourtant, la faim qu'il avait d'elle le tenaillait.

Il se sentait embarrassé autant par les pensées que par l'effet physique qu'elle éveillait en lui. Croiser le fer avec elle s'était révélé extrêmement stimulant. Il avait beaucoup admiré le sang-froid avec lequel elle avait paré chacune de ses attaques et aussi le discernement dont elle avait fait preuve en reconnaissant certaines choses, pour mieux le contrer sur d'autres.

Sa stratégie était impeccable et il avait pris beaucoup de plaisir à l'affronter. Et puisque leur attraction mutuelle était évidente, il allait la mettre à profit pour circonvenir cette femme et la séduire. Ainsi, il pourrait lui arracher ses secrets… N'était-ce pas là sa mission ? Et ainsi, il pourrait également satisfaire le désir brûlant qu'il avait d'elle. Et qui le consumait.

— Elle t'a envoyé promener, constata simplement, mais avec une certaine satisfaction, Charles Cole.

Nick se redressa.

— En effet. Sans équivoque.

Son ami se mit à rire.

— Je t'avais prévenu. Elle est aussi froide que la glace, elle l'a toujours été.

Nick leva un sourcil surpris.

— Elle a dû désespérer plus d'un soupirant, alors ?

— Beaucoup se sont intéressés à sa fortune plus qu'à elle. C'est plutôt une petite souris grise, qu'une jolie femme.

Nick le regarda avec surprise. Bien que marié et apparemment heureux en ménage, Charles était tout de même un homme. Comment pouvait-il ne pas s'apercevoir que Marina Osborne avait une allure folle sous ses dehors modestes ? Mais peut-être en était-il incapable, après tout. Charles Cole lui avait toujours donné l'impression de flotter à la surface des choses, sans guère les explorer plus avant. Il l'avait toujours connu ainsi. Oui, peut-être était-il incapable de voir les formes voluptueuses de Marina et peut-être d'ailleurs était-ce mieux ainsi, car il se sentait prêt à sauter à la gorge du premier homme qui regarderait la jolie veuve avec un peu trop d'attention.

Il se força à se détendre. S'il n'y prenait garde, la luxure allait totalement obscurcir son jugement. C'était précisément ce qui lui était arrivé à la taverne, lorsque la présence de Marina et le goût de ses lèvres avaient tant obnubilé ses sens qu'il en avait oublié tout le reste. La sanction ne s'était pas fait attendre : elle s'était jouée de lui et était parvenue à fuir. Cela n'arriverait plus. Cette fois, la partie se jouerait selon ses propres règles.

Marina quitta alors le parquet de danse pour disparaître par les portes-fenêtres qui donnaient sur la terrasse. Sa robe grise se fondit dans l'ombre environnante et bientôt, il ne la vit plus. Ainsi son apparence discrète était un déguisement, un masque, tout comme celui qu'elle portait à la taverne. Elle essayait de se dissimuler, presque de s'effacer. Peut-être bien pour échapper aux coureurs de dot, mais aussi, qui sait, pour une autre raison. Etait-elle capable de se composer une personnalité aussi différente de celle de la flamboyante Glory, la rebelle, la redresseuse de torts ?

Perdu dans ses pensées, il fut surpris d'entendre la voix de Charles s'élever à côté de lui.

— Je pense que Mme Osborne est timide. Elle n'est pas très à l'aise en société. J'ai souvent observé qu'elle préférait éviter les rassemblements de ce genre…

Avec un certain cynisme, Nick reconnut que son ami avait raison à l'exception d'un détail : la timidité n'était certainement pas la raison qui poussait Mme Osborne à fuir les réunions mondaines. Une femme qui s'habillait comme une prostituée et « levait » un homme dans un endroit comme La Poule et Le Vautour ne devait pas être si timide que cela. Elle jouait simplement un rôle, à l'opposé de celui de Glory, le bandit de grand chemin en jupons.

— Si Mme Osborne est quelque peu farouche, cela ne semble pas être le cas de ta cousine…, fit-il remarquer en montrant lady Hester Berry, qui passait près de lui, entourée d'une cour d'admirateurs.

Charles eut un rire bref.

— L'eau et le feu ! Pauvre John Teague, ajouta le duc en montrant un homme un peu plus âgé qu'eux qui, à l'écart du groupe, regardait Hester. Il n'aura jamais sa chance et pourtant, il est amoureux d'elle depuis des années. Mais on dirait qu'elle ne le voit pas… Il en a toujours été ainsi.

L'homme regarda dans leur direction et Charles lui fit signe.

— Allons dans mon bureau, dit-il à Nick. J'y garde quelques alcools de meilleure tenue que ce que Laura sert à ses invités. Teague vit dans les environs depuis longtemps. Il pourra t'être utile…

Ils s'enfermèrent à trois dans le cabinet de travail du duc où il gardait en effet un excellent cognac afin, leur dit-il, de trouver le courage d'affronter ses cousins.

— Henry et Faye ont beau être de ma famille, je n'ai pas grand-chose en commun avec eux, d'autant que Faye essaie toujours d'offrir sa fille en mariage à tous mes invités…

— Ce qui est très stupide, compléta John Teague, car cette demoiselle Cole est une ravissante tanagra qui n'a nul besoin de sa maman pour attirer les regards…

Devant le regard ironique et surpris de Charles, il s'empressa d'ajouter :

— Non pas que je m'y intéresse moi-même, comme tu le sais…

Nick regardait Teague en essayant d'évaluer jusqu'à quel point il pouvait le mettre dans la confidence. Charles le lui avait présenté comme un ami sûr, mais Nick se fiait surtout, d'ordinaire, à son impression personnelle. Certes, l'homme paraissait franc et ouvert, mais il savait depuis Eton que Charles avait tendance à accorder sa confiance un peu trop rapidement. C'était certes une qualité forte sympathique, mais qui pouvait parfois se révéler dangereuse. Aussi, Nick ne mentionna pas le meurtre de Rashleigh, se contentant d'indiquer qu'il avait été envoyé par lord Hawkesbury pour enquêter sur les *Glory Girls*. Teague leva un sourcil surpris, s'étonnant qu'un personnage aussi important que le secrétaire d'Etat à l'Intérieur se préoccupe de faits divers d'intérêt local.

— Ce ne sont que de pâles voyous, expliqua-t-il, des bandits de grand chemin. On dit que ce sont des femmes mais personnellement, j'en doute.

— Des femmes, et de bonne naissance, intervint Charles. Moi, je crois qu'il y a du vrai, là-dessous.

— Elles font leurs attaques à cheval, dit-on… Elles montent en amazone ? demanda Nick.

Charles se mit à rire.

— Penses-tu ! Une jambe de chaque côté, comme un homme !

Teague lui jeta un regard de sous ses sourcils froncés.

— Il n'y avait rien de particulièrement féminin ni d'aristocratique dans la façon dont ces gredins ont intercepté ma voiture, il y a deux semaines. Leur chef avait la plus belle voix de rogomme que j'ai jamais entendue dans les tavernes et il montait à cheval comme un dragon.

— Pourquoi ces bandits vous ont-ils attaqué ? demanda calmement Nick.

Teague tourna vers lui ses yeux vifs, pétillant d'intelligence. L'officier songea à la remarque condescendante de Charles à propos des amours malheureuses de cet homme avec lady Hester. Elle ne le jugeait vraisemblablement pas à la bonne mesure ; il ne paraissait pas homme à tolérer ces flirts avec trop de patience.

— Que voulez-vous dire, mon vieux ? lui demanda-t-il froidement.

— J'ai entendu dire que les *Glory Girls* avaient toujours une bonne raison d'attaquer les voyageurs. Redistribuer leurs richesses aux pauvres, par exemple, dans le cas d'un riche meunier qui exploitait ses employés…

Teague eut un rire bref.

— Ma foi, si vous le dites… alors dans mon cas, ce doit être mon argent qu'ils ou qu'elles recherchaient.

— Mais êtes-vous sûr que vous aviez affaire aux *Glory Girls* ?

— Certain ! Elles ou ils n'en ont pas fait mystère ! répondit Teague en reprenant une gorgée de cognac.

Nick resta songeur. Il était bien étonnant que cette attaque n'ait pas eu pour origine une injustice quelconque, contrairement à toutes celles qui lui avaient été rapportées. Mais peut-être s'agissait-il d'imposteurs, cherchant à se faire passer pour les prestigieuses *Glory Girls* ? Le cas n'aurait pas été si rare : les voyous empruntaient souvent l'identité d'autres, plus renommés.

— La fois que j'ai préférée, c'est quand elles ont enlevé Annabel Moorehead, qui était en route pour se marier loin d'ici, précisément parce que son père voulait la forcer à épouser un homme riche qu'elle n'aimait pas. La tête de son père, quand il l'a appris, était hilarante !

— C'était bien fait, approuva Teague, et d'ailleurs, Mlle Moorehead en a été bien heureuse.

Il se tourna vers Nick.

— C'est pourquoi, Falconer, il y a beaucoup de gens

par ici qui ne verront pas d'un très bon œil votre projet d'arrêter la bande de Glory. Pour beaucoup, ce sont des héros ou plutôt, des héroïnes.

— Je doute que le banquier de ce M. Arkwright soit de ceux-là, fit remarquer Nick. N'est-ce pas lui qui avait retenu la paye de ses employés, à ce que j'ai compris ?

Teague leva un sourcil plus amusé que surpris, cette fois.

— On dirait que vous trouvez vous aussi quelques circonstances atténuantes à ces gredins, Falconer... Lord Hawkesbury n'attend-il pas de vous que vous les punissiez avec toute la rigueur de la loi ?

— Je suppose que si. Ne vous méprenez pas, Teague. Je n'ai aucune sympathie pour les bandits de grand chemin et j'ai bien l'intention de mettre la main sur eux, ou sur elles.

Il vida son verre de cognac avant de demander :

— Et toi, Charles, t'a-t-on déjà attaqué sur les routes ?

Le duc lui parut, étrangement, un peu déçu de devoir admettre que non.

— Mais je garde toujours une paire de pistolets dans ma voiture, au cas où cela se produirait.

Nick sourit.

— Je vois. Y a-t-il autre chose, messieurs, que je devrais savoir à propos de cette bande ?

Teague secoua la tête.

— On dit qu'elles se réunissent parfois dans certaines auberges de la route de Skipton, indiqua Charles après un petit moment d'hésitation.

— C'est vrai, j'oubliais, reconnut Teague. Le Lion d'Or, c'est ça ?

— Oui, et aussi l'auberge du Clair de Lune.

— J'irai y faire un tour, annonça Nick. Imaginons un moment, voulez-vous, qu'il s'agisse bien de femmes de la bonne société…

Teague se tortilla sur son siège, visiblement mal à l'aise avec cette idée. Nick ne manqua pas de remarquer son trouble et ne put s'empêcher de se demander pourquoi il réagissait ainsi.

— Cela paraît tiré par les cheveux, fit remarquer Charles. J'imagine mal Laura, ou Faye, ou bien l'épouse du révérend Butler, mener une bande de détrousseurs à cheval.

— Peut-être pas, en effet… Mais on peut penser à quelqu'un d'autre, dit doucement Nick. Est-ce que Mme Osborne monte à cheval ?

Teague et le duc se consultèrent du regard.

— Occasionnellement, répondit Charles après un moment de réflexion. Mais pas très bien.

— Hester monte à la perfection, mais j'espère que vous n'êtes pas en train de suggérer qu'elle pourrait être un bandit de grand chemin, Falconer, ce serait insultant, dit Teague en haussant légèrement le ton.

— Je ne suggère rien du tout, répliqua calmement l'officier. Je réfléchis tout haut, c'est tout.

Un pesant silence s'ensuivit, que Charles rompit enfin.

— En ce qui concerne Marina Osborne, j'avoue m'être déjà posé la question.

— Oh, voyons, Charles, répliqua Teague en rougissant quelque peu. Tout cela parce qu'on ne sait pas exactement d'où lui vient sa fortune ?

— Pas du tout !

Charles rougit légèrement à son tour.

— Je sais bien que Laura l'a prise sous sa protection, ainsi qu'Hester, mais…

Il s'interrompit, visiblement embarrassé.

— Elle peut paraître très réservée, voire cachottière, bougonna Teague, mais quand on la connaît mieux…

Il prit une profonde inspiration et se lança :

— Elle s'est toujours montrée une amie extrêmement fidèle pour Hester et pour Laura aussi, si tu voulais bien l'admettre. Laura est souvent très seule ici quand tu es en ville…

Il s'interrompit et s'éclaircit la gorge, sous le regard soudain peu amical du duc.

— Elles partagent toutes deux le même goût pour l'horticulture, acheva-t-il, gêné.

— Je suis heureux de l'entendre, dit Charles d'un ton sec et sarcastique.

Nick ne fit aucun commentaire, se contentant d'écouter avec intérêt. Il y avait dans tout cela des choses très intéressantes. Ainsi, il avait ignoré jusque-là que Charles laissait son épouse seule à la campagne, tandis qu'il partait occuper son siège à la Chambre des Lords. Pourquoi ces deux-là étaient-ils si souvent séparés ?

Quant à Teague, il était bien à l'évidence amoureux d'Hester Berry. En défendant Marina, c'était elle, à coup sûr, qu'il défendait par rebond. Restait qu'il était étrangement embarrassé lorsqu'on faisait allusion aux *Glory Girls*. Pourquoi donc ? Peut-être parce que Nick risquait bien, au cours de son enquête, d'en apprendre un peu trop long sur elles. L'apparence discrète de Marina, ainsi que ses piètres talents de cavalière, n'étaient peut-être qu'une ruse, afin de mieux se dissimuler. En tout cas, Teague semblait chercher à détourner les soupçons sur d'autres bandits de grand chemin, peut-être imaginaires. Tout cela faisait de lui un suspect à surveiller.

Nick se leva de son siège.

— Merci de vos conseils, messieurs, et merci pour le cognac, Charles. Si vous voulez m'excuser, je vais me retirer. La journée a été longue.

Et comme il sortait, il vit son ami proposer à Teague un autre verre. Mais l'amoureux d'Hester, le regard dans le vague, ne semblait pas plus intéressé que cela par l'excellent cognac. Et ses yeux gris paraissaient soudain très sombres.

Marina avait trouvé refuge dans un coin tranquille de la terrasse, où un chèvrefeuille partait à l'assaut d'une tonnelle qu'elle avait elle-même dessinée. Il y avait là une confortable banquette avec des coussins. Elle s'y installa, sans se soucier de froisser sa robe. L'air était doux et la brise charriait des odeurs d'herbe coupée. Lorsqu'elle avait quitté Nick Falconer, sa première réaction avait été de fuir, de se cacher quelque part où elle pourrait rassembler ses idées. Elle savait que pour le bien de l'éternelle comédie qu'elle jouait, cette rencontre devait paraître ne lui faire ni chaud ni froid. C'était pour cela qu'elle était retournée dans la salle de bal malgré son trouble et qu'elle avait accepté la première invitation à danser. Malheureusement, il avait fallu que son cavalier soit lord Henry Cole.

Marina détestait cordialement Henry. C'était un rustre, qui dissimulait une nature vicieuse sous une apparente bonhomie. Il lui rappelait un peu trop Rashleigh. Il essayait d'obtenir d'elle ce qu'il appelait des « douceurs » et que la jeune femme savait être des faveurs sexuelles, insinuant que son lit était froid depuis trop longtemps et qu'il était exactement l'homme qu'il fallait pour le réchauffer. Quand il l'avait pressée de si répugnante manière pendant la danse, elle s'était sentie nauséeuse, ses mains moites et baladeuses lui rappelant les familiarités que s'autorisait Rashleigh. Elle savait que le comportement d'Henry Cole irait en s'aggravant : sa résistance et ses refus semblaient l'exciter grandement. Il devait être de ces hommes qui pensent que si une femme leur résistait, il suffisait d'employer la force pour en venir à bout.

Marina frissonna. Pour ne rien arranger, elle avait senti sur elle le regard sombre et implacable de Nicholas Falconer à chaque instant. Il devait bien être le seul à s'être aperçu du manège de lord Henry, car elle l'avait vu prêt à intervenir, une lueur de colère dans les yeux. Se dire qu'il avait été sur le point de venir à son secours éveillait en elle des sentiments étranges : soulagement, confiance, tout ce qu'elle n'avait jamais éprouvé de sa vie, auparavant. C'était une réaction totalement inattendue. Une réaction dangereuse car Marina savait, au fond d'elle-même, qu'elle ne pouvait pas se fier à Nicholas Falconer. Il était le dernier homme sur terre auquel accorder sa confiance si elle ne voulait pas qu'il découvre toute la vérité à son sujet. Et s'il était l'auteur de la lettre anonyme qu'elle avait reçue ? Prise d'une bouffée d'angoisse, Marina s'empressa de repousser cette terrible idée. Mais elle ne pouvait s'empêcher de penser que son passé était sur le point de resurgir et de l'étouffer ! Les mots du message anonyme envahirent son esprit : « Je sais tout de vous. Je sais ce que vous avez fait. »

La panique menaçait de s'emparer d'elle, tout à fait. Sa poitrine était comprimée, sa gorge nouée… Elle avait déjà été victime de ces crises d'angoisse paralysante, lorsqu'elle s'était enfuie loin de Rashleigh. Cela revenait toujours quand le passé était trop proche et qu'il lui semblait qu'elle ne pourrait pas s'échapper. Parfois, il lui semblait même qu'elle ne pourrait jamais s'évader, fuir son ancienne vie. Elle enfonça ses ongles dans ses paumes, en essayant désespérément de se calmer.

Paniquer ne servirait à rien, mieux valait réfléchir à la stratégie qu'elle devrait adopter en présence de Nick Falconer. Elle pouvait fuir, une fois de plus. Elle l'avait déjà fait. Mais alors ce serait comme si elle offrait la victoire à Rashleigh et cela, elle ne le voulait pas… jamais !

La panique irraisonnée était passée, à présent, et l'intolérable pression sur sa poitrine s'était relâchée quelque peu. Elle pouvait respirer plus normalement. Elle remonta ses jambes sur le banc et pressa son front sur ses genoux, appréciant la douce caresse de la soie sur sa joue. Cette journée avait été interminable, elle était épuisée.

Un bruit de pas se fit alors entendre sur la terrasse, derrière elle, puis un léger frottement de soie. Marina se redressa en hâte, repoussant ses cheveux de son visage. Son turban, cette chose ridicule qu'elle haïssait, gisait, lamentablement abandonné sur le carrelage. Elle voulut le ramasser précipitamment, mais découvrit que c'était seulement Hester, qui venait de la rejoindre. Elle se détendit immédiatement.

Son amie s'appuya à la balustrade, juste derrière elle et lui tendit une flûte de champagne. Le liquide apaisa sa gorge sèche.

— Tout va bien, Marina ? demanda Hester sur un ton inquiet. Je t'ai vue quitter la salle de bal précipitamment.

— Oui, oui, ça va.

Marina avala une nouvelle gorgée de champagne.

— Lord Henry m'a un peu ennuyée pendant que nous dansions. J'ai préféré sortir un instant. Je déteste ses familiarités !

— Encore !

Hester affichait une moue de dégoût.

— C'est un répugnant personnage ! Il profite de ce que tu es une femme seule… Que faire ? Dois-je demander à John Teague de le provoquer en duel ? Ou… et si Glory s'en occupait ?

— Non, répondit Marina qui se sentait décidément mieux. Je sais que John serait tout prêt à le faire pour toi et qu'un duel rehausserait encore la réputation de Glory, mais c'est inutile. Cela ne m'est insupportable que parce qu'il me rappelle Rashleigh. D'habitude, je me débarrasse de lui assez facilement, mais parfois…

Elle secoua la tête.

— Enfin, je lui ai tout de même assené un joli coup d'éventail dans les côtes. Il doit avoir un joli bleu, à l'heure qu'il est.

— Très bien ! commenta Hester avec satisfaction. Dommage que tu ne lui en aies pas cassé une ou deux.

Elle sembla savourer cette idée un instant puis reprit, plus sérieusement :

— Je me suis renseignée, à propos de Falconer. Il est officier major. C'est un veuf, héritier d'un marquis écossais.

— Lady Faye sera ravie, commenta Marina d'un ton morne.

— J'imagine, mais la suite est plus inquiétante. C'est un cousin de Rashleigh, du côté de sa mère... Et comme Rashleigh est mort sans héritier direct, le major va hériter de tout ce qui ne sera pas grevé par les dettes...

Marina faillit en laisser tomber sa flûte de champagne. Nick Falconer était le cousin de Rashleigh ? Soudain, elle eut honte d'être attirée par lui. C'était dangereux et... méprisable. Même s'il n'était pas le même homme que Rashleigh, il était de son sang. S'il était son héritier, il avait pu, aussi bien, hériter d'elle, comme de ses autres possessions. Elle avait fui, mais elle ne s'était pas libérée pour autant. Rashleigh était toujours son maître. Elle fut soudain prise de nausée et reposa son verre d'une main qui tremblait un peu.

— Je ne pense pas que sa présence ici soit une coïncidence, dit-elle d'une voix qu'elle s'efforçait de garder calme. Tout comme ce n'est pas un hasard qu'il ait été à la taverne le soir du meurtre de Rashleigh. Il avait certainement rendez-vous avec lui. Et peut-être...

Son angoisse revenait au galop, comme un cheval fou, incontrôlable.

— Oui, peut-être que Rashleigh lui a parlé de moi, peut-être qu'il lui a dit que...

Un peu hagarde, elle regarda Hester et se passa une main sur son front enfiévré. Le passé la talonnait.

— Tu crois que c'est pour ça qu'il est venu ? demanda-t-elle. Est-ce qu'il sait que je suis… sa propriété ? Veut-il reprendre le chantage que Rashleigh voulait m'imposer ?

Hester passa un bras autour de ses épaules pour la réconforter.

— Ne cède pas à la panique, lui dit-elle fermement. Je suis sûre que ce n'est pas le cas. Rashleigh voulait sans doute exposer ton passé et dénoncer tes liens avec les *Glory Girls*, mais je suis bien certaine qu'il n'en a parlé à personne. Ce genre d'immondes ordures ne confie pas ses projets…

— J'espère que tu as raison, dit Marina en frissonnant. Il est vrai que jamais il ne m'a fait rencontrer aucun membre de sa famille et qu'il n'en parlait pas. J'imagine qu'il n'était pas proche du major Falconer mais cela n'empêche pas ce dernier de savoir que les comtes de Rashleigh ont possédé des esclaves en Russie…

— Et quand bien même il le saurait ? C'est du passé.

— Non, ça ne l'est pas. Tu sais bien que je n'ai jamais été affranchie. Légalement, je suis toujours une serve.

Elle se revit, comme si c'était hier, dans la bibliothèque de la maison de Saint-Pétersbourg où elle avait passé les dix-sept premières années de sa vie. Le père de Rashleigh l'avait enlevée à ses parents et avait entrepris de lui donner l'instruction d'une jeune fille anglaise de la bonne société. C'était un excentrique, un fin lettré et un philosophe. Marina avait fini par comprendre qu'elle était, pour lui, un sujet d'études, un peu comme un animal de laboratoire. Il voulait savoir si d'une fille de moujik, il pourrait faire quelque chose qui approcherait d'une lady…

Mais il était mort avant la fin de son expérience et son fils, qui avait hérité d'elle, avait de toutes autres idées que son père sur ce qu'il convenait de faire de sa « propriété ».

Après les funérailles de son père, il lui avait mis le marché en main, en la fixant de son œil cynique et glacé.

— J'ai une proposition à te faire, ma petite, et, malheureusement pour toi, tu n'es pas en état de la refuser. Ta famille et toi, vous êtes des serfs. Si tu me donnes ton corps, pour en faire ce que bon me semble, je rends leur liberté aux tiens. Je leur rends leur âme, comme vous dites…

Elle avait accepté. Comment aurait-elle pu refuser ? La liberté de ses parents était en jeu, elle n'avait pas le choix…

Elle avait donc échangé son innocence, sa virginité, contre la liberté des siens et était devenue la maîtresse du comte de Rashleigh. Ou plutôt, sa chose.

Le plus remarquable dans l'affaire était que Rashleigh avait tenu sa promesse, payant même pour l'éducation de ses sœurs et pour un lopin de terre, une ferme et un peu de bétail, afin que ses parents puissent s'établir. Il pouvait lui plaire, parfois, de se montrer magnanime et généreux. Marina y avait vu une lueur d'espoir mais elle avait vite constaté que ce n'était qu'une perversion de plus et que le comte aimait faire naître l'espoir pour mieux le briser inexorablement. Il avait fait chèrement payer à la jeune fille la liberté des siens.

— Ne te mets pas ainsi martel en tête, lui dit Hester en la ramenant au présent. Tu n'es la propriété de personne.

Elle balaya cette idée d'un geste de la main, avec ce mépris très aristocratique pour les conventions qui amusait toujours Marina.

— En fait, acheva-t-elle, je crois que le major Falconer est venu à Peacock Oak dans un but précis : résoudre l'énigme du meurtre de son cousin.

Un silence prolongé suivit ces paroles.

— Mais comment a-t-il su qu'il devait venir ici, si ce n'est pas Rashleigh qui le lui a dit ? demanda finalement Marina.

Hester hocha la tête.

— Cela, franchement, je l'ignore, et tant que nous ne le saurons pas, il faudra nous montrer très prudentes…

Marina acquiesça. La situation était franchement effrayante. D'après les questions que le major lui avait posées, il était clair qu'il la soupçonnait du meurtre de Rashleigh. Sa venue dans ce paisible village ne pouvait être le seul effet d'une coïncidence. Le major se montrerait implacable dans l'accomplissement de son devoir et, si sa mission était de la démasquer, il ne la laisserait pas en paix une seule seconde. Et encore, cette alternative n'était pas la pire… Si le major était revenu afin de poursuivre le chantage initié par son cousin… ou pis encore, s'il était venu faire valoir son droit de propriété sur elle, il n'y aurait plus aucun espoir. Oui, il allait falloir être très prudente : ne rien avouer, ne rien admettre, ne pas se trahir en dévoilant sa peur.

— Il ne peut rien prouver, et surtout pas que tu as

tué Rashleigh puisque, justement, tu ne l'as pas tué, fit observer Hester.

— C'est vrai.

— Et je vais te dire, même si tu l'avais tué, personne ne pourrait te condamner en sachant ce que tu as vécu. Après ce qu'il t'a fait, cet homme méritait cent fois la mort.

Il y eut un nouveau silence. Au début de leur amitié, quand elles avaient décidé d'habiter ensemble, Marina avait pris le parti de dire la vérité à Hester. Laura Cole et elle étaient les deux seuls êtres au monde qui savaient tout de son passé. Jamais Marina n'oublierait l'expression incrédule et horrifiée de son amie, lorsqu'elle lui avait dévidé l'écheveau de ses souvenirs. Hester, qui se prenait volontiers pour une cynique, avait été profondément choquée par les sévices que son amie avait subis, et encore ! Marina lui avait charitablement épargné les plus répugnants d'entre eux ! Hester avait écouté son récit sans un mot avant d'affirmer que Rashleigh était un homme méprisable et qu'il méritait la mort pour lui avoir infligé ces traitements. Puis elle avait déclaré à Marina qu'elle n'avait aucune raison d'avoir honte des sévices dont elle avait souffert et que plus jamais, dorénavant, elle ne serait seule.

Marina avait été touchée de cette marque de soutien et de solidarité, mais elle n'avait pas pour autant osé expliquer à Hester quelles marques indélébiles, dans son esprit, sinon dans son corps, elle garderait toujours de ces années passées avec Rashleigh. Elle avait été une serve la plus grande partie de sa vie. Du plus loin qu'elle pouvait se souvenir, elle s'était toujours demandé à quoi ressemblerait la liberté, la vraie. Elle avait même questionné le vieux comte à ce sujet, mais il avait éclaté de rire, s'étonnant « qu'elle aille se piquer de philosophie ». Puis, quand elle avait eu douze ans, alors qu'il lui demandait ce qu'elle désirait comme cadeau d'anniversaire, elle avait osé lui répondre : la liberté. Il ne s'était pas fâché, non. Mais elle avait eu une petite souris en sucre filé, à la place…

Pour le vieux comte, elle était à la fois un terrain d'études et une sorte d'animal de compagnie. C'était son fils qui avait fait d'elle son jouet, l'exutoire favori de ses plus bas instincts, lui qui lui avait pris sa pureté, son innocence, quelque chose d'indéfinissable qu'elle désespérait de retrouver.

Elle vida sa flûte avec un sourire amer, à la pensée de cette petite serve venue de Russie qui buvait du champagne sur la terrasse d'un duc. Elle avait fait bien du chemin depuis ces années, mais plus dure serait la chute, si Nick Falconer devait deviner qu'elle avait été la maîtresse forcée de son cousin, une esclave, une menteuse et une criminelle.

— Il a l'air d'un homme bien difficile à tromper, murmura-t-elle, l'air pensif.

Hester la regarda sans comprendre.

— Que veux-tu dire ?

— Il est intelligent, adroit, déterminé. Je crains bien qu'il ne me démasque, tôt ou tard…

— Veux-tu bien ne pas parler ainsi ? s'indigna Hester. Il faut garder la tête froide et lui mentir. Tu ne vas pas nous laisser tomber !

Marina se sentait à bout. Et ce n'était visiblement

guère le moment de confier à Hester combien le major Falconer l'attirait et, plus incroyable encore, quelle envie folle elle avait de lui faire confiance…

— Mais non, Hester, bien sûr que je ne vous abandonnerai pas…

— Je vais t'indiquer la seule conduite à adopter : faire comme si tout cela n'existait pas. Et puis, tu oublies que le major Falconer est allé au collège avec Charles Cole : c'est peut-être simplement pour lui rendre visite qu'il est venu à Peacock Oak, cela n'a peut-être rien à voir avec le meurtre de Rashleigh…

— Je te l'ai dit, je ne crois pas aux coïncidences.

Elle posa sa flûte vide sur la balustrade.

— Je crois que je vais rentrer, dit-elle d'un ton las. Après une telle journée, Laura peut comprendre que je sois fatiguée…

— Je viens avec toi, décida Hester en se levant et en défroissant sa robe. Ce bal m'ennuie. C'est toujours les mêmes têtes… Je te dépose à la maison avant d'aller finir la soirée à l'auberge du Clair de Lune.

— Oh, Hester ! Vraiment ! protesta Marina.

La jeune femme se renfrogna.

— Tu me vois comme une traînée, n'est-ce pas ?

— Non, mais…

Marina chercha ses mots. Lorsque Hester sortait ainsi le soir, dans quelque endroit peu recommandable, elle passait la nuit à s'inquiéter pour elle, se tournant et se retournant dans son lit comme si elle était sa mère et non une amie.

— Je me fais du souci pour toi quand je te sais dans

ce genre d'endroits… Et puis, il y a lord Teague… Que dirait-il s'il savait ?

— John est un ami, rien de plus, rétorqua Hester sur la défensive.

— Mais il aimerait, lui, être davantage pour toi. Il t'aime, Hester, tu le sais bien…

Son amie glissa son bras sous le sien.

— Ne nous disputons pas, lui dit-elle. Tu es fatiguée, anxieuse, et je n'ai pas envie de discuter. Alors tu vas rentrer gentiment et moi…

— Tu feras ce que tu veux, je sais.

Il était inutile d'argumenter, en effet. A ce qu'elle savait, Hester et son mari Jack avaient passé leur vie à aller toujours plus loin dans l'excès. Ils se disputaient comme chien et chat, ce qui, peut-être bien, avait contribué à la longévité de leur couple. Jack avait disparu dans un accident de chasse alors qu'il était encore jeune et en ce qui concernait Hester, il semblait bien que les excès n'auraient jamais de fin.

Les deux amies retournèrent dans la salle de bal et Hester demanda à un laquais d'aller chercher leurs capes. Comme elles traversaient le vaste hall du manoir, elles virent Nicholas Falconer sortir du cabinet de travail de Charles Cole. Durant un très long moment, le regard de l'officier croisa celui de Marina et elle ne put détourner les yeux. Elle songea à l'injonction d'Hester : elle *devait* lui mentir.

Il n'y avait aucun doute là-dessus. Si Nicholas Falconer apprenait toute son histoire et savait ce que son cousin Rashleigh lui avait fait, alors il pourrait détruire tout l'édifice de sa vie. Pour ce qui la concernait elle-même, peu lui importait, au fond. Mais elle refusait de mettre en danger Hester ou bien Laura. Toutes deux ne lui avaient jamais témoigné que de la tendresse et de l'amitié. Pourtant, dès à présent, tandis qu'elle sondait les yeux sombres de Nick Falconer, Marina avait la conviction qu'elle ne sortirait pas indemne de cette confrontation.

5

Verveine : enchantement.

Nick se leva tôt, le lendemain matin. Après une rapide toilette, il quitta sa chambre alors que les lueurs de l'aube déchiraient encore le ciel. Dans la salle de bal, les musiciens, les traits tirés, rangeaient à peine leurs instruments tandis que les domestiques s'affairaient déjà au nettoyage du château. Nick savait parfaitement que les autres invités, ainsi que leurs hôtes, ne se lèveraient probablement pas avant un long moment. Il prit un rapide petit déjeuner et décida donc de partir en promenade. Il observait toujours attentivement le terrain avant d'entreprendre la moindre action. C'était l'une des premières leçons que lui avait enseignées l'armée. Il tenait donc à faire une reconnaissance de Peacock Oak pour mieux appréhender la façon dont les *Glory Girls* y opéraient. Charles lui avait dit qu'Hester Berry et Marina Osborne vivaient à Peacock Cottage, une maison toute proche qui avait été autrefois une dépendance du château et que Marina avait acquise cinq ans plus tôt. Nick dirigea donc ses pas dans cette direction. Le cottage était en fait une belle demeure de maître, avec un élégant jardin très bien soigné et de spacieuses serres. Il se souvint alors que Marina avait aidé Laura Cole à redessiner le parc de Cole Court. Son intérêt pour les plantes se confirmait. C'était plutôt étonnant, d'ailleurs, une détrousseuse passionnée par l'horticulture… Décidément, cette femme était une véritable énigme ! Plus il en apprenait sur elle, plus elle l'intriguait.

Au-delà de Cole Court et de Peacock Cottage, les grands arbres cédaient la place aux vertes prairies qui s'étendaient sur les berges de la rivière Wharfe où un vieux pont de pierre permettait d'accéder au village de Peacock Oak puis à la route de Skipton. Nick, qui l'avait empruntée pour venir au château, avait remarqué qu'il s'agissait d'un axe idéal pour y tendre des embuscades, car la voie était étroite, sinueuse et les nombreux fourrés constituaient une cachette idéale pour un bandit. La question des chevaux lui revint alors à l'esprit. Charles et John Teague avaient précisé que la bande devait probablement se donner rendez-vous dans l'une des auberges du bord de route, le Lion d'Or ou l'auberge du Clair de Lune. Peut-être était-ce là que les *Glory Girls* gardaient leurs montures. Il lui faudrait aller y enquêter discrètement, en buvant quelques pintes de bière avec les villageois. La difficulté, il le savait, serait de les faire parler. Dans les environs, les *Glory Girls* étaient considérées comme des héroïnes. Si de plus, elles étaient de la région, Nick aurait beau se démener, il n'apprendrait rien. Les regards deviendraient fuyants et les réponses, évasives.

Il entendit le pas d'un cheval, en bas de la colline, et se pencha entre les arbres. Marina Osborne approchait, montée en amazone sur une jument baie, seule, sans un palefrenier pour l'accompagner. Elle ne portait bien sûr plus sa robe de bal de soie grise, mais une élégante tenue d'écuyère d'un vert sombre. Elle avançait au pas, bien droite sur sa selle.

Nick l'observa un instant, en se demandant si la réputation de piètre cavalière de la jeune femme était fondée. Il était tout de même difficile, après tout, d'imaginer Glory sachant à peine monter à cheval. Pourtant, c'était bien la vérité. Elle se tenait très raide sur sa selle et paraissait prête à en tomber à chaque instant, tenant les rênes sans aucun contrôle effectif sur sa jument.

Elle se pencha gauchement pour ouvrir une barrière et perdit son étrier au passage, ce qui la fit grimacer. De là où il se trouvait, il pouvait deviner qu'elle jurait entre ses dents. Quelques mètres plus loin, la jument prit peur, probablement à cause d'un petit animal qui avait traversé la route. La jument se cabra et Marina se retrouva projetée au sol.

Le temps que Nick se précipite auprès d'elle, l'animal s'était déjà calmé et broutait au bord du chemin. Le joli petit chapeau que portait la jeune femme, envolé lui aussi, était resté accroché à une branche.

— Madame Osborne !

Elle gisait sur le dos, apparemment inerte, ses cheveux, qu'elle avait pourtant noués en un sévère chignon, répandus sur ses épaules. Puis elle roula sur le côté et il put voir que, loin d'être assommée par le choc, comme il l'avait d'abord cru, elle étouffait, le diaphragme vraisemblablement bloqué. Il s'empressa de la saisir par les poignets pour lui écarter les bras et les ramener sèchement sur son ventre. C'était une méthode brutale et douloureuse, mais efficace, car elle retrouva aussitôt sa respiration.

— Vous me brutalisez, monsieur ! protesta-t-elle, outrée, tandis qu'elle se redressait.

Bien qu'elle n'eût pas encore retrouvé tout son souffle, ses yeux flamboyaient de colère. Nick, soulagé, éclata de rire. Elle ne semblait pas avoir trop de mal.

— Ce que je vous ai fait vous a permis de respirer de nouveau, lui fit-il observer, goguenard. Vous devriez me remercier.

Elle ne répondit rien, mais lui adressa un nouveau regard courroucé de ses yeux pailletés d'or. Elle avait l'air suffisamment remise pour qu'il puisse l'abandonner une seconde afin de récupérer la jument. Il saisit les rênes et attacha l'animal à un arbre. Puis il revint vers Marina et lui tendit sa main pour l'aider à se relever. Elle l'ignora et bondit sur ses pieds, son joli visage rouge de colère. Une longue trace de poussière recouvrait sa joue, ses cheveux étaient en bataille et sa tenue d'écuyère, toute froissée. Ainsi, elle était plus belle et plus désirable que jamais. L'inoubliable image de son corps nu dans la fontaine lui revint à la mémoire, sa peau si pâle dans l'argent du Clair de Lune. Et soudain, l'envie de l'embrasser s'empara de Nick, si impérieuse, qu'il en fut pris de court. Il pouvait voir sa bouche, ses lèvres pleines, faites pour le baiser. Il avait envie de lui arracher tous ses vêtements fripés et de contempler de nouveau son corps de rêve. Un pas de plus et elle serait dans ses bras.

Non. Il ne fallait pas. Sa raison reprit le dessus, lui imposant l'image de la fragile Anna, comme pour le détourner de son désir. Que lui arrivait-il donc ? Bien sûr, il s'était promis de connaître la vérité, même s'il devait pour cela séduire la farouche Mme Osborne, mais il s'agissait, dans son idée, d'une manœuvre empreinte de cynisme et non d'un appel irrésistible de ses sens. Il était ici pour la confondre, pour prouver qu'elle était coupable d'au moins un crime et non pour la coucher dans l'herbe et lui faire sauvagement l'amour. Car même si elle n'était pas la détrousseuse connue sous le nom de Glory, comme ses piètres talents de cavalière semblaient l'indiquer, il était néanmoins bien certain qu'elle était l'aventurière qu'il avait rencontrée à Londres, déguisée en prostituée. Celle qu'il soupçonnait d'être l'auteur du meurtre de Rashleigh, ou du moins d'y avoir pris part. Nick devait rester sur ses gardes et jouer un jeu aussi fin que celui que Mme Osborne lui opposait.

— Vous ne devriez pas monter à cheval toute seule, lui fit-il remarquer. Vous n'êtes pas assez bonne cavalière pour cela.

Elle lui lança un nouveau regard furieux.

— Je peux me débrouiller par moi-même, je vous remercie.

— Avec tout le respect que je vous dois, chère madame, je crois bien que vous vous trompez. Si je n'avais pas été là…

— Si vous n'aviez pas été là, je n'aurais pas été expulsée de cette manière.

Nick secoua la tête.

— Eh bien, dans ce cas, madame, la prochaine fois, je vous laisserai vous débrouiller toute seule.

— Faites donc. Je n'ai nul besoin de votre aide, si elle doit intervenir sous cette forme.

Elle chancela légèrement.

— Vous êtes-vous tordu la cheville ? demanda-t-il.

Le visage de Marina se colora davantage encore.

— Non. Ma tête me fait un peu mal, c'est tout.

Il s'avança en lui tendant la main mais elle recula pour se maintenir hors de portée. Il y avait de la colère dans ses yeux mais aussi une angoisse qu'elle ne parvenait pas à dissimuler. Malgré toute sa détermination à garder son sang-froid, une tension crépitait entre eux, incontrôlable.

— Merci ! lâcha-t-elle d'un ton glacial. A présent, je vais ramener la jument à pied.

Nick lui emboîta le pas.

— Pas question ! Pas toute seule en tout cas.

Elle le regarda bien en face.

— C'est ridicule, monsieur Falconer. Je n'ai nul besoin de votre… assistance.

Elle prononça ce mot avec tout le mépris du monde.

— Ayant eu droit à un échantillon de celle-ci, je n'ai aucune envie de voir le reste.

Nick se pencha nonchalamment pour cueillir une touffe d'herbe, qu'il présenta à la jument.

— Vous semblez bien pressée de vous débarrasser de moi, madame Osborne. Ce n'est pas le cas de toutes les femmes qui peuvent croiser mon chemin, je vous l'assure.

Il obtint instantanément, pour avoir prononcé ces mots, un regard furieux en réponse.

— Eh bien, je ne fais pas partie du lot. Je ne vous ai pas prié de venir à mon secours et je vous ai déjà dit, pas plus tard qu'hier soir, que je ne désirais pas profiter de votre compagnie.

Une fois encore, la tension éclata entre eux. Nick ressentit le besoin pressant de prendre ses lèvres et de lui faire l'amour séance tenante. L'expression de Marina changea alors comme l'écho de son propre désir flamboyait soudain dans ses yeux. Il s'avança vers elle… et n'eut que le temps de reculer prestement pour éviter une vicieuse ruade de la jument. L'instant d'après, Marina Osborne se tenait hors de portée.

— J'ai bien peur que Star possède un aussi mauvais caractère que sa maîtresse, monsieur Falconer. Veuillez nous pardonner à toutes deux et ne pas trop prendre ombrage de mon peu de goût pour votre compagnie. D'ailleurs, je ne voudrais pas vous retenir trop longtemps, sans doute avez-vous à faire…

Nick ne put s'empêcher de sourire devant le congé sans détour qu'elle lui signifiait.

— Je vous remercie de votre sollicitude, lui dit-il d'un ton suave, mais il se trouve que je n'ai rien à faire de particulier et que je me promenais sans but.

Elle le regarda de côté, sous ses interminables cils.

— Vous êtes debout bien tôt, après une nuit de bal, fit-elle remarquer d'un ton ironique.

— Comme vous-même !

Elle lui tourna franchement le dos pour aller détacher la jument, sans daigner lui répondre. Nick en fut très impressionné : très peu de gens avaient le cran de laisser ainsi le silence s'installer. Il fallait des nerfs d'acier pour résister à la tension, particulièrement si l'on avait quelque chose à cacher.

— Peut-être n'avez-vous pas très bien dormi ? insinua-t-il, sur un ton toujours aussi suave.

Elle lui décocha un regard assassin.

— Peut-être devriez-vous garder vos impertinentes remarques pour vous-même, monsieur Falconer !

— Vous devriez pourtant dormir à poings fermés, puisque vous avez la conscience tranquille…

Les beaux yeux s'étrécirent de nouveau.

— Je me lève tôt parce que j'aime les matins d'été et voilà tout !

Elle montra une petite sacoche attachée à sa ceinture.

— Et c'est la meilleure heure pour récolter les herbes médicinales…

Nick leva un sourcil ironique.

— Vous voilà sorcière de village à présent, madame Osborne ?

— Les remèdes naturels n'ont rien à voir avec la sorcellerie.

La jolie bouche se tordit en un sourire réellement dédaigneux.

— Vous ne me faites pourtant pas l'effet d'un homme superstitieux, monsieur Falconer. Vous devriez savoir que confondre herboristerie et magie noire est la marque d'un esprit parfaitement ignorant et étriqué.

A l'appui de ses dires, elle ouvrit un moment sa sacoche pour en vérifier le contenu et un parfum de menthe se répandit dans l'air, autour d'elle. Apparemment satisfaite, elle actionna le fermoir et tira sur la bride de son cheval pour l'entraîner. Quand elle repassa la barrière, Nick lui emboîta le pas, déterminé à la suivre.

— Pourquoi tenez-vous donc tant à m'accompagner, monsieur Falconer ? lui demanda-t-elle, les sourcils froncés. Je n'en ai nul besoin et je vous ai déjà dit ne pas désirer votre compagnie.

— C'est que j'emprunte la même route que vous pour rentrer, et je crois qu'il est de mon devoir de vous accompagner afin qu'il ne vous arrive plus aucun mal.

Il était évident que son insistance irritait la jeune femme, mais elle se contentait pourtant de se mordre la lèvre inférieure comme si elle voulait réprimer une réaction trop vive.

Nick tendit le bras pour attraper le joli petit chapeau accroché à une branche.

— Ceci est à vous, je crois, lui dit-il en le lui tendant. Quelque peu… primesautier, comme coiffure. Curieux, de la part de quelqu'un qui tient tant à se présenter comme une veuve respectable et irréprochable.

— Que voulez-vous dire, monsieur Falconer ? Qu'a-t-il donc, ce malheureux chapeau ?

Nick eut un sourire moqueur.

— Il est provocant, madame Osborne. Comme vous. Comme tout ce que vous portez… ou ne portez pas.

Cette allusion transparente à la scène de la cascade la fit rougir jusqu'aux oreilles.

— Vos paroles sont outrageantes ! siffla-t-elle entre ses dents.

— Mais non… C'est seulement votre côté provocant

qui saute aux yeux, madame Osborne. Je suis surpris que personne, à Peacock Oak, ne semble s'en être aperçu.

— Parce que vous qui n'êtes pas seulement là depuis vingt-quatre heures, vous êtes si perspicace que vous pensez m'avoir percée à jour ? Je vous assure qu'il n'en est rien.

— Ce que j'ignore de vous, madame, j'espère bien le découvrir.

Leurs regards se croisèrent un moment, attisant le désir brûlant et primitif que Nick s'efforçait d'apaiser depuis leur rencontre. Son corps tout entier réclamait le contact de cette femme. Pourtant, il refusa de fléchir et ce fut elle qui baissa les yeux la première.

— Cela n'a aucun sens, répondit-elle d'une voix mal assurée.

Puis elle prit une profonde inspiration, comme pour recouvrer son calme.

— Je ne suis pas un sujet d'étude très intéressant.

— Tout au contraire. Je vous trouve fascinante, madame Osborne.

Elle lui lança un regard méprisant.

— Vous paraissez avoir beaucoup de temps à perdre, major Falconer, lui dit-elle d'un ton incisif. Je me demande comment fait l'armée pour se passer de vous tout un été…

— Je suis sûr qu'ils s'arrangeront.

Elle inclina la tête avec un sourire moqueur mais ne répondit rien.

Ils avaient atteint le sentier qui menait à Peacock Cottage et Nick profita du fait qu'il tenait les rênes de la jument pour passer la main sur la sienne en les lui tendant. Il n'avait pas le moins du monde l'intention de cesser son manège et, tout au contraire, souhaitait la provoquer à chacune de leurs rencontres afin d'obtenir d'elle une réaction. Il était convaincu que, tôt ou tard, elle finirait par se trahir. Et s'il lui fallait pour cela se servir du désir qui faisait bouillir son sang et qui, il le voyait bien, trouvait écho en elle, il n'hésiterait pas un seul instant. Peu de missions étaient aussi enthousiasmantes finalement. Séduire Marina Osborne dans le but de la confondre pourrait s'avérer très agréable.

— Je ne crois pas que l'on nous ait présentés en mentionnant mon grade, lui dit-il. Il faut donc que vous ayez pris quelques renseignements sur moi. Admettez que je vous intéresse, madame Osborne…

Elle lui retira sa main doucement, avec un petit sourire.

— Je ne suis aucunement curieuse de ce qui vous concerne, major Falconer. J'ai entendu prononcer votre nom et votre grade, voilà tout. Au bal, hier soir, lady Faye ne tarissait pas de compliments sur vous et sur vos exploits.

Nick la regarda droit dans les yeux et lui sourit.

— Quelle déception, madame Osborne, lui répliqua-t-il d'un air moqueur. Moi qui croyais que ma modeste personne vous intéressait…

La main de Marina se raidit un peu sur les rênes.

— N'espérez rien de moi, major, je n'ai aucun goût pour le flirt, c'est un passe-temps qui me paraît futile. Et maintenant, si vous voulez bien m'excuser…

Elle tourna les talons mais Nick l'arrêta.

— Un instant. Vous avez perdu quelque chose.

Et il lui tendit la carte que Rashleigh serrait dans sa

main le soir de sa mort. La carte de visite de Glory, avec son paon à la queue déployée. La main tendue vers elle, il observa son visage avec attention, guettant la moindre de ses réactions.

Marina prit le morceau de bristol dans sa main gantée. Elle eut un petit froncement de sourcils ; comme une légère marque d'étonnement, mais rien d'autre, ni peur, ni aucune marque de reconnaissance ou de duplicité. Elle retourna la carte, lu les mots « Peacock Oak » écrits au dos et secoua la tête.

— Ce n'est pas à moi.

— Mais peut-être reconnaissez-vous l'écriture ? demanda Nick. Si c'est le cas, je pourrai la rendre à son propriétaire.

Marina examina de nouveau brièvement la carte, puis la lui rendit.

— Non, je ne reconnais ni ces armoiries, ni l'écriture. Désolée, je ne peux pas vous aider. Je vous souhaite une bonne journée, major Falconer.

Nick la regarda s'éloigner vers le cottage. La jument renâclait et faisait ce qu'elle voulait ; s'écartant pour aller brouter l'herbe dans les fossés, sans se soucier de sa maîtresse. Il grimaça devant une telle indiscipline. Ou bien Marina Osborne était une excellente actrice, ou il était évident qu'elle ne pouvait contrôler une monture, même si sa vie en dépendait. Dans ce cas, il lui serait tout de même bien difficile d'être le chef d'une bande de hors-la-loi qui détroussaient les riches voyageurs le long des routes. Elle ne pouvait pas être la célèbre Glory.

Et puis il y avait la carte de visite. Nick soupira avant de la faire tourner entre ses doigts et de la ranger dans sa poche de gilet. Il se fiait beaucoup à son sens de l'observation. Confrontée à un tel indice, Marina Osborne aurait normalement dû se troubler, rougir, se taire ou bien trop parler... Elle n'avait adopté aucun de ces comportements et avait agi tout à fait normalement.

Pourtant, il était certain que Marina était bien la femme dont il avait fait la rencontre dans la taverne de La Poule et Le Vautour, la nuit où Rashleigh avait été assassiné. Elle devait être liée à ce meurtre, d'une manière ou d'une autre. Restait à découvrir comment.

Il la regarda passer le portail de sa propriété, puis la porte de l'écurie où elle disparut. Son sang bouillait encore de l'intensité de leur rencontre. Il avait bien failli l'embrasser et seul le souvenir d'Anna l'en avait empêché. Nick ferma les yeux un instant et l'image du corps nu de Marina envahit aussitôt son esprit. Il eut l'impression de sentir de nouveau ses lèvres sur les siennes, le goût de sa bouche... Son corps réagit violemment à cette pensée et il poussa un grognement de frustration douloureuse. Pas question de se laisser dominer par ses émotions et ses instincts, il devait découvrir la vérité, coûte que coûte, et surtout ne pas se laisser distraire.

Lady Hester Berry se réveilla ce matin-là avec un sévère mal de crâne. Elle resta un moment sans bouger, les yeux clos. Il devait être tard, car les bruits familiers des domestiques qui s'affairaient dans l'auberge lui parvenaient déjà.

Elle poussa un vague grognement. Comme d'habitude, l'alcool et le sexe l'avaient assommée. A présent, il allait lui falloir rentrer à la maison en plein jour et à la vue de tous, dans sa robe de bal froissée, en ayant l'air d'être exactement ce qu'elle était : une fille facile qui venait de passer la nuit dans une gargote.

Elle fronça un peu les narines ; sous son nez, les draps sentaient un peu l'écurie. Mais il était difficile de s'en étonner, quand on avait passé la nuit avec un palefrenier.

Hester ouvrit les yeux : il était toujours là et ronflait sur le dos, à côté d'elle. C'était un grand type dont elle avait pu admirer la musculature quand il travaillait dans l'écurie de Josie, la dernière fois qu'elles avaient rendu leurs chevaux, après un exploit des *Glory Girls*. Elle ne pouvait pas même se rappeler son nom, si elle l'avait su un jour. Elle n'avait eu aucun mal à faire sa conquête ; il lui avait suffi de se glisser dans la salle de l'auberge du Clair de Lune, toujours vêtue de sa robe de bal, de lui sourire et de lui dire de la suivre à l'étage. Il l'avait aussitôt suivie, sous les lazzis et les encouragements de ses copains. Hester, elle, avait bien noté le regard désapprobateur de Josie, mais elle s'en moquait comme d'une guigne, tout comme elle se moquait des remontrances de Marina. Elle savait bien que ses amis s'inquiétaient pour elle, mais cela ne l'arrêtait pas. Rien ne l'arrêtait. Elle avait fait brutalement, sauvagement l'amour avec sa conquête, satisfaite, au moins pour un temps. Elle s'étira dans le lit.

Quelques heures plus tôt, elle avait voulu cet homme. A présent, elle voulait qu'il s'en aille. Elle le secoua rudement.

— Prend tes affaires et va-t'en !

Il la regarda un moment. Son haleine était encore chargée d'alcool et il avait un peu de salive séchée au coin de sa bouche. Il marmonna avant de sortir du lit pour enfiler son pantalon. Malgré ses regards en coin et ses murmures rageurs, il ne refusa pas de partir. Aucun de ses amants ne le refusait jamais.

Quand il eut quitté la pièce en claquant la porte, Hester resta étendue un moment, à fixer les fissures du plafond. Enfin, elle revint à la réalité et jeta un coup d'œil autour d'elle. Sa robe gisait sur le sol, au pied du lit et ses escarpins avaient été abandonnés dans un coin.

La porte s'ouvrit de nouveau, sans précaution, et Josie Simons entra dans la chambre. La propriétaire de l'auberge était une femme corpulente, grande et bien charpentée, dotée d'une personnalité haute en couleur et d'une voix de stentor. Elle brandit son plumeau sous le nez d'Hester.

— Debout, milady, et rentrez chez vous. Je dois faire la chambre.

Hester mit ses deux mains sur ses oreilles pour assourdir un peu le timbre claironnant de l'aubergiste.

— Aucune chance d'avoir un petit déjeuner, Josie ? demanda-t-elle.

— Et puis quoi, encore ? Sortez vos fesses de ce lit.

Josie n'avait jamais pris de gants avec Hester. Elle la connaissait depuis le temps où Hester venait jusque dans son auberge chercher son mari toujours ivre et une espèce d'amitié rugueuse avait fini par s'installer entre elles deux, au fil des années. Aujourd'hui, Josie cachait les montures des *Glory Girls* et participait à leurs raids, quand elle pouvait trouver une jument assez charpentée pour supporter son poids. Son mari avait quitté le nid conjugal il y avait des années de cela et

Josie n'en avait plus jamais entendu parler. Elle avait alors retroussé ses manches et faisait depuis tourner son affaire sans anicroche.

Elle se campa devant Hester, le visage fermé et les poings sur les hanches.

— Qu'est-ce qui vous prend à la fin ? gronda-t-elle de sa grosse voix. Vous vous êtes fait bousculer par tous mes valets. On ne parle que de vous au village, en vous donnant un nom que vous n'avez pas volé…

Hester tiqua, mais Josie ne s'embarrassait pas de politesses.

— Tôt ou tard, votre cousin le duc en entendra parler ou bien milord Teague, qui est un homme bien.

Hester se mit l'oreiller sur la tête pour ne plus l'entendre et le regretta, en raison des effluves d'étable que conservait sa taie.

— Je suis fatiguée d'entendre chanter les louanges de lord Teague, protesta-t-elle. Quel excellent homme que lord Teague ! Et pourquoi n'épousez-vous pas lord Teague ? Je n'en peux plus d'entendre dire à quel point il est parfait !

— Il pourrait vous arriver pire que de l'épouser, fit aigrement remarquer Josie.

Hester repoussa l'oreiller.

— Mais rien ne pourrait lui arriver de pire, à lui, murmura-t-elle.

Josie ne pouvait la contredire sur ce point et d'ailleurs, Hester changea de sujet. Jamais elle ne se plaignait, ni ne se confiait à personne. Depuis la mort de Jack, ce genre de considérations n'avait plus d'intérêt pour elle.

— Pas de problèmes, depuis la dernière sortie des filles, il y a trois nuits ?

— Non, aucun. Personne n'a posé la moindre question. Mais si vous continuez à vous conduire de cette manière, vous allez bien finir par attirer l'attention sur nous.

Hester se souvenait avoir dit à peu près la même chose à Marina, la veille au soir. En fait, leur sort à toutes était indéfectiblement lié à celui de Marina et à la protection de sa fausse identité. Si elle était découverte ou si, cédant à la pression, elle parlait, alors c'étaient toutes les protections des *Glory Girls* qui s'effondreraient comme un château de cartes. Elle frissonna. Hester savait que Marina était forte, mais elle était passée au travers de trop d'épreuves, avait supporté trop de mauvais traitements. Toute autre qu'elle serait déjà devenue folle. Elle se souvenait parfaitement du désespoir de son amie, lorsque Rashleigh avait retrouvé sa trace et de sa décision de le rencontrer pour acheter son silence.

C'était Marina qui avait été, très directement, à l'origine de la création des *Glory Girls*. Un jour, alors que son potager n'était pas encore planté, elle était allée acheter des légumes frais au village et en était revenue furieuse, à cause de ce qu'elle avait entendu des conditions imposées aux travailleurs de la mine régionale. Le propriétaire, un filou du nom de Sampson, les exploitait sans merci et empochait tous les bénéfices.

— C'est de l'esclavage pur et simple, avait-elle lancé, véhémente, à Hester. Un scandale ! Le fils de M. Dell s'est cassé la jambe parce qu'il était si fatigué qu'il s'est évanoui et qu'il est tombé dans un puits de mine, après vingt-cinq heures de travail sans le moindre repos. Et quand M. Dell est venu demander du secours, parce que son fils ne pouvait plus travailler et qu'il était le seul homme à travailler pour sa famille, ce Sampson lui a ri au nez !

Peu de temps après naissaient les *Glory Girls*. Hester savait que son amie mettait un point d'honneur à redresser les torts, pour que les pauvres gens ne souffrent pas des mêmes injustices qui l'avaient elle-même accablée toute sa vie. Elle ne ménageait pas ses efforts pour aider la population : c'était elle qui avait payé la construction de l'école de Peacock Oak, ainsi que de la nourriture et une montagne de médicaments pour les plus pauvres. Elle avait versé des fortunes à toutes les associations caritatives du comté, sans jamais se mettre elle-même en avant, ni vanter sa générosité. Hester l'admirait beaucoup pour cela, elle qui, de son côté, montait à cheval et dirigeait les attaques des *Glory Girls*, moins en raison d'une prise de conscience personnelle que de sa soif permanente d'aventures.

Jamais Marina ne participait à leurs raids ; elle ne montait pas assez bien pour les suivre. C'était elle qui échafaudait les plans d'attaque et Hester les menait à bien. Josie la secondait avec son amant, Lenny. Ce dernier était indiscutablement un homme mais pour la bonne cause, il était devenu une « détrousseuse » honoraire. Le plus scandaleux de l'affaire était que Laura Cole complétait la bande. Hester ne pouvait s'empêcher de sourire en pensant à ce que dirait Charles, cet homme aussi empesé que ses cols de chemise, s'il savait que son épouse battait la campagne à bride abattue et détroussait les voyageurs. Il est vrai que si Charles ne négligeait pas tant Laura et ne passait pas le plus clair de son temps loin d'elle, la duchesse, probablement bien plus heureuse, n'aurait certainement pas eu l'idée de se chercher ce genre de distractions…

C'était là tout l'effectif des *Glory Girls* et il n'y aurait pas d'autres recrues de sitôt. Elles ne faisaient confiance à personne car si l'un ou l'une d'entre elles était démasquée, ils plongeraient tous sous le poids du scandale.

Josie ramassa sur le sol la robe de bal froissée et la lança à Hester avec dégoût.

— Allez, commenta-t-elle, il y en a qui travaillent !

Hester repoussa le drap et enfila tant bien que mal la toilette de soie. Josie la planta là, pour aller houspiller ses femmes de chambre.

Elle se regarda dans le miroir en pied et sa bouche se tordit en un pli amer. Elle en avait l'habitude. L'excitation, la transgression, le sang qui battait aux tempes, c'était pour la nuit. Le matin vous en apportait la facture : le sentiment d'humiliation.

Elle descendit l'escalier et traversa la salle de l'auberge où les servantes la regardèrent de travers. Elle les ignora, très au-dessus de ce genre de choses. Puis elle sortit dans l'air frais du matin. Le soleil, déjà haut dans le ciel, l'enveloppa de sa caresse.

A son grand désarroi, elle sentit que les larmes coulaient sur ses joues, encore et encore, sans qu'elle pût les arrêter. Elle ne savait pas elle-même pourquoi elle pleurait, mais c'était comme si son cœur se brisait, tout à coup.

6

Mélisse : Aimez-moi, si vous l'osez.

Marina travaillait dans les serres, lorsque Hester rentra de l'auberge du Clair de Lune en fin de matinée. Elle avait bu une tisane de menthe sauvage pour apaiser sa migraine, mais quand Jane lui avait suggéré de prendre un peu de repos, elle avait haussé les épaules et s'était dirigée vers le jardin, l'un des rares endroits où elle trouvait toujours un peu d'apaisement. Aujourd'hui pourtant, ni l'odeur de la terre, ni le parfum des roses ne parvenait à la calmer.

Nick Falconer la troublait. Il la troublait même beaucoup. Le fourmillement dans ses veines, quand il était auprès d'elle, suffisait à la mettre sens dessus, dessous. Le désir qu'il éprouvait pour elle et que Marina pouvait lire clairement dans ses yeux la séduisait et l'effrayait à la fois. Cet homme lui donnait envie de courir des risques, d'oublier le passé, de se dire qu'après tout, tous les hommes n'étaient pas démoniaques ni forcément cruels, dans l'expression de leur sexualité. Il y avait pire encore : elle ressentait un besoin insidieux de lui faire confiance et de lui dire toute la vérité.

Pourtant elle ne le pouvait pas, pas plus à lui qu'à aucun autre.

Elle ne savait pas même comment il était venu à la suspecter d'avoir tué son cousin. S'il semblait pouvoir lire clairement dans son jeu, elle ne parvenait pas à lire dans le sien. Mais il avait clairement dévoilé ses intentions en lui annonçant qu'il se promettait d'apprendre la vérité sur elle.

Ce qu'elle redoutait par-dessus tout qu'il apprenne, ce qu'il savait déjà peut-être, c'était qu'elle était sa propriété.

Marina prit une profonde inspiration et redressa les épaules. Elle devait tenir cet homme à l'écart de son esprit et de sa vie, se mettre à l'abri de son regard qui semblait pouvoir la percer à jour et lire jusqu'au fond de son cœur.

En étouffant un juron, elle tenta de se concentrer sur la taille de ses rosiers, sur les jeunes pousses à mettre en pot, sur ses greffons et ses tuteurages.

Elle avait toujours aimé la botanique. Le vieux comte de Rashleigh était d'avis qu'il s'agissait d'une science indispensable à l'éducation de la jeune lady qu'elle était censée devenir ou du moins, imiter. Il l'avait donc instruite dans cette matière tout autant que dans la lecture, la musique, la broderie et le dessin. Dans son hôtel particulier de Saint-Pétersbourg, la jeune fille avait harcelé les jardiniers afin qu'ils lui apprennent, eux aussi, tout le savoir empirique des plantes, qui étaient le leur. Elle ne voulait pas se contenter de ce qu'en disaient les beaux livres de la bibliothèque du comte. Elle n'avait jamais eu l'autorisation de franchir les murs de la propriété, mais cela comptait peu pour elle, tant le jardin recelait de beauté et de parfums, qui suffisaient à la faire s'évader vers un monde meilleur.

Lorsqu'elle était arrivée dans le Yorkshire, la fortune qu'elle avait dérobée à Rashleigh lui avait permis d'acheter Peacock Cottage. C'était la beauté du paysage qui entourait la maison qui l'avait séduite ; c'était l'endroit idéal pour admirer le renouvellement des saisons. Elle avait passé des heures et des heures à redessiner le jardin, à faire des plantations, puis à voir pousser tout ce qu'elle avait mis en terre. Elle y avait trouvé la paix et aussi un sentiment de liberté qui allait grandissant. C'était là quelque chose de tout nouveau pour elle et elle en avait fait l'expérience avec prudence et même timidité, un peu comme un papillon qui étendrait pour la première fois ses ailes au soleil. Là, elle était en sécurité, pour la première fois depuis que sa route avait croisé celle de Robert Rashleigh.

Mais ce n'était qu'une illusion, elle le savait bien. Et aujourd'hui, le piège du passé se refermait de nouveau sur elle. Nicholas Falconer était à ses trousses. Elle avait connu cinq années de paix et de liberté, mais c'était bien fini.

Les sabots d'un cheval claquèrent sur le gravier de la cour et Marina se tourna pour voir Hester sauter à bas de sa selle et appeler le palefrenier. Son amie portait toujours sa robe de bal de la veille, quoique dans un triste état à présent. Marina s'étonna que Josie ne lui ait pas prêté une vieille jupe et un chemisier, ce que personnellement elle n'eût pas manqué de faire. Peut-être était-ce justement la manière dont l'aubergiste exprimait sa désapprobation devant la conduite d'Hester.

Une conduite qui, Marina le savait bien, finirait par lui attirer de graves ennuis.

Comme son amie approchait, Marina remarqua les traces de larmes sur ses joues. Hester les essuyait furtivement du revers de sa main, comme une enfant.

Marina épousseta la terre, qui souillait ses mains et vint à sa rencontre.

— Que t'est-il arrivé ? lui demanda-t-elle tout de suite.

Il était vrai qu'Hester passait le plus clair de son temps à rechercher les ennuis mais si jamais quelqu'un lui avait fait du mal…

Ses propres souvenirs, ceux des sévices qu'elle avait elle-même subis, assaillirent Marina.

— Tu n'es pas blessée, ou… ?

Hester comprit alors à quoi elle faisait allusion et son expression changea. Elle lui ouvrit les bras et se serra contre elle.

— Non, non, n'aie pas peur… Je suis désolée, Marina.

Elle lança sa capeline sur le gazon et ne tarda pas à s'y laisser tomber à son tour.

— Josie m'a pratiquement mise dehors et sur le chemin du retour, j'ai rencontré John Teague.

— Oh, non ! soupira Marina.

— Il m'a demandé d'où je venais et, comme j'avais toujours ma robe de bal, je pouvais difficilement prétendre que je n'avais pas découché…

Elle se mordit la lèvre.

— C'est bien ennuyeux…, laissa échapper Marina.

C'était plus que cela. John Teague n'était pas stupide et il était bien certain qu'il devait se faire une idée assez précise de la façon dont Hester avait occupé les dernières heures.

— Que lui as-tu dit ?

— Que j'avais passé la nuit avec un ami. Alors il m'a quittée sans un mot, en mettant son cheval au galop. Il avait l'air… vraiment furieux.

— Tu es allée trop loin en lui racontant ce genre de choses.

— Je sais, répondit Hester, un peu honteuse. Mais il n'a qu'à ne pas me permettre de le traiter comme ça !

Marina se contenta de la dévisager sans répondre et, au bout d'un moment, Hester arracha un brin d'herbe qu'elle glissa entre ses lèvres en regardant son amie du coin de l'œil.

— A quoi penses-tu ? lui demanda-t-elle.

— Je pense que je préférerais que tu laisses pousser mon gazon, au lieu de l'arracher.

— Je suis bien mauvaise, n'est-ce pas ?

— Non, tu es une petite fille trop gâtée et tu le sais. Il est bien dommage que ton père t'ait toujours tout passé et que ton cousin Charles soit si mou que, même s'il avait vent de tes exploits, ce qui entre parenthèses finira bien par arriver un jour, il n'oserait vraisemblablement pas lever le petit doigt pour t'empêcher de recommencer.

Hester ne put s'empêcher de rire tandis qu'elle sautait sur ses pieds.

— Que tu es sévère, Marina ! Tu serais une mère intraitable. Tu le seras un jour.

— J'en doute fort.

Marina se détourna. Le soleil l'éblouissait. Elle ne s'était jamais vraiment permis de rêvasser à un mari ou à des enfants. L'idée même lui en paraissait étrange, saugrenue. Ce n'était pas pour elle. Pourtant, elle en ressentait le manque parfois, surtout la nuit, lorsqu'elle se sentait trop seule. Elle s'était créé une nouvelle vie, mais une famille à elle n'y avait pas sa place. D'ailleurs, à présent, cette vie même était menacée.

— J'ai rencontré le major Falconer dans les bois, en allant collecter mes herbes, dit-elle tout à trac.

— Moi aussi.

Les yeux d'Hester se mirent tout à coup à briller.

— Il y avait un jeune homme avec lui. Un très beau jeune homme du nom de Dexter Anstruther. Apparemment, il vient d'arriver chez Charles, lui aussi.

Marina leva les sourcils.

— Ah oui ? Et ils t'ont vue tous les deux dans cette tenue, et montant à cheval comme un homme ?

Hester fit un pas pour aller ramasser sa capeline.

— Oui, et ils avaient l'air très impressionnés par mes talents de cavalière.

— Je n'en doute pas. Surtout que le major avait un élément de comparaison ! Je suis tombée de cheval devant lui, un peu plus tôt dans la matinée.

— Oh, Marina, ce n'est pas vrai ! Je t'avais pourtant dit…

— Figure-toi que je ne l'ai pas fait exprès…

Hester sourit.

— Et qu'a-t-il fait ? Il t'a remise sur tes pieds et il t'a époussetée ?

— Si l'on veut. Sans trop de précautions. Puis il m'a fait subir un véritable interrogatoire, sur le chemin du retour.

Elle fit une pause avant de reprendre :

— Il m'a montré une carte, une sorte de carte de visite qu'il a prétendu que j'avais perdue… Avec un paon en or, gravé dessus.

Marina s'interrompit brusquement en voyant Hester changer de couleur. Un aveu n'aurait pas été plus éloquent.

— On dirait que tu vois très bien de quoi je veux parler…

— Moi ?

Hester ouvrait de grands yeux remplis d'une innocence toute feinte.

— Comment le saurais-je ?

— Tu le sais parfaitement, répliqua Marina, dont la colère montait rapidement. Hester… ?

Son amie capitula.

— C'est… C'est la carte de visite de Glory. Quand elle détrousse une victime, elle lui laisse sa carte. Tu ne l'as pas lu dans les journaux ?

— On dirait que ce petit détail m'a échappé, répliqua Marina, sarcastique en secouant la tête. Tu laisses une carte de visite ? Hester, as-tu seulement retenu une seule des recommandations que je t'ai faites à propos des raids de Glory ?

— Tu m'as dit que nous devions être prudentes et ne pas attirer l'attention sur nous, marmonna son amie.

— C'est exact !

La migraine de Marina, de celles qui résistent aux infusions de menthe, revenait au galop.

— Et tu ne crois pas qu'un paon sur une carte de visite est une façon de se faire remarquer ?

— Pas beaucoup plus que d'aller allumer un homme

dans une taverne, habillée comme une putain de Haymarket, ou de nager toute nue dans une fontaine, pour découvrir que quelqu'un a été très intéressé par ce spectacle !

Il y eut un long silence plutôt pesant.

— Tu as raison, dit Marina, qui avait du mal à réprimer un sourire, je suis aussi fautive que toi.

— Tu vois ! Tu as des prétentions à la respectabilité, mais tu n'y réussis pas mieux que moi, triompha Hester. Toi aussi, tu es une rebelle.

— Pas tout à fait du même genre que toi. Et moi au moins, je conserve un peu de bon sens.

Son sourire s'effaça.

— Mais cela nous confirme que le major Falconer ne s'intéresse pas uniquement à ma petite personne. Il enquête à propos de Glory.

— Mais où l'a-t-il eue, cette carte ?

— C'est plutôt à moi de te le demander, Hester, puisqu'il apparaît que c'est toi qui te sers toujours de ce bout de carton.

— Mais je n'en sais rien !

— Elle était sur le corps de Rashleigh, et cela pourrait bien être la raison qui a amené le major Falconer à Peacock Oak.

— Mais comment l'a-t-il récupérée ? balbutia Hester, éberluée.

— Quelqu'un a dû la lui donner. Sans doute la même personne qui lui a dit où je me cachais et quel était mon lien avec les *Glory Girls*.

Etait-ce la brise d'été ou ces sombres pensées qui lui donnaient la chair de poule ?

— Quoi qu'il en soit, reprit Marina, le major Falconer a trouvé cette carte sur le cadavre. Il croit que je suis Glory, que j'ai tué son cousin, et il est venu ici en chercher les preuves.

Elle s'assit sur l'herbe et fit signe à Hester de venir la rejoindre. Puis elle resta longtemps à fixer le sol avant de murmurer :

— Nous avons de graves ennuis, Hester.

— Mais tu n'es pas Glory, donc il ne peut pas t'attribuer le meurtre, tenta de raisonner son amie.

— Glory, c'est tout autant moi que toi, que Laura ou que Josie. C'est toi qui mènes les raids, mais c'est moi qui les conçois. Et d'ailleurs, là n'est pas le problème. Toute la question est de savoir ce que le major Falconer va faire, à présent qu'il nous a débusquées.

— Je comprends maintenant que cette idée de la carte de visite était une erreur, reconnut Hester en se mordant la lèvre. J'aurais dû remarquer que ce paon ressemblait un peu trop à celui qui se trouve sur les armoiries de Charles.

— En effet… Tu aurais pu lui envoyer directement une invitation, ça n'aurait pas changé grand-chose, soupira Marina. Mais tu n'es pas la seule en cause : regarde, quelqu'un a écrit « Peacock Oak » au dos de la carte et ce n'est pas ton écriture.

— Ce doit être celui ou celle qui a dit à Rashleigh où tu te cachais, dit Hester en roulant sur le côté et en s'appuyant sur un coude. Mais qui ? Ça, je n'en ai pas la moindre idée.

Marina secoua la tête.

— Moi non plus. C'est horrible de penser qu'il y a

quelqu'un, quelque part, qui connaît nos secrets et qui peut nous démasquer à tout moment. Je ne voulais pas t'en parler, Hester, pour ne pas t'inquiéter, mais j'ai reçu une lettre anonyme hier, qui me disait qu'on savait qui j'étais et ce que j'avais fait.

— Seigneur ! Et cette lettre… est arrivée à Peacock Oak le même jour que le major Falconer, murmura pensivement Hester. Tu crois que c'est une coïncidence ?

— Je ne sais pas.

Une fois encore, Marina frissonna à l'idée de ce qui arriverait si Nick Falconer apprenait toute son histoire. S'il n'avait pas vraiment, lui, l'intention de lui nuire, un autre le ferait.

— Que pouvons-nous faire ? demanda Hester.

Marina se redressa brusquement.

— Nous allons nous en tenir à ce que nous avions prévu : ne rien dire au major Falconer, ne montrer aucune faiblesse. Jusqu'à ce qu'il nous ait dévoilé son jeu, nous cachons le nôtre.

Elle soupira.

— Mais je n'aime pas cela, car il a toutes les cartes et nous n'en avons aucune.

— Et si ton correspondant anonyme était une autre personne ?

— Eh bien, dans ce cas, nous aurions deux problèmes au lieu d'un, répondit abruptement Marina. Quoi qu'il en soit, mieux vaut attendre.

— Glory pourrait peut-être donner un petit avertissement au major Falconer, lui faire peur, pour le convaincre de s'occuper de ses affaires…

Hester croisa le regard sceptique de son amie et enchaîna :

— Tu as raison, c'est une mauvaise idée… Cela ne servirait à rien.

— A rien du tout. Je ne crois pas que le major soit le genre d'hommes que l'on peut effrayer facilement. Ah, et puis, Hester…

Elle fixa sur son amie un regard sévère.

— Plus de raids des *Glory Girls* pour le moment. Ne prenons aucun risque.

Hester roula sur le ventre, le menton sur son poing fermé.

— La vie promet d'être fort ennuyeuse si je dois bien me conduire tout le temps.

— Ta vie pourrait être tragiquement raccourcie, si tu ne m'écoutes pas. Maintenant, je te suggère d'aller enfiler une tenue plus présentable, pendant que j'essaie de soigner ma migraine. Nous reparlerons de tout cela plus tard.

— Veux-tu que je te prépare une tisane à la menthe ? proposa généreusement Hester. Après tout, c'est à moi que tu dois ta migraine.

— Il en faudrait des litres ! Non, ne t'inquiète pas, un peu de repos devrait arranger les choses.

Elles revinrent bras dessus, bras dessous vers la maison. Hester passa dans la cuisine afin de se faire monter de l'eau chaude, pour sa toilette. Du salon, Marina entendit Jane pousser un cri d'effroi en découvrant la tenue de son amie et celle-ci lui raconter quelque fable à propos d'une chute de cheval qui aurait un peu abîmé sa robe. Elle secoua silencieusement la tête devant ce mensonge éhonté.

Il y avait sur la table un bouquet de lys qui répandait son parfum dans toute la pièce et sur un plateau d'argent, à côté, deux enveloppes. Marina ouvrit la première.

« Je sais qui vous êtes. Je sais ce que vous avez fait et il faudra me payer pour acheter mon silence », lut-elle.

Un frisson glacé lui parcourut le dos. Elle pouvait toujours entendre le bavardage de Jane et d'Hester, mais elle n'en comprenait plus le sens. Le visage de Nick Falconer dansait devant ses yeux ; les sourcils sombres, la mâchoire volontaire, la bouche bien dessinée. Marina ne pouvait croire qu'il était l'auteur de cette deuxième lettre anonyme. Son instinct lui disait qu'il ne s'abaisserait jamais à ce genre de chantage. Il était trop franc, trop direct. Et puis, c'était un militaire, un officier. Il était censé avoir le sens de l'honneur.

Seulement, elle ne pouvait se fier à son instinct. Ni à rien, ni personne. D'ailleurs, si ce n'était pas Nick qui la menaçait ainsi, alors la situation était pire que ce qu'elle avait cru, car cela supposait qu'une autre personne connaissait son histoire et lui voulait du mal. Une fois encore, elle ressentit l'envie urgente, insidieuse et terrible, d'aller voir Nick Falconer et de tout lui raconter, de le supplier de la protéger. Son cœur lui criait qu'il fallait le faire, mais sa raison le lui interdisait. Tout avouer à Nick Falconer la conduirait droit à l'échafaud.

Elle froissa rageusement la feuille de papier. S'il y avait eu du feu dans la pièce, elle l'eût brûlée sur-le-champ. Jamais elle ne permettrait à personne et pas même à ce séduisant Nick Falconer, de la réduire à sa merci. Quoi qu'il puisse arriver, elle ne rendrait pas les armes.

Laura Matilda Anne Elizabeth, douzième duchesse de Cole, était assise devant le miroir de sa coiffeuse, le menton dans sla main et regardait pensivement son reflet. Elle était en robe du soir et avait renvoyé sa femme de chambre, pour se préparer psychologiquement au dîner et à la soirée qui allaient suivre. Figée devant le miroir, elle se demandait si son tumulte intérieur pouvait se lire sur son visage.

Elle détestait les réceptions. Elle détestait passer la moitié de l'année seule à Cole Court et l'autre, à faire des politesses à des gens qui ne représentaient rien pour elle et qu'elle n'avait nulle envie de connaître davantage. Tout ce qu'elle voulait, c'était passer du temps auprès de Charles et elle souffrait profondément du fait qu'il ne semblait pas, lui, avoir la moindre envie d'en passer auprès d'elle.

Ce soir, elle recevait autour d'une partie de cartes. Une façon convenue de distraire ses hôtes, l'occasion pour lord Henry Cole de se vanter toute la soirée de ses exploits à la chasse, pour lady Faye de tenter une fois encore de pousser la malheureuse Lydia dans les bras de quelque riche hobereau des environs, en vue d'un profitable mariage et pour Nick Falconer d'observer tout cela de son œil perçant d'entomologiste, comme s'ils n'étaient tous que des scarabées sous sa loupe. Laura aimait bien Nick ; elle sentait en lui de grandes qualités de droiture et d'honnêteté, mais il lui faisait un peu peur. Il avait toujours l'air de tout comprendre et de tout savoir. Il ne lui faudrait sans doute pas longtemps pour découvrir qu'elle était désespérément amoureuse de Charles et que, malheureusement pour elle, son mari n'avait pas le plus petit moment à lui consacrer.

Le cœur de Laura battait pour lui depuis ses onze ans. C'était la fille aînée du comte de Burlington, dont les terres du Yorkshire jouxtaient celles des Cole. Elle savait depuis sa plus tendre enfance qu'elle était destinée à prolonger une lignée et l'acceptait : elle avait été élevée dans ce but. Les filles de comte faisaient des mariages de convenance, c'était ainsi. Par contre, elles n'étaient pas censées tomber désespérément amoureuses de leur futur mari, d'une manière aussi incongrue que déraisonnable. Laura avait transgressé l'une des premières règles non écrites de l'aristocratie et n'y avait gagné que de l'humiliation. Souvent, quand il était à Londres et qu'elle se trouvait seule au château, elle s'asseyait dans la bibliothèque et se demandait ce qu'il pouvait faire à ce moment précis. Etait-il à une séance de la Chambre des Lords, à son club ? Etait-il — pensée insupportable — en train de faire l'amour à une danseuse de l'opéra ou à une pensionnaire d'un lupanar chic des environs de Covent Garden ? Il était improbable en tout cas qu'il prenne lui aussi le temps de penser à elle lorsqu'il était en ville. Quand, peu de temps après leur mariage, il y avait dix ans de cela, elle lui avait suggéré qu'elle pourrait l'accompagner lors de ses séjours à Londres, elle avait eu la pénible surprise de le voir décliner son offre. Charles l'avait fait sans méchanceté, car il n'y avait rien de cruel en lui, mais son indifférence la blessait bien davantage qu'une réponse sarcastique et cinglante aurait pu le faire. Ce qui était terrible, insupportable, c'était l'absence de tout sentiment dans leur relation.

Elle s'en était confiée à Marina et Hester et les deux avaient été d'avis qu'elle devrait bien se rendre un jour à Londres sans prévenir Charles, pour le mettre devant le fait accompli. Laura y avait beaucoup réfléchi. Elle était même allée jusqu'à faire ses bagages et à demander sa voiture, mais au dernier moment, elle avait manqué de courage. Et si elle l'avait surpris au lit avec une maîtresse ? Bien sûr, elle n'était pas sûre qu'il en ait une, mais c'était plausible. Les hommes, lui avait-on dit, avaient certains besoins. Il ne risquait pas de les satisfaire avec elle, puisqu'ils se trouvaient toujours à des centaines de kilomètres l'un de l'autre. Mais plus encore de le trouver au lit avec une autre femme, elle redoutait de le voir complètement indifférent à sa présence. Hester, d'un tempérament bien plus volcanique que le sien, aurait exigé et probablement obtenu l'attention de Charles. Mais Laura ne ressemblait pas à sa cousine par alliance. Toute en retenue et en élégance discrète, elle était la parfaite duchesse. Pourtant elle aussi, dans ce rôle, se sentait un imposteur.

Soupirant profondément, Laura se leva et lissa machinalement sa robe du plat de la main. Une fois encore, elle se trouva plate comme une limande, anguleuse et comme asexuée. Rien d'étonnant à ce que Charles déserte son lit.

Elle finit par quitter la chambre, le cœur serré à l'idée d'affronter la froideur de son époux. Lorsqu'elle pénétra dans le salon bleu, ses invités l'y attendaient déjà. Laura savait qu'elle aurait dû descendre plus tôt, pour les accueillir, et l'expression étonnée de Charles de la voir ainsi délaisser ses devoirs d'hôtesse, chose à laquelle elle ne l'avait pas habitué, était évidente.

Elle regarda les visages autour d'elle. Toujours les mêmes personnes, soirée après soirée, les mêmes conversations et les mêmes distractions. Sa vie lui apparaissait parfois comme l'un de ces carrousels d'images que l'on fait tourner pour retomber toujours sur la même.

Marina s'était excusée, ce soir-là. Elle avait envoyé un billet au château et prétexté une indisposition due à une nouvelle chute de cheval. Laura avait souri en lisant cette explication, car Marina ne paraissait décidément pas faite pour l'équitation, mais persistait néanmoins à essayer. Hester était là, elle, comme toujours, et la duchesse se demandait bien pourquoi, car elle savait pertinemment que ce genre de soirée l'ennuyait à périr. Il y avait aussi John Teague, qui ne quittait pas Hester des yeux, Henry Cole, le regard déjà embrumé par l'alcool, et Faye, un pli amer au coin de la bouche. Il y avait aussi Nick Falconer, vraiment superbe en habit de soirée et Dexter Anstruther, que toutes les jeunes filles présentes dévoraient des yeux. Le regard de Laura se porta sur Charles, qui discutait avec eux et immédiatement, elle ne vit plus personne d'autre. Une désespérante vague d'amour l'envahit, comme chaque fois qu'elle observait son mari. Il leva brièvement les yeux sur elle et haussa discrètement les sourcils, comme pour lui demander si tout allait bien et si elle n'allait pas l'abandonner, avec tous leurs invités sur les bras.

Laura lui fit un sourire timide pour le rassurer et se

demanda soudain, idée incongrue, ce qui se passerait si elle annonçait tout à coup :

— Bonsoir à tous. J'ai une révélation à vous faire : j'ai l'honneur et l'avantage d'être l'une des détrousseuses connues sous le nom des *Glory Girls*, qui vole les riches pour donner aux pauvres. Si je vous dis cela sans plus de cérémonie, c'est que, voyez-vous, je brûlais d'être percée à jour pour avoir une chance d'intéresser enfin mon mari !

Elle imagina la tête que ferait Charles si elle agissait ainsi. Au moins son beau visage exprimerait-il enfin autre chose qu'un ennui distingué. Parfois, l'amour éperdu qu'elle éprouvait pour lui semblait bien près de se muer en haine.

Elle prit une profonde inspiration.

— Bonsoir, tout le monde, lança-t-elle d'une voix enjouée. Mille pardons pour vous avoir fait attendre. Si nous passions à table ?

Hester ne rentra pas cette nuit-là. Marina resta longtemps éveillée, à guetter le retour de la voiture et les pas de son amie dans l'escalier, mais en vain. Elle entendit l'horloge sonner 2 heures et finit par tomber dans un sommeil agité, peuplé de rêves qui la firent se retourner dans son lit jusqu'au matin.

Pour se changer les idées, elle sortit immédiatement après le petit déjeuner et prit le chemin qui menait à la rivière. Elle marchait lentement, l'oreille aux aguets pour bien s'assurer que personne ne la suivait. Elle appréciait à leur juste valeur ces promenades à pied, plutôt qu'à cheval. Elle ne s'expliquait d'ailleurs pas vraiment le fait qu'elle persistait à vouloir pratiquer l'équitation, pour laquelle elle n'était vraiment pas douée. Son entêtement proverbial, sans doute. Sa mère lui disait toujours qu'elle était trop obstinée pour son bien.

Instantanément, la vue du courant tranquille qui serpentait dans la prairie se brouilla comme les larmes lui montaient aux yeux. Le pire, le plus insupportable de ses souvenirs était d'avoir appris que sa famille avait péri ce même hiver durant lequel Rashleigh l'avait emmenée en Angleterre. Dès qu'elle lui avait échappé, elle avait mené une enquête discrète, car elle caressait encore l'espoir de retrouver ses parents et de les emmener quelque part où ils seraient tous en sécurité avec elle. Mais ses recherches lui avaient appris qu'ils étaient morts durant une épidémie de fièvre maligne qui avait ravagé le pays. Elle avait supporté tout le reste, mais cette terrible nouvelle avait bien failli la tuer.

Elle déposa son petit panier tressé sur l'herbe de la berge et s'assit sous un grand chêne pour retirer ses chaussures et ses bas. Elle avait choisi de revêtir, ce matin, une vieille robe à rayures roses et blanches. Lorsqu'elle était habillée ainsi, Hester se moquait toujours d'elle en lui disant qu'elle avait l'air d'une collégienne. Hester…

Marina fronça les sourcils. Si cela continuait, il lui faudrait un jour se rendre à l'auberge du Clair de Lune en personne pour la tirer du lit du quelconque garçon d'étable qui serait sa fantaisie du moment. L'attitude dangereuse et autodestructrice de son amie devait prendre fin.

Elle déposa ses bas dans ses chaussures, reprit son panier et s'avança pieds nus dans l'herbe de la berge.

Un martin-pêcheur, dérangé, s'envola en pépiant. La rivière n'était pas très haute, car il n'avait pas plu depuis plusieurs jours et l'eau lui arrivait un peu en dessous du genou. Les pierres moussues étaient glissantes sous ses pieds et la sensation en était délicieuse. Elle aimait être ainsi en relation fusionnelle avec la nature, sentir le courant et la mousse sous ses orteils, voir les saxifrages pourpres percer entre les racines des arbres. De l'autre côté de la rivière, elle avait trouvé un véritable trésor, un secret qu'elle ne partageait avec personne. Là, sur une plaque de terre crayeuse se trouvait ce qu'elle était venue chercher : de jolis petits fruits écarlates, délicats comme des pierres précieuses. Elle savait, grâce à ses lectures, que les fraises sauvages aimaient les sols pierreux et c'est en les cherchant sur ce type de terrain qu'elle avait eu le plaisir d'en trouver quelques plants. Elles étaient délicieuses, plus petites et plus douces que les fraises qu'elle faisait pousser dans ses serres. Le fait qu'elles se trouvaient dans un endroit difficile d'accès, de l'autre côté de la rivière, leur donnait plus de goût encore.

Marina avait presque atteint la berge, quand elle poussa un cri effrayé. Une pierre glissante du fonds venait de se dérober sous son pied. Elle essaya fébrilement de se raccrocher à une branche qui pendait au-dessus du courant, glissa de nouveau, perdit l'équilibre et comprit en un éclair qu'elle allait s'étaler de tout son long dans la rivière. C'est alors que, surgi de nulle part, un bras solide vint entourer sa taille et la soulever dans le même mouvement. Elle se figea de surprise et de frayeur.

— Eh bien, madame Osborne, dit une voix masculine amusée, à son oreille. Vous avez décidément une affinité certaine avec l'eau !

Nick Falconer ! Etrangement, dès qu'elle l'eut identifié, Marina n'eut plus peur. Elle ne ressentait plus que de l'indignation et l'envie urgente de s'écarter de lui. Mais son bras la serrait si bien que c'était à peine si elle pouvait respirer.

— Tenez-vous un peu tranquille, s'il vous plaît, ou bien nous allons tomber dans l'eau tous les deux…

En deux enjambées, il la porta sur la berge, avec une facilité qui lui parut plus insultante encore. C'était déconcertant, aussi ; personne ne l'avait jamais tenue ainsi, auparavant. Elle se sentait brûler d'une étrange fièvre.

— Reposez-moi tout de suite ! s'écria-t-elle, submergée par des sensations auxquels elle ne comprenait rien.

Nick mit un genou en terre et la déposa au sol, au beau milieu du parterre de fraises sauvages.

— A votre aise, lui dit-il en souriant.

Marina resta comme pétrifiée un instant. L'odeur de l'herbe haute se mêlait à celle, délicatement fruitée, des fraises. Les effluves, agréables et discrets, de l'eau de Cologne de Nick lui parvenaient également et Marina se sentit prise d'un soudain vertige. Il vint s'allonger à côté d'elle, appuyé sur un coude.

— Vous n'êtes guère reconnaissante, lui dit-il. Par deux fois, j'ai eu le plaisir de venir à votre secours et je n'ai pas eu le droit à un seul merci…

Sans la quitter des yeux, il cueillit une fraise et la mit dans sa bouche. Marina sentit une étrange chaleur l'envahir.

— C'est cela que vous êtes venue chercher ? demanda-t-il. Elles sont délicieuses. Aurais-je par hasard percé à jour l'un de vos secrets, madame Osborne ?

Marina ne pouvait ni répondre, ni bouger. Le sol était tiède sous son dos, et au-dessus de la tête de Nick, elle pouvait discerner un peu de ciel bleu. Il faisait chaud, on entendait chanter la rivière tout près et le parfum des fraises sauvages était entêtant.

Une envie nouvelle s'empara d'elle, une envie qu'elle n'avait encore jamais ressentie auparavant : pour la première fois de sa vie, elle voulait enfreindre les règles qu'elle s'imposait habituellement, ne pas être sérieuse, céder à l'incroyable désir qui s'insinuait en elle, s'abandonner à cette spirale de plaisir qui s'ouvrait sous ses pieds. C'était une folie, bien sûr, mais c'était tellement tentant et si délectable…

Nick lui déposa une fraise entre les lèvres. Elle mordit dedans, savourant le goût du jus qui coulait sur sa langue. La respiration de Nick s'accéléra et, en une seconde, sa bouche fut sur la sienne, la goûtant avec fièvre, comme s'il voulait la dévorer tout entière.

Marina laissa échapper un gémissement. Les sensations se bousculaient en elle, puissantes et inconnues. Après toutes les horreurs qu'elle avait connues et les ternes années passées depuis, ce baiser avait de quoi la laisser éberluée. Tout son corps brûlait de se fondre contre celui de Nick. Elle était prête à s'ouvrir à lui.

Leurs langues se mêlèrent tandis qu'elle enfouissait ses doigts dans les cheveux de son compagnon. Leur toucher était doux et soyeux, sa langue avait le goût de fraise, ses lèvres étaient brûlantes. Elle était comme enivrée.

La bouche de Nick s'écarta de la sienne et descendit vers sa gorge. Le cœur de Marina battait à tout rompre et une chaleur humide envahit le bas de son ventre. Nick pressa ses lèvres contre sa gorge juste au-dessus du premier bouton de sa robe.

— Je vous désire, lui dit-il de sa voix rauque. Je meurs d'envie de vous enlever cette robe et de vous prendre là, dans l'herbe, au bord de la rivière.

Marina poussa un petit cri de pur désir et la bouche de son compagnon revint, possessive, sur la sienne, attisant la passion qui, déjà, contrôlait tout son être. Ses lèvres se faisaient exigeantes, à présent, affamées. Il glissa sa main le long de sa cuisse pour remonter vers son ventre avant d'atteindre sa poitrine. Il prit l'un de ses seins dans sa main, caressant à travers son corsage la pointe durcie de désir. Marina ne pouvait plus supporter la frustration que lui causait cette barrière de tissu qui les séparait encore. Il roula sur elle, la clouant au sol de tout son poids et pour la première fois depuis qu'il l'avait embrassée, une frayeur glacée s'empara d'elle, stoppant net la montée de son plaisir. Elle se sentait soudain prisonnière, prise au piège. Déjà, Nick défaisait les boutons de sa robe, son érection plaquée contre sa cuisse. Marina essaya de s'écarter, sans pouvoir bouger d'un pouce.

Alors, elle entendit des voix qui s'élevaient sur le petit pont, un peu plus loin, ainsi que le bruit des roues d'une voiture. Elle se figea, réalisant soudain qu'ils se trouvaient à la vue de tous.

Nick le comprit instantanément, lui aussi. Il se redressa, puis s'écarta dans l'herbe, les yeux toujours brillant de désir. Prise de panique, Marina voulut se lever en toute hâte, mais il la retint d'une main ferme le temps que passent la voiture, et le danger. Alors seulement, il la laissa s'asseoir et défroisser sa robe d'une main tremblante. Elle essayait désespérément de trouver quelque chose à dire et aussi de mettre de l'ordre dans ses pensées. Elle ne parvenait pas à prendre conscience de ce qui avait bien failli se produire. Pas un instant elle n'avait ressenti la moindre crainte, aucun souvenir n'était venu la troubler, jusqu'au moment où elle s'était sentie prise au piège de la force physique de Nick, une idée qui avait annihilé tout plaisir en elle.

— La prochaine fois, je tâcherai de trouver un endroit plus tranquille, maugréa-t-il.

Il ne semblait pas, lui, avoir le moins du monde perdu son assurance.

La prochaine fois…

Marina tourna ces mots dans sa tête, effrayée et excitée à la fois par ce qu'ils impliquaient.

— Il n'y aura pas de prochaine fois, major Falconer.

Sa voix n'était plus qu'une sorte de coassement rauque et elle s'éclaircit la gorge.

— J'ai fait une erreur, expliqua-t-elle, qui ne se renouvellera pas.

Nick prit son menton entre ses doigts pour la forcer à le regarder. Il y avait un tel appel dans ses yeux, une telle détermination qu'elle en eut le souffle coupé. C'était un message brûlant, que l'on ne pouvait guère ignorer.

— Vous vous trompez, Marina, lui dit-il. Nous serons bel et bien amants. C'est inévitable.

Un frisson lui parcourut l'échine. Il paraissait tellement sûr de lui et elle était si irrésistiblement tentée, en dépit de son appréhension. Pourtant elle savait que son histoire personnelle l'empêcherait de s'offrir de nouveau à un homme. Même si cet homme était le major Nick Falconer.

Il déposa un rapide baiser sur ses lèvres et elle sentit brièvement l'écho de leur passion se répercuter en elle. L'instant d'après, il s'était levé et était parti, laissant Marina seule avec son passé dont elle ne parvenait pas à se détacher.

« Nous serons amants », lui avait-il prédit. Mais elle savait bien que c'était impossible. Elle avait… entrevu, oui, c'est cela, entrevu ce qu'aurait pu être la passion. Il lui faudrait s'en tenir là. Définitivement.

7

Freesia : Résistance.

Le lendemain, Nick décida de se rendre dans le village de Peacock Oak afin d'y glaner quelques informations au sujet de Glory.

— Alors, Anstruther, lança-t-il à son compagnon tandis qu'ils chevauchaient côte à côte sur la route du village. Voilà maintenant deux jours que vous avez le loisir d'observer les invités du duc. Que pensez-vous d'eux ? Voyez-vous parmi ces gens, les femmes notamment, de possibles membres de la bande des *Glory Girls* ?

— Seulement lady Hester Berry, major, répondit le jeune homme avec un sourire. Elle semble vraiment indomptable. Elle monte à cheval comme un homme, ne craint pas de découcher…

— Le type même de femmes contre lesquelles votre mère vous a mis en garde, n'est-ce pas ? Je l'ai vue flirter avec vous lors de la partie de cartes, l'autre soir.

— A dire vrai, major, je crois que lord Teague me traînerait sur le pré si je répondais aux nombreuses… comment dirai-je ? perches que me tend lady Hester, répondit Anstruther, les oreilles un peu rouges. Mais je ne vois vraiment personne d'autre, parmi ces dames, qui pourrait faire partie des *Glory Girls*. Cela semble parfaitement absurde.

— Je suis de votre avis, murmura Nick. Toutefois, nous devons envisager toutes les possibilités. La duchesse de Cole, par exemple... On dit qu'elle monte très bien, ce qui n'est pas rare, d'ailleurs, parmi les dames de la campagne.

— Oh non, tout de même pas Sa Grâce ?

Anstruther paraissait horrifié. Nick le soupçonnait de développer un tendre penchant pour Laura Cole, comme un collégien. Après tout, il n'y avait pas si longtemps que Dexter avait quitté l'école.

Le jeune homme tenta tant bien que mal de reprendre contenance.

— Je ne peux pas même l'imaginer, major. Une si parfaite, si élégante hôtesse ne peut pas être une hors-la-loi.

Ils traversèrent la rivière par le petit pont de pierre et entrèrent dans le village. Au moment où ils en atteignaient les premières maisons, Nick aperçut Marina Osborne traverser la prairie dans leur direction. Elle portait un petit spencer crème sur une jupe bleu marine et était coiffée d'un chapeau de paille orné un ruban bleu assorti. Elle était adorable et Nick surprit Dexter Anstruther à la regarder d'un œil vivement intéressé. Il ressentit une violente poussée de jalousie qu'il se reprocha aussitôt. Cette femme le rendait fou ! Voilà qu'il était jaloux d'un gamin comme Anstruther, tout cela parce qu'il la regardait avec admiration ! Pourtant, il ne pouvait s'empêcher d'en vouloir à son compagnon.

Son désir inassouvi pour Marina Osborne ne lui laissait aucun répit. Il avait même rêvé d'elle la nuit précédente, un songe plein de passion que le fantôme d'Anna était venu interrompre pour lui reprocher son infidélité. Il s'était réveillé en sursaut et en sueur, déchiré entre son désir et sa culpabilité.

Il n'avait pas revu Marina depuis qu'il l'avait embrassée au bord de l'eau, la veille. Elle n'avait assisté ni au pique-nique qu'avait organisé Laura ce jour-là, ni à la soirée donnée ensuite au château. Nick avait eu désespérément envie de la voir mais il ne l'avait pas cherchée. Il avait pourtant délibérément provoqué leur rencontre au bord de la rivière, dans l'intention de la séduire, par calcul. Mais le désir qu'il ressentait allait à l'encontre de sa stratégie. S'il continuait ainsi, le séducteur risquait bien d'être séduit.

A présent, il était certain que Marina Osborne et la femme qu'il avait déjà embrassée dans la taverne ne faisaient qu'une seule et même personne. Son baiser, au bord de la rivière, avait ce même goût délicieux et étrangement familier. Comme s'il la connaissait depuis le premier matin du monde.

— Qui est cette personne qui traverse la prairie ? demanda ingénument Anstruther.

Nick eut un rire bref.

— C'est notre principal suspect, mon cher. Vous êtes sur le point de faire la connaissance de Mme Marina Osborne.

— La dame avec la jupe bleue ? Ce n'est pas possible... Elle a l'air si respectable !

— Anstruther, Anstruther, soupira Nick. Quand donc

apprendrez-vous votre leçon ? Glory ne passe pas toutes ses journées en selle, vêtue d'une cape noire, à détrousser les riches voyageurs ! Elle a une couverture, une façade de respectabilité qui lui est nécessaire pour pouvoir continuer à commettre ses méfaits. J'ai moi-même du mal à croire que Mme Osborne soit réellement Glory, vu la piètre façon dont elle monte à cheval, mais elle est bel et bien la femme que j'ai vue à la taverne de La Poule et Le Vautour, habillée comme une prostituée et agissant comme telle. De cela, je suis certain.

Il esquissa un sourire devant l'air choqué d'Anstruther, puis il sauta de sa selle au passage de Marina. Après leur baiser, il était curieux de voir comment elle allait réagir. Même si la rencontre d'hier avait tourné court, elle n'avait pas pu lui dissimuler sa nature passionnée. Il la posséderait bientôt, c'était une certitude.

— Madame Osborne, quelle excellente surprise ! Nous parlions justement de vous. Puis-je vous présenter mon ami Dexter Anstruther ?

— Je… je suis votre serviteur, madame, bredouilla Anstruther en lançant de côté un regard surpris à Nick. Très honoré de faire votre connaissance.

Marina lui sourit très gentiment et Anstruther rougit de plus belle. Elle avait les joues un peu roses, ce matin, et son chapeau très fin encadrait joliment son visage. Comme à son habitude, et malgré la chaleur de l'été, elle était boutonnée jusqu'au cou. Nick ressentit une fois de plus le besoin sauvage de défaire ce col pour exposer sa peau à son regard.

— Très heureuse, monsieur Anstruther. J'ai beaucoup entendu parler de vous par mon amie lady Hester…

Une fois de plus, Anstruther rougit jusqu'aux oreilles et resta les bras ballants, apparemment incapable de trouver une réponse convenable. Nick vint à son secours en saisissant la main gantée de Marina dans la sienne. Elle évitait timidement son regard, ce qui l'amusait beaucoup.

— Vous semblez avoir parfaitement récupéré du danger que vous avez couru hier près de la rivière, madame, lui murmura-t-il. Je suis bien aise de m'être trouvé là si bien à propos.

Elle lui lança un regard perçant avant de baisser ses paupières de nouveau.

— Je vais très bien, je vous remercie, lui dit-elle en retirant sa main. Mais je ne voudrais surtout pas vous retarder, vous avez sûrement à faire…

Nick eut un rire bref.

— Vous ne semblez pas particulièrement heureuse de me revoir…

— Je n'ai pas d'opinion particulière à cet égard, répondit Marina très doucement.

— Indifférente, alors ?

— Si vous voulez.

Elle adressa un sourire aux deux hommes, avec la plus grande indifférence.

— Maintenant, messieurs, si vous voulez bien m'excuser, je dois procéder à ma distribution…

Nick jeta un coup d'œil dans son panier. Il contenait des oranges et des citrons, liés par trois ou quatre dans de petits filets. La veille, il avait entendu lady Faye faire quelques remarques ironiques sur les « bonnes œuvres » de Marina Osborne.

— Des fruits très coûteux, commenta-t-il. Vous les distribuez aux pauvres et aux nécessiteux ?

— Je suppose que l'on peut dire cela, major Falconer.

— Vous êtes fort généreuse…

— Je fais mon devoir, tout simplement.

Nick lui sourit.

— Est-ce que voler les riches pour donner aux pauvres fait partie de ce que vous appelez votre devoir ? lui susurra-t-il.

Marina le regarda droit dans les yeux. Il soutint fermement son regard et ils s'affrontèrent ainsi un long moment. Nick en éprouva un curieux sentiment, qui n'avait pas grand-chose à voir avec le défi qu'il lui lançait. Ses yeux étaient candides ! Comment était-il possible qu'elle ait tellement l'air d'une enfant innocente ? Elle devait être passée maître dans l'art de jouer la comédie. A sa grande surprise, elle finit par lui sourire.

— Quelle surprenante imagination vous avez, major Falconer ! Je vous souhaite une excellente journée.

Elle fit un aimable signe de tête à Dexter Anstruther et mit la main sur la clenche du portail de l'une des premières maisons du village. Puis elle frappa à la porte et entra.

— Elle a plus de sang-froid que le diable en personne ! murmura rageusement Nick entre ses dents, avant de se hisser sur sa selle. Bon…

Il se tourna vers Anstruther.

— J'ai besoin de savoir précisément à quelles œuvres charitables se consacre Mme Osborne. Vous allez vous occuper de cela.

— Bien, major. Elle… Elle a vraiment l'air d'une très charmante lady. Je… J'ai peine à croire…

— Croyez-le si vous le voulez, mon cher, répliqua Nick avec un sourire pincé, mais Mme Osborne n'est pas une vraie lady. C'est un imposteur et je le prouverai, même si je dois y passer des années.

Anstruther s'épongea le front avec gêne.

— C'est que… sans preuve… Comment comptez-vous… ?

— En la mettant dans mon lit pour que, mise en confiance, elle avoue la vérité.

Les oreilles du jeune homme commençaient à ressembler à deux tranches de bacon luisantes.

— Je dirais, major, bégaya-t-il, indigné, que ce n'est pas ainsi que se conduirait un gentleman ! Pas selon les principes que l'on m'a inculqués !

Nick se mit à rire.

— Eh bien, vos principes sont erronés ! Faites donc appel à la sagesse populaire : la fin justifie les moyens, l'occasion fait le larron, à la guerre comme à la guerre, etc.

— Si vous le dites…

Mais il n'avait pas du tout l'air convaincu.

Nick s'efforça de se concentrer sur sa mission. Le contact qu'il avait eu avec Marina, même s'il avait été fort bref, l'avait une fois encore consumé de désir. C'était toujours le même choc, le même impact qui lui allait droit au cœur et lui coupait le souffle. Il fallait se débarrasser de cette faiblesse avant qu'elle ne l'emporte sur lui. Il allait lui falloir séduire cette femme et la mettre dans son lit avant d'être tout à fait ensorcelé. En étouffant un juron, il lança son cheval au galop, laissant Anstruther derrière lui et tout décontenancé.

Comme Marina ressortait de la maison de Mme Bean, elle vit Laura qui descendait la colline dans son cabriolet. Son amie lui fit de grands signes dès qu'elle la vit et Marina traversa la route pour la rejoindre.

— Je suis bien contente de te trouver là, lui dit la duchesse. Il faut que je te parle. Je te ramène ?

— Merci.

Elle monta à côté de son amie et Laura remit son cheval en marche.

— Dommage que tu ne sois pas venue hier soir, lui dit la duchesse. Je me demandais si tu ne voulais pas éviter quelqu'un. Le major Falconer, peut-être ?

Elle sourit en voyant le visage de Marina s'empourprer à l'évocation de ce nom.

— Je trouve qu'il jette toujours sur toi des regards extrêmement intéressés…

— C'est possible, bredouilla Marina. A moins qu'il fasse semblant. Je ne…

Elle baissa un instant les yeux sur ses mains gantées, sagement posées sur ses genoux et soudain, se tourna vers son amie.

— Oh, Laura ! Comment pourrais-je le savoir ? J'ai si peu d'expérience ! Il m'a embrassée hier et je me suis sentie…

Elle se tortilla sur son siège.

— … tellement excitée !

Elle s'interrompit et se mordit la lèvre inférieure.

— Je n'aurais jamais cru que cela pourrait m'arriver… Pas après Rashleigh, cela paraissait impossible.

— Tout semble prouver le contraire, commenta flegmatiquement Laura.

— Peut-être, mais… il est arrivé quelque chose… J'ai senti…

Marina hésita et regarda son amie. Elles avaient beau être toutes deux très proches, il n'était pas certain qu'elle pouvait parler à la duchesse de Cole de quelque chose d'aussi intime que l'érection d'un homme contre sa cuisse. C'eût été très différent bien sûr avec Hester : cette dernière n'avait aucun tabou et aurait même vraisemblablement choqué Marina en se mettant à se lancer dans des comparaisons de taille. Mais Laura… Avait-on bien le droit de parler de ce genre de choses à une duchesse ?

— Tu as senti son érection, termina tranquillement son amie. C'est cela qui t'a rendue nerveuse, je suppose…

— Laura ! s'exclama Marina, choquée.

— Eh bien quoi ? répliqua la duchesse, amusée. Tu croyais que je ne savais rien de ce genre de choses ? Mon expérience n'est pas bien grande, je te l'accorde, mais tout de même ! Enfin, nous parlons de toi et non de moi.

— Tu as raison, j'ai eu peur, avoua-t-elle en frissonnant. Il paraît si fort, si puissant…

— Mais il n'est pas Rashleigh, fit doucement observer Laura.

— Non, bien sûr. Et peut-être bien qu'un jour, avec un homme qui serait doux et patient…

Elle s'interrompit.

— Mais en aucun cas avec lui. Hester a dû te dire

qu'il était venu à Peacock Oak dans l'intention de confondre Glory ? Et il croit aussi que je suis l'assassin de son cousin. Ces attentions à mon égard ne semblent pas avoir d'autre but que de découvrir la vérité.

— Je ne puis croire cela de lui.

— Et pourtant, soupira Marina, c'est la vérité. Je suis très attirée par le major Falconer, j'ai même peur de tomber amoureuse de lui. Il semble si fort, si protecteur, si honorable… Parfois, j'ai envie de lui faire confiance et de tout lui dire. Mais nous savons toi et moi que je ne peux pas faire cela. Je suis une fugitive, une esclave évadée.

— Il ne voit sans doute pas les choses de cette manière, dit lentement Laura. Et tu n'es pas coupable.

— Je le suis au regard de la loi, je le sais. Tout ce que je pourrais lui dire le mènerait immanquablement sur la trace des *Glory Girls* et je ne peux pas vous faire courir ce risque, à toi, à Hester, à Josie ou à Lenny. Je ne peux donc pas faire confiance au major Falconer.

Laurent garda longtemps le silence.

— Je comprends ce que tu veux dire et je crains bien que tu n'aies raison. Tu ne peux pas te confier à lui.

Marina secoua la tête. C'était comme si, soudain, le ciel s'obscurcissait. Pourtant, elle savait bien que Laura avait du bon sens. Elle était arrivée à la même conclusion qu'elle-même. Malgré tout, elle brûlait de faire confiance à Nick. C'était dangereux, autodestructeur mais instinctif. La prochaine fois qu'elle le verrait, il lui faudrait résister au moins à deux tentations : celle de céder à ses attentions et celle de tout lui dire.

— Il est bien dommage que les *Glory Girls* ne puissent

mener un raid en ce moment, dit Laura en conduisant le cabriolet sur le sentier qui longeait la rivière. Je reviens de Starbotton et j'ai pu constater que Sampson était en train de faire clôturer tous les pâturages communaux. Et il menace les villageois de leur prendre leur bétail, s'ils venaient encore les faire paître là-bas. Il n'a aucun droit de faire cela ! Cet homme est odieux !

Marina sentit une vague de colère déferler en elle, une fois de plus. Tout était donc toujours à recommencer !

Chaque fois qu'elle entendait parler d'une injustice commise par des propriétaires terriens ou des patrons, elle mourait d'envie de venger les pauvres êtres qu'ils exploitaient.

Les activités illégales des *Glory Girls* lui donnaient l'immense satisfaction de corriger quelques-unes des innombrables inégalités qui grevaient la vie des paysans en Angleterre. Bien sûr, c'était une goutte d'eau dans la mer, mais c'était toujours cela. Elle y ajoutait ses activités charitables, sa lutte en faveur de l'éducation pour tous, ses distributions de bois de chauffage en hiver, de vêtements et de nourriture.

— Oui, cela tombe très mal…, murmura-t-elle pensivement.

— John Teague est allé lui parler, à ce sujet, mais Sampson a la loi de son côté. Il a acheté ces pâturages. Il lui a ri au nez…

— Donc, Hester et toi, vous voudriez donner une petite leçon à Sampson ?

Laura arrêta son cabriolet dans l'herbe de la berge.

— Exactement. Hester ne t'en a pas parlé ?

— Je ne l'ai pas vue ce matin, répondit simplement Marina.

Laura se pencha vers elle et baissa la voix.

— Elle a encore découché ?

— Oui.

— Il faut que cela cesse, Marina. Sinon il va finir par se produire quelque chose de terrible.

— Je sais, mais qu'y puis-je ? répondit tristement Marina. Elle ne m'écoute pas. Je sais qu'elle n'est pas heureuse, mais je suis impuissante à l'aider.

Laura secoua la tête.

— Elle semble toujours rechercher quelque chose qu'elle ne trouve pas. Autrefois, c'était surtout les folies de Jack qui étaient visibles, mais depuis qu'il est mort et qu'elle a perdu toute sa fortune au jeu, les siennes sont repassées au premier plan.

— Peut-être que Charles pourrait faire quelque chose, risqua Marina timidement.

Mais Laura secoua la tête.

— Non, il n'est pas même au courant, répondit-elle avec amertume. Il est plutôt conventionnel, il serait scandalisé s'il apprenait la conduite de sa cousine. Que dis-je ? C'est même l'homme le plus ennuyeux que je connaisse, je crois. J'ai passé des années à tenter désespérément d'attirer son attention sur moi et j'ai fini par découvrir qu'il se moque des sentiments que je lui porte et qu'il m'enferme dans la vie la plus morne que l'on puisse imaginer !

— Laura !

Marina était sincèrement choquée, à présent. Bien sûr, elle avait compris depuis longtemps que Charles n'était pas très proche de son épouse. Comment aurait-il pu l'être, alors qu'il était si souvent absent ? Mais jamais, jusqu'à ce jour, la duchesse ne s'était autorisée à émettre la moindre critique à l'encontre de son époux devant elle.

— Je suis désolée, dit-elle à la duchesse d'une petite voix. Je ne pensais pas que les choses en étaient à ce point.

— Ah, nous faisons une fameuse paire, Hester et moi ! L'une trop hardie et l'autre trop sage !

— Galoper sur les routes une arme à la main avec les *Glory Girls*, je n'appelle pas précisément cela être trop sage.

Le visage de Laura, si délicat qu'on eût dit celui d'une poupée de porcelaine, se colora un peu.

— Je suppose que c'est mon exutoire, ma bouffée d'air frais.

Rassemblant ses rênes dans une main, elle prit celle de Marina dans l'autre.

— Je ne me plains pas trop tout de même. Après tout, je suis quand même duchesse. J'imagine que c'est une compensation.

— Sans doute, répondit Marina en lui souriant gentiment.

Mais pour la première fois, elle se surprenait à en douter. L'argent, l'influence, c'était très joli, mais quand vous n'aviez ni amour, ni chaleur autour de vous, tous les châteaux et toutes les fortunes du monde ne pouvaient vous rendre heureuse. Et dire que Laura était si généreuse, si aimante, comme il était poignant de constater que tout cet amour dont elle rayonnait se perdait !

— Nous ne sommes pas si différentes, en fait. Je suis

étonnée de constater que nous pouvons nous ressembler, alors que nos chemins ont été si différents jusqu'ici.

Laura sourit.

— Tu comprends, maintenant… Alors, quelle est ta décision ? Est-ce que les *Glory Girls* vont s'attaquer à ce maudit Sampson ?

— Ah, d'accord, d'accord ! C'est très probablement une folie, mais je ne peux pas rester à observer une telle injustice sans rien faire.

A cet instant, elle pensa à Nicholas Falconer et se rembrunit tandis qu'un frisson glacé parcourait sa peau.

— Mais surtout, faites bien attention, supplia-t-elle en se tournant vers son amie. S'il vous arrivait quelque chose, à Hester ou à toi, je ne pourrais pas le supporter.

Laura lui sourit.

— Ne t'inquiète pas.

— Bon.

Elle enchaîna, d'un ton précis et décidé :

— Si vous décidez de faire un nouveau raid, il faudra vous y prendre vendredi soir, après le bal. Il y aura beaucoup de gens complètement soûls, ce qui devrait faciliter les choses et accroître notablement la réputation des *Glory Girls*.

— Quelle idée géniale ! s'exclama son amie. Glory a de la chance de t'avoir pour cerveau, Marina.

Elle arrêta son cheval devant le portail de Peacock Cottage.

— Et ce sera le dernier exploit des *Glory Girls*, je te le promets.

— Il vaudrait mieux, soupira Marina.

Et une fois encore, elle pensa à Nick Falconer.

*
* *

Nick étouffa un bâillement. Le piano-forte devait être la plus raffinée des tortures que l'homme avait jamais infligées à l'homme. Il avait déjà dû supporter l'interprétation quelque peu brouillonne et tintamarresque de Mlle dia Cole, commentée à jet continu par lady Faye, qui n'avait pas manqué de lui faire remarquer quelle talentueuse jeune fille elle était et quelle admirable épouse elle ferait certainement. Il avait pris son mal en patience. La donzelle, comme l'avait indiqué John Teague, était charmante, mais sa mère était une calamité. Lydia avait ensuite cédé sa place à lady Hester Berry, qui exécutait à présent un prélude de Bach avec certainement plus d'intensité mélodramatique que le compositeur n'en avait lui-même prévu. Ce soir, elle portait une robe vert émeraude qui exposait autant de chair que possible. On pouvait voir quelques bleus sur ses bras, ainsi que ce qui ressemblait à une éraflure sur sa clavicule, mais Hester arborait ces marques comme des trophées et ne tentait pas une seconde de les dissimuler. L'œil toujours à l'affût, Nick avait vu John Teague l'emmener un peu à l'écart et lui poser visiblement des questions à ce sujet. Elle les avait balayées avec un grand rire et il s'était congestionné de fureur.

Nick sympathisait d'autant plus avec John qu'il avait lui-même connu une journée exaspérante. Il s'était rendu avec Anstruther à Skipton afin de rencontrer le banquier d'Edward Arkwright, que les *Glory Girls* avaient attaqué la semaine précédente. L'homme, qui s'appelait Desmond, s'était montré très rancunier et aigre dans sa condamnation des détrousseuses, mais Nick le soupçonnait d'exagérer le préjudice subi.

— Pour donner aux pauvres ? avait-il ricané avec mépris. Croyez-moi, les seuls qui ont bénéficié de ce crime, ce sont Glory et sa bande !

Par contre, Nick avait jugé son témoignage vraisemblable : selon le banquier, les bandits étaient quatre, d'assez grande taille, montaient comme des hommes et maniaient le pistolet. L'un d'entre eux, au moins, était d'ailleurs un homme, d'après sa voix. Les autres baissaient peut-être la leur artificiellement, pour le faire croire. La bande avait pris dix pour cent des valeurs contenues dans la voiture et avait abandonné Desmond et son cocher ficelés dans un champ, une carte de visite ironiquement abandonnée dans leur poche.

— La prochaine fois, lui conseilla placidement Nick, prévoyez donc d'effectuer vos transports de fonds durant la journée…

La prestation de lady Hester se termina sur une note martelée et lady Faye se pencha à son oreille.

— Cette chère Hester est un peu théâtrale, dans son style, n'est-ce pas ? lui souffla-t-elle en agitant son éventail. Ce doit être l'influence plébéienne de cette Mme Osborne. Son mari travaillait pour vivre. Vous le saviez ?

— Mais, moi aussi, milady.

— Mais, mon cher major, c'est tout différent ; vous êtes officier dans l'armée de Sa Majesté…

— … qui a la bonté de me faire verser une solde.

Il se pencha un peu. Derrière l'épaule de lady Faye, il pouvait apercevoir lord Henry Cole qui dormait sur sa chaise, la bouche ouverte. Puis son regard se posa sur Marina.

Ce soir, elle portait une belle robe couleur prune, aussi sage que celle d'Hester était provocante. Ses cheveux étaient rassemblés en un chignon strict, comme lorsqu'elle montait à cheval. Mais ils étaient d'un noir si intense qu'ils brillaient magnifiquement à la lueur des chandelles. Le contraste entre cette chevelure d'ébène et les épaules si blanches, si crémeuses de Marina était incroyablement séduisant. Dans son imagination, Nick lui enlevait sa robe et la prenait là, sur le divan qui, dans la triste réalité, était occupé par lady Faye Cole.

Nick se souvint des jolies taches de rousseur que la Molly de la taverne arborait sur ses épaules. Si seulement Marina ne portait pas toujours ses robes de couventine, il pourrait au moins vérifier cet indice. Il avait été bien près de le faire, l'autre jour, au bord de la rivière.

Il songea au plaisir qu'il prendrait à défaire cette robe, à découvrir très lentement les épaules de Marina, ses seins aux pointes roses…

Il se tortilla sur sa chaise en essayant de se concentrer sur les paroles de lady Faye, plutôt que sur son érection grandissante.

— … Imaginez que l'on puisse voir une bourgeoise dans les salons de Cole Court… Non, les goûts de Laura sont bien trop… démocratiques, si vous m'en croyez. Ce qui est condamnable, venant d'une duchesse.

Nick avait remarqué lui aussi que Laura et Marina Osborne semblaient de très bonnes amies, en effet. L'autre soir, lorsque Marina s'était fait excuser, la duchesse avait paru si absente et si mal à son aise qu'il s'était demandé si elle n'était pas malade. A présent, elle souriait à tout ce que lui disait son amie, mais son regard revenait toujours se poser sur Charles, qui discutait avec John Teague et ne prêtait pas la moindre attention à son épouse. Au bout de quelques instants de ce manège, Nick la vit soupirer et détourner les yeux.

— Sa Grâce a fait la connaissance de Mme Osborne à la société d'horticulture de Skipton, je crois ? demanda-t-il, faussement nonchalant, à lady Faye.

La digne dame eut un sourire de mépris.

— Oui, et c'est bien ce que je vous disais : la société d'horticulture ! A-t-on idée ? Vous voyez un peu la duchesse de Cole se mêler à ces gens ? C'est d'un commun ! Pourquoi employer des jardiniers, si c'est pour les fréquenter ensuite ?

Nick savait à quoi s'en tenir, quant aux remarques fielleuses de lady Faye : elle aurait bien voulu être duchesse elle-même, malheureusement son mari appartenait à une branche cadette de la famille Cole.

— Hester se rend, elle aussi, aux réunions de cette… société alors qu'elle n'entend rien à toutes ces histoires de plantes, poursuivait lady Faye sur un ton désapprobateur. Et quand je les invite à une partie de cartes avec mes amis, elles ne sont jamais libres.

— C'est bien étonnant, en effet, approuva doucement Nick.

Lady Faye invita discrètement sa fille à venir les rejoindre avant de bondir sur ses pieds.

— Si vous voulez m'excuser…

Au dîner, il avait ainsi été obligé d'escorter Lydia Cole, condamné à s'installer loin de Marina. A part un très bref échange, il n'avait donc pu discuter avec la jolie veuve. L'urgence d'être auprès d'elle était si forte qu'il ne pouvait plus lui résister. Certes, le salon de Laura Cole n'était sans doute pas l'endroit le plus approprié pour tenter de la séduire, mais une petite conversation pourrait au moins faire progresser ses affaires.

A la fin du repas, il prit sa tasse de thé et s'approcha de Laura, qui tenait la théière. Elle le regarda et lui sourit.

— Une autre tasse, major ?

Nick avait en fait vu que Marina était assise à côté de son amie. Elle s'efforçait de ne pas le regarder, il en était certain. Il posa sa tasse sur la table.

— Non merci, Votre Grâce. Lady Faye me vantait à l'instant les talents horticoles de Mme Osborne et j'aurais voulu avoir son avis sur quelques plantations que je prépare, dans mon jardin.

Les jolies lèvres de Laura dessinèrent un charmant sourire.

— Des plantations, major Falconer ? Quel passe-temps original, pour un militaire. Je vous cède ma place avec plaisir.

La duchesse se leva et posa sa main sur celle de son amie.

— Je te laisse un moment, dit-elle, il faut que j'aille demander quelque chose à Hester. Nous reparlerons de tout ça un peu plus tard, si tu veux bien.

— Bien sûr, lui répondit Marina en souriant.

Nick prit le siège qu'avait laissé vacant la duchesse et observa avec intérêt le manège de Marina ; celle-ci avait déposé calmement sa tasse sur la table et nouait à présent ses mains sur ses genoux. Il y avait quelque chose de très délibéré, dans ses mouvements, comme si elle se préparait à une imminente confrontation. Lorsque, finalement, elle releva les yeux vers lui, il ressentit ce simple regard comme un choc. Dieu, ce qu'il pouvait désirer cette femme ! Son cerveau avait beau lui répéter qu'elle était une tricheuse, une dissimulatrice, son corps, lui, lui disait qu'elle était la femme la plus désirable qu'il avait jamais rencontrée. Que devait-il faire ? Suivre ses sens ou sa raison ?

— Bonsoir, major Falconer.

La voix était calme et posée, sans rien qui puisse laisser imaginer que le désir furieux qu'il ressentait était réciproque.

— Je ne sais laquelle de vos affirmation est la moins vraisemblable : que lady Faye ait pu chanter mes louanges ou que vous vous intéressiez à l'horticulture.

Nick sourit.

— Si vous refusez de croire à l'une comme à l'autre, madame Osborne, quelle est donc, à votre avis, la raison pour laquelle je viens vous parler ?

Marina haussa ostensiblement les épaules.

— Je n'en ai aucune idée, major Falconer.

— Vraiment ? Même après notre rencontre au bord de la rivière ?

Elle le regarda brièvement, puis détourna les yeux.

— Je vous ai déjà dit ce que je pensais de cet… incident.

Elle eut une petite hésitation avant de poursuivre :

— Je vous soupçonne d'avoir une sorte de plan me concernant, et j'imagine que cette comédie en fait partie.

Nick était absolument fasciné. Avait-elle également

deviné qu'il se proposait de la séduire ? Etait-il possible qu'elle fût assez intelligente et redoutable pour le percer à jour ?

— Vous croyez ? demanda-t-il doucement.

— Oui.

Ses yeux sombres semblaient le défier.

— Je suis une riche veuve et peut-être êtes-vous un coureur de dot, major.

Nick sourit.

— Vous en avez donc rencontré beaucoup, madame Osborne ?

— Oh, des tas.

— Qui professaient une grande admiration pour vous ?

— Oui, mais ils admiraient mon argent plus encore.

— Seulement voilà, moi je suis déjà l'héritier d'une grande fortune, lui dit Nick en se penchant vers elle, un sourire aux lèvres, et je n'ai pas besoin de la vôtre. Mon admiration est donc sincère.

Le sourire se fit cynique.

— Je ne vous crois pas, major Falconer. Vous ne pouvez pas m'estimer sincèrement, car vous ne me connaissez pas vraiment. Les émotions sincères ont besoin de temps pour s'affirmer.

— J'ai l'impression, moi, de vous avoir rencontrée en quelques occasions. Une bonne demi-douzaine de fois, si je ne me trompe.

Elle rougit légèrement.

— Comme c'est extravagant !

— Et troublant, de sentir que l'on connaît quelqu'un plus intimement qu'il ne le prétend.

Elle se raidit.

— Il n'y a rien d'intime entre nous, major.

— Je dois vous contredire, madame. J'ai eu, dans cette fontaine, une vision très intime, qui m'a donné envie de toucher tout ce que j'ai pu voir. J'aurais pu le faire hier. Oui, j'aurais pu vous faire l'amour, si nous n'avions pas été interrompus.

Marina se mordit la lèvre et Nick ressentit une violente bouffée de désir en réponse. Tout le décor du salon de Laura s'effaça autour de lui. Il ne voyait plus que la belle Marina Osborne et son désir farouche de la posséder.

Marina jouait avec sa petite cuillère.

— Je crois que vous déduisez trop de choses d'un simple baiser, major. C'était de peu d'importance.

— Si peu, vraiment ? Quelle blessure pour mon amour-propre ! répondit-il sans avoir l'air d'en penser un seul mot. J'essaierai de faire mieux, à l'avenir.

— Ce sera bien inutile, répondit-elle en levant les yeux vers lui. Comme je vous le disais, j'ai fait une erreur, mais j'apprends vite, et je ne commets jamais deux fois la même.

Nick avança sa main et toucha la sienne du bout des doigts. Elle laissa tomber sa cuillère dans sa tasse avec un tintement sonore.

— J'aimerais pouvoir vous croire, madame Osborne, et je suis bien certain que vous aimeriez vous croire vous-même, mais il n'en est rien, articula-t-il d'une voix suave. La vérité est que vous aussi, vous avez envie de moi. Vous m'avez rendu mon baiser avec beaucoup de passion. Admettez-le donc.

Il pouvait voir que ses mots avaient touché juste : le visage de Marina se colorait joliment et elle refusait à présent de le regarder en face, se contentant de jouer nerveusement avec l'ourlet de son décolleté.

— Major Falconer…

— Madame ?

— Il est vrai, je vous ai rendu votre baiser…

Elle parlait très doucement, d'une façon presque candide, et Nick devait tendre l'oreille pour saisir chaque mot.

— Vous m'avez prise au dépourvu et c'est pour cela que j'ai… répondu.

Sa voix s'affermit.

— Il ne faut pas en déduire pour autant que j'éprouve aucun sentiment pour vous. Je ne recherche pas d'aventure.

Nick souriait toujours. Il se pencha vers elle, de si près qu'elle pouvait sentir son souffle sur les boucles échappées de sa coiffure.

Elle avait réussi jusqu'ici à jouer les veuves respectables, vertueuses et irréprochables. Mais il avait su déceler le trouble, dans ses yeux. Non, il ne lui était pas indifférent. Elle mentait. Et il était prêt à aller aussi loin qu'il le faudrait pour découvrir ce qui se cachait derrière cette froide façade.

Du dos de la main, il effleura très légèrement le cou de Marina, comme par inadvertance. Il aurait voulu faire courir ses doigts sur tout son corps. La belle veuve rougit, s'échauffant à ce léger contact et soudain, Nick eut un pincement au cœur en repensant à Anna, à sa vertu, à son honnêteté foncière. Non, il n'avait pas mérité d'avoir une épouse comme elle. Mais la relation charnelle qu'il désirait entretenir avec Marina n'était pas aussi noble : elle était fondée sur le mépris et la tromperie.

— Vous dites que vous ne cherchez pas d'aventure, mais vous mentez, murmura-t-il précipitamment. Laissez-moi devenir votre amant.

Elle se raidit à ces mots et s'écarta de lui, le souffle court, les lèvres entrouvertes. Elle semblait choquée mais également excitée, ce qui fit bouillir le sang de Nick. La bouche sèche, il attendait sa réponse. A cet instant, il ne désirait qu'une chose : la mettre dans son lit. Il se moquait des *Glory Girls*, de Rashleigh et de son meurtrier. Il ne voulait que Marina, son corps nu mêlé au sien, sa bouche ouverte et offerte sous la sienne.

— Vous allez un peu vite en besogne, murmura-t-elle tout bas.

— Je sais ce que je veux.

— Vous m'offensez.

— Et vous, vous me provoquez. Je sais ce que valent vos beaux airs vertueux, madame. Je vous ai vue telle que vous êtes vraiment et vous le savez.

— A présent, vous allez trop loin ! lui répondit-elle sèchement, le menton haut.

— Non, je ne crois pas. Pas trop loin encore. Mais je le pourrais, si je le voulais…

Elle jeta un rapide coup d'œil par-dessus son épaule, pour voir si on les écoutait. Mais les invités de la duchesse ne semblaient pas faire attention à eux.

— Mais pas maintenant, acheva-t-il. Seulement quand je le déciderai.

— Ma réponse à votre proposition est non, major Falconer.

Nick savait tirer des enseignements de ses expériences

passées. Il savait quand il valait mieux se retirer. Il s'inclina.

— Très bien. En ce cas, veuillez me pardonner ces… assiduités. Je me demande toutefois si vous accepteriez de venir monter à cheval avec moi demain… Nous pourrions nous expliquer plus clairement et peut-être trouver… un terrain d'entente.

Avec amusement, il la vit hésiter un instant, mais avant qu'elle eût pu répondre, lord Henry Cole poussa un ronflement sonore qui l'éveilla tout à fait et il se dressa, les yeux écarquillés. Se tournant vers Charles, il lui demanda :

— Qui a parlé de monter à cheval ? On va chasser ? J'ai hâte de voir toutes ces jolies filles en selle !

Il appuya ces paroles d'un clin d'œil vicieux en direction de Marina.

— Je… je suis désolé, milord, balbutia-t-elle, soudain pâle comme une morte. Vous savez que je ne monte pas assez bien pour pouvoir suivre la chasse.

Elle tremblait. Surprenant ! Il y avait quelque chose d'étrange dans son comportement : pour l'avoir vue remettre à sa place ce malotru, il savait bien qu'elle n'avait d'ordinaire pas peur d'Henry Cole et pourtant, à présent, voilà qu'elle se décomposait de terreur devant lui. Il lui toucha doucement l'épaule, son désir pour elle faisant maintenant place à de l'inquiétude.

— Madame Osborne, allez-vous bien ?

— Je… oui.

L'espace d'un instant, le voile d'une indicible terreur était passé sur ses yeux.

— Je vous demande pardon, lui dit-elle en s'écartant, mais je dois décliner votre invitation. Vous avez pu constater par vous-même que j'étais fort mauvaise cavalière.

Nick hocha la tête en fronçant légèrement les sourcils. Avait-elle eu, dans le passé, un accident de chasse, pour être aussi nerveuse à cette simple idée ?

— Avez-vous déjà chassé ? lui demanda-t-il.

Elle essayait de cacher le tremblement de ses mains.

— Non. Je trouve cela barbare.

— Sans doute, mais c'est du sport.

Elle leva les yeux vers lui et il n'y avait plus ni désir, ni trouble dans son regard, seulement de la colère.

— Du sport ? Allez dire cela au gibier ! Vous ne savez pas de quoi vous parlez, major. Excusez-moi.

Et dans un froissement de satin, elle se leva et s'éloigna à grands pas.

Tandis qu'elle traversait le hall de marbre pour attendre sa voiture, qu'elle avait fait appeler par un laquais, Marina essaya de retrouver son calme. Elle répondit comme elle le put aux questions de son amie Laura, accourue en hâte vérifier qu'elle n'avait pas été indisposée par le homard servi au dîner et s'efforça de faire bonne figure à Nick Falconer, qui la suivait à distance et s'était arrêté sur le seuil du salon, en la regardant de son air d'entomologiste. Elle était au supplice, désespérant d'être seule. Enfin, sa voiture apparut dans la cour, elle s'y précipita pour se dissimuler dans une bienheureuse pénombre. Elle ferma les yeux et s'adossa à la banquette. La terreur, sa vieille compagne, s'était de nouveau emparée d'elle et réclamait son dû. L'aboiement des chiens de meute résonnait dans sa tête. Elle sentait encore sur ses chevilles le froid glaçant du ruisseau qu'elle avait dû traverser pour s'évader, entendait les cris des rabatteurs, qui guidaient leurs chiens sur sa piste, les sonneries de trompe dans les bois enneigés. Elle se remit à trembler comme une feuille. Peu à peu, elle perçut le bruit des roues de sa voiture sur les cailloux de la route et elle sut qu'elle était saine et sauve.

Libre.

Les gens parlaient bien légèrement de liberté et bien peu savaient exactement ce que ce mot voulait dire et combien c'était une chose fragile. Elle, elle avait vécu la première partie de sa vie sous le joug. Elle avait été un objet, la propriété de quelqu'un. Elle avait arraché sa liberté de haute lutte, mais légalement elle était toujours une serve, car son maître ne lui avait jamais rendu ses droits. On pouvait la capturer et la réduire en esclavage, de nouveau.

Nick Falconer était l'héritier de Rashleigh. Il pouvait prendre la place de son maître. Elle pensa aux lettres anonymes. Et s'il découvrait enfin toute la vérité ?

Ne jamais faire confiance à un homme, ne pas le laisser s'approcher, ne pas lui permettre d'avoir barre sur elle et de lui faire du mal…

L'attirance qu'elle ressentait pour Nick Falconer était particulièrement forte, mais Marina avait vécu de trop horribles choses. Il lui fallait se retirer dans la coquille qu'elle s'était créée : celle de son invention, Mme Marina Osborne, une vertueuse veuve. Pourtant ce n'était pas elle. Elle n'était pas même vraiment sûre, au fond, de souhaiter ressembler à cette image. Parfois elle songeait à la petite Marina, celle qui avait passé son enfance à Saint-Pétersbourg. Cette enfant-là avait disparu il y avait bien longtemps, son innocence mise en pièces par la cruauté de Rashleigh. Quelle femme serait-elle devenue, si on ne l'avait pas transformée en une imitation de lady anglaise, pour le plaisir égoïste d'un vieil original ? Elle était le produit d'une expérience, plutôt qu'une personne véritable. Son prénom, Marina, c'est le vieux comte qui le lui avait donné, pas même ses propres parents. Ils n'avaient rien eu à dire. N'étaient-ils pas des serfs ?

Lorsque à son tour elle avait créé de toutes pièces Marina Osborne, elle s'était efforcée de la doter de tout ce qui lui avait manqué : une maison, un jardin rempli de fleurs, de bons amis qui l'aimaient. Elle avait utilisé l'argent volé à Rashleigh pour faire le bien. Seul le rêve d'un mari et d'une famille avait été laissé de côté, car en même temps que sa virginité, l'immonde Rashleigh lui avait dérobé ses espoirs.

En d'autres circonstances, Nick Falconer aurait pu mériter sa confiance et elle aurait pu lui permettre de l'aider à se construire un avenir. Certes, il la séduisait mais ses attentions faisaient partie d'une stratégie. Il lui tendait un piège afin qu'elle lui avoue toute la vérité.

Elle frissonna en se remémorant les mots qu'il lui avait dits :

« Je vous ai vue telle que vous êtes vraiment… Prenez-moi comme amant. »

Elle en mourait d'envie. Oui, elle le désirait mais il n'était pas l'homme qu'il lui fallait. Même s'il n'avait pas eu réellement l'intention cynique de la réduire à sa merci, il pouvait la détruire. Marina Osborne n'était peut-être qu'une fiction, un personnage inventé de toutes pièces, mais celle qui en occupait l'enveloppe avait les pieds sur terre. Et elle espérait bien n'être jamais découverte.

— Ansthruther, j'ai besoin d'un verre, dit Nick avec un sourire en retrouvant son adjoint dans le salon. Vous allez donc me suivre à l'auberge du Clair de Lune, j'ai l'intention d'enquêter un peu sur les *Glory Girls.*

Dexter Ansthruther n'était pas particulièrement enchanté par cette perspective, il préférait de beaucoup continuer à dévorer des yeux Laura Cole toute la soirée. Mais il était discipliné et alla immédiatement s'occuper des chevaux. Quelques instants plus tard, les deux hommes quittaient discrètement le château et prenaient la route de Skipton.

Nick ne voyait aucun inconvénient à circuler ainsi la nuit. Ils avaient des pistolets sur eux et la lune était parfaitement pleine, si bien qu'on y voyait presque comme en plein jour. C'était, en fait, des conditions parfaites pour un raid des *Glory Girls*, mais tout était calme dans la campagne endormie. On n'entendait que le hululement d'une chouette en chasse au bord de la rivière.

Anstruther gardait le silence, ce qui convenait parfaitement à Nick, car cela lui permettait de réfléchir à sa conversation avec Marina Osborne. Cette fois, ses pensées ne tournaient pas autour de la séduction ou de son lancinant désir de la posséder, non plus que de son sentiment de culpabilité récurrent, mais très précisément sur les dernières paroles que Marina avait prononcées devant lui :

« Un sport ? Allez donc raconter cela au gibier ! »

Il s'était d'abord demandé si cette allusion le concernait directement, lui qui lui donnait en quelque sorte la chasse, cherchant à la démasquer et à lui faire avouer la vérité par tous les moyens. Mais à la réflexion, il inclinait plutôt à penser qu'il s'agissait d'un mauvais souvenir, qui devait la hanter plus ou moins suivant les circonstances, mais ne jamais la quitter tout à fait, comme une blessure qui ne se refermerait pas. Nick ressentit une violente poussée de compassion pour elle, en revoyant sa pâleur et l'effort visible qu'elle avait dû faire pour dissimuler son trouble. Puis il se ressaisit. L'heure n'était pas à la faiblesse. Il se devait d'utiliser la vulnérabilité qu'elle venait de trahir afin d'obtenir le résultat qu'il souhaitait.

Arrivés à l'auberge, ils mirent pied à terre et confièrent leur monture à un palefrenier. Puis ils allèrent s'asseoir dans un coin de la grande salle. L'atmosphère enfumée et l'odeur de bière rappelaient à Nick l'ambiance de la taverne de La Poule et Le Vautour. Anstruther engagea la conversation avec le garçon, dans l'espoir d'obtenir de lui quelques informations, mais son visage impavide et sa façon de ne répondre que par un signe de tête indiquèrent bien vite qu'il n'y avait rien à tirer de lui. Peu après, la patronne, une forte matrone aux airs intimidants, entra dans la salle et vint les regarder, les mains sur les hanches et une expression peu aimable sur le visage, comme si elle se demandait si elle n'allait pas immédiatement les faire jeter dehors.

— On dirait que l'on n'aime pas beaucoup les étrangers, dans cet établissement, remarqua Anstruther en plongeant le nez dans sa bière.

Plusieurs heures plus tard, Nick, qui avait bu plus qu'il ne l'aurait souhaité, commença de manifester sa mauvaise humeur. Personne dans l'assistance n'avait fait la moindre allusion aux *Glory Girls*, ni répondu à leurs questions. Cette soirée était un échec et mieux valait quitter la place sans tarder. Ils reprirent la route de Cole Court.

— Avez-vous pu inspecter l'écurie, major ? demanda Anstruther lorsqu'ils furent hors de portée de voix de l'auberge.

Nick était sorti un moment dans cette intention, en effet. Le palefrenier, un homme bourru et taciturne, ne lui avait répondu que par monosyllabes, mais lui avait permis de jeter un coup d'œil sur les chevaux qu'il logeait là.

— Oui, et il y a là-dedans deux ou trois fortes bêtes qui seraient tout à fait indiquées pour mener des attaques le long des routes.

Anstruther sourit.

— Je vois les chevaux dont vous parlez. J'ai eu plus de chance que vous : quand je suis allé chercher les nôtres, le palefrenier a dû sortir un moment. Je suis allé voir la grande jument baie que vous avez dû remarquer aussi : elle est ferrée à l'envers.

Nick se tourna vivement vers le jeune homme.

— Vous êtes sûr de ça ?

Anstruther hocha la tête.

— Je lui ai levé un pied pour vérifier. Un vieux truc de bandits de grand chemin, n'est-ce pas, major ?

C'en était un, en effet. En clouant les fers à l'inverse de leur sens normal sur les sabots d'un cheval, les bandits brouillaient les pistes, envoyant dans le mauvais sens leurs éventuels poursuivants. Nick siffla doucement entre ses dents.

— Tiens, tiens… Et la fois où nous avons croisé lady Hester dans les bois, elle semblait venir de ce côté. Peut-être avait-elle affaire à l'auberge ?

Ils pénétrèrent dans le hall du château juste comme John Teague et Charles Cole sortaient du cabinet de travail de celui-ci, visiblement un peu éméchés et riant aux éclats.

— Oh, oh, on dirait que vous avez eu une nuit difficile, mon vieux, dit Teague en regardant Nick avec un sourire ironique. Vous avez appris quelque chose à l'auberge du Clair de Lune ? Car j'imagine que c'est de là que vous venez.

— Chut, chut, voyons ! murmura Charles en roulant les yeux comme un conspirateur de comédie. Il ne faut pas que l'on sache ce que veut faire ce vieux Nick !

— J'ai bien peur que tout le monde ne le sache déjà, répondit Teague, pince-sans-rire. Les nouvelles vont vite, par ici.

— Je suis bien aise de l'apprendre, grommela Nick. Bon, je vais me coucher. Une simple question avant : est-ce que l'un de vous se souvient du prénom de feu le mari de Mme Osborne ?

Ce fut Charles qui répondit.

— Je crois que c'était Phineas, ou Phileas, peut-être

bien. Quelque chose comme ça. Elle en parle très peu et fait toujours référence à lui sous le nom de « monsieur » Osborne.

— Et d'où venait-il ? enchaîna Nick.

— Est-ce que ce n'était pas du Dorset ?

Cette fois, c'était Teague qui avait parlé. D'un ton un peu trop nonchalant pour être parfaitement sincère.

— Non, de Cornouailles. Les environs de Truro, corrigea Charles. Son père était pasteur.

— Il ne serait donc pas trop difficile de retrouver sa famille, fit doucement remarquer Nick.

Teague se rembrunit légèrement à ces mots mais l'arrivée de lady Faye et de la duchesse, qui venaient du salon, mit un terme à cette conversation.

Quelques minutes plus tard, dans l'escalier qui menait aux étages des chambres, Nick se pencha vers Anstruther.

— Avez-vous remarqué, lui dit-il, la façon dont John Teague essaie de nous lancer sur de fausses pistes ? Déjà, le soir même de mon arrivée, il prétendait ne savoir à peu près rien des *Glory Girls*.

— Il protège peut-être Mme Osborne ?

— C'est possible. Ou bien lady Hester Berry. Pouvez-vous faire quelque chose pour moi, Anstruther ? Cela va vous demander un certain sacrifice, je préfère vous prévenir.

— Je… certainement, major.

— Je veux que vous retourniez à Londres. Je suis désolé de vous arracher aux charmes de la duchesse de Cole après seulement une semaine, mais certaines tâches requièrent vos petits talents personnels et d'autre part, voyez-vous, je ne crois pas que la dame en question recherche un amant.

Le jeune homme rougit jusqu'aux oreilles.

— Non, major. Je veux dire : tout à fait. Je suis sûr que vous avez raison et je n'ai jamais espéré… Je partirai pour Londres dans la matinée. Quels sont vos ordres ?

Nick l'attira dans un coin, tandis qu'une servante passait près d'eux en leur faisant une révérence.

— Vous avez entendu le duc de Cole. Je voudrais que vous appreniez tout ce que vous pourrez savoir sur un certain Phineas ou Phileas Osborne, fils d'un clergyman de Truro, en Cornouailles, et qui aurait fait fortune dans l'importation d'essences végétales exotiques. Je voudrais connaître les circonstances de son décès, qui a dû survenir il y a cinq ans environ et aussi tout ce que vous pourrez apprendre sur sa veuve.

Il s'interrompit, le regard perdu dans le vague, puis lentement :

— Mais je serais bien surpris que vous appreniez grand-chose…

Comme Anstruther le regardait d'un air étonné, il acheva :

— Parce que, voyez-vous, j'en viens à me demander si la respectable Mme Osborne a jamais existé…

8

Clématite : tromperie.

— C'est pas le moment de venir chercher un homme, grommela Josie quand elle vit Hester passer la porte de son auberge, deux nuits plus tard. Lenny est ici et il y a un gandin qui est venu poser beaucoup de questions à propos de Glory. Ici et aussi au Lion d'Or. Suivez-moi à la cave, personne ne pourra nous entendre, là-dessous…

Et elle entraîna Hester vers l'escalier qui menait au cellier, où les attendait le dénommé Lenny, assis sur une barrique de bière. Il avait l'air encore plus lugubre qu'à son habitude.

— Raconte-lui, lui ordonna la patronne.

— Un type de Londres, l'air d'un militaire, confirma le palefrenier. Il réside au château, chez votre cousin.

— Grand, très brun…, commença Hester.

— Et joli garçon, acheva Josie. C'est bien lui.

— Le major Falconer, soupira Hester. Il est tenace, l'animal. Il pose beaucoup de questions, à propos de Marina aussi.

— Pourquoi ? demanda Josie. Elle a fait quelque chose de mal, elle ?

— Pas plus que toi ou moi, grogna Hester en réponse.

— Bon ! On sera tous pendus ensemble, s'esclaffa l'aubergiste.

— Au moins, Mme Osborne ne passe pas la moitié de la nuit à galoper dans tout le comté, fit observer Lenny. Si nous autres, on garde nos bouches bien closes, on ne pourra pas la relier à l'affaire.

Hester s'assit sur la barrique à côté de celle de Lenny.

— Oui, mais Falconer cherche visiblement à la relier aux *Glory Girls* de toutes les manières possibles. Est-ce qu'il était précis dans ses questions ?

— Ma foi, il en posait beaucoup et puis il offrait de l'argent.

Lenny n'était pas du genre bavard.

— De l'argent ?

Hester n'avait pu empêcher sa voix de trembler un peu. Elle connaissait la misère de beaucoup de familles des environs. Le soutien populaire dont bénéficiaient les *Glory Girls* allait-il commencer à se lézarder ?

— Personne ne lui a rien dit, pour le moment, intervint Josie. Mais vous savez ce que c'est : il y en a toujours qui vendraient leur grand-mère pour peu que le prix soit correct.

— Il est venu fourrer son nez dans l'écurie, regarder les chevaux, à cette heure de la nuit ! grogna Lenny d'un air dégoûté. Et pour demain soir, à propos, le raid contre Sampson est maintenu, ou pas ?

— Il est maintenu, confirma Hester. Tant pis pour le major Falconer. D'ailleurs, je crois qu'il ne serait pas mauvais de lui infliger une petite leçon…

Elle souriait toute seule en remontant l'escalier.

Préparer un raid la mettait toujours d'excellente humeur. Elle savait bien que Marina désapprouverait toute action dirigée contre Nick Falconer, mais son amie n'avait pas forcément raison à ce sujet. Toute à son projet, Hester passa au milieu d'un groupe de palefreniers et de valets de ferme, tous remplis d'espoir, sans en remarquer un seul et, passant la porte, elle s'enfonça dans la nuit.

— Un bal de village ? répéta lady Faye comme si Laura lui proposait de participer à une orgie. Je ne pense pas que ce soit une bonne idée, ma chère Laura.

On était au petit déjeuner et la duchesse venait d'informer ses amis des festivités qui agrémenteraient leur soirée.

— Moi je trouve que ce serait amusant, dit lord Henry, l'œil égrillard. Est-ce que la petite Marina Osborne sera là ? En voilà une jolie pouliche !

— J'imagine que oui, cousin Henry, répondit froidement Laura.

Elle détestait les lourds sous-entendus d'Henry et ses comparaisons équestres, depuis qu'elle l'avait entendu, à son mariage, conseiller à Charles de la soumettre à la bride et au mors.

— C'est Marina qui organise le bal, expliqua-t-elle. Nous, nous prêtons une grange pour l'occasion.

— Mme Osborne patronne cette… soirée ? hoqueta lady Faye d'un air dégoûté. C'est tout à fait choquant. Henry, vous n'irez pas, j'espère !

Son mari ignora superbement sa remarque.

— Tu viendras avec nous, n'est-ce pas ? lança-t-il

à Charles à travers la table. L'occasion de danser une petite valse avec ta femme !

Le duc reposa son journal d'un air agacé. Laura trouvait inexcusable qu'il se permît de lire au petit déjeuner, ignorant ses invités et lui laissant supporter seul le poids de la conversation. D'ailleurs, il paraissait préoccupé ces temps-ci et ne songeait guère à ses devoirs d'hôte.

— Danser ? répéta-t-il. Non, non merci.

— Il n'est pas convenable, pour un duc, de danser au milieu de ses paysans, assena Faye, le menton levé.

Laura sentit s'effondrer toute la joie qu'elle s'était faite de cet événement inhabituel, qui l'aurait tirée de la routine, des mornes soirées à écouter massacrer le piano, des grands airs de Faye et des balourdises d'Henry. En regardant Charles replonger tout aussitôt dans la lecture de son journal, elle ressentit une exaspération toute nouvelle. Avait-on jamais vu un être aussi indifférent aux autres que son époux ?

— Je crois, mon ami, attaqua-t-elle avec tact, qu'il est au contraire de notre devoir de paraître à ce bal, parmi nos gens.

Il y eut un froissement de pages, mais Charles ne leva même pas les yeux vers elle.

— J'ai dit non, Laura.

Les larmes lui piquèrent les yeux. Elle serra les poings sous la nappe. Elle était une duchesse, elle ne pleurerait pas à sa propre table.

Elle releva les yeux pour rencontrer le regard pénétrant de Nick. Cet homme-là semblait tout voir et tout comprendre. Laura ressentit un frisson de peur à l'idée de ce qu'il pourrait bien découvrir sur les *Glory Girls*.

Hester avait tort ; ce n'était pas le meilleur moment pour effectuer un nouveau raid.

Mais elle se reprit bien vite et se redressa, refusant de s'abandonner au désespoir. Quoi que Nick Falconer pût découvrir, il ne pouvait rien prouver.

— Et vous, major, serez-vous des nôtres ? demanda-t-elle avec un entrain forcé. Je pense que lady Hester et lord Teague se joindront certainement à nous.

Il s'inclina avec un sourire et Laura prit alors conscience de son incroyable charisme. Cet homme-là rayonnait. A cet instant, pour une raison ou pour une autre, l'image de Dexter Anstruther se matérialisa dans son esprit et elle se mit à rougir en songeant qu'elle eût aimé danser avec lui, s'il était resté au château. C'était là une pensée tout à fait inappropriée pour une duchesse.

— J'en serais ravi, Votre Grâce, répondit aimablement Nick, tandis que Faye poussait un de ces reniflements désapprobateurs.

— Très bien, alors. Rendez-vous dans le hall à 20 heures pour monter en voiture.

Laura sourit en essayant de ne pas penser que la nuit serait longue, pour les *Glory Girls.*

Marina n'avait pas vu Nick Falconer depuis une bonne semaine, mais il n'avait pas quitté ses pensées une seule minute.

Il occupait son esprit toute la journée et hantait ses rêves la nuit, tandis qu'elle se tournait et se retournait dans son lit, à la fois honteuse et excitée. Elle était en colère contre ce corps qui la trahissait alors qu'elle s'efforçait de le dominer par tous les moyens.

Elle avait essayé de se jeter à corps perdu dans le travail, préparant ses plantations de l'automne et acceptant quelques-unes des offres que lui avaient faites les amis de Laura, mais pendant tout ce temps, elle n'avait pu s'empêcher de penser que la bonne société serait moins empressée à s'enticher d'elle, lorsqu'on la conduirait à la prison de Newgate, afin d'y être pendue pour le meurtre du comte de Rashleigh. Elle avait entraîné Frank dans de nombreux travaux au jardin et dans les serres, en regrettant que tout y soit si bien tenu qu'elle ne pouvait guère s'abrutir de fatigue à l'améliorer. Malgré cela, chaque nuit était semblable à la précédente, pleine de rêves brûlants qui la laissaient, au matin, aussi épuisée que si elle n'avait pas dormi.

Le jour du bal arriva enfin. La journée avait été magnifique, avec un beau soleil et un air rempli du parfum des roses. La lumière commençait à baisser lorsque Marina se rendit, en compagnie d'Hester, à la grange située à peu de distance, où se tenait la fête. Elles étaient toutes deux vêtues de robes de coton : rose pour Marina, bleu pour Hester. La première avait noué ses cheveux noirs en une lourde tresse qui pendait dans son dos : ce n'était peut-être pas d'une grande élégance, mais c'était pratique et après tout, elle se rendait à un bal paysan.

Il y avait déjà beaucoup de monde lorsqu'elles arrivèrent à la grange et le son aigu des violons montait sous les arbres. On avait allumé un grand feu de joie à l'extérieur et des torches illuminaient la scène.

— Tu as rendu sa fierté à ce village, Marina, dit Hester

en souriant, tandis qu'elle découvrait les monceaux de nourriture qui attendaient sur des tables à tréteaux.

A côté, des tonneaux de cidre, produit des pommes cueillies dans les vergers de Marina, attendaient d'être mis en perce.

Les deux amies pénétrèrent dans la grange. Les moutons, occupants habituels des lieux, en avaient été retirés et toute trace de leur présence heureusement nettoyée. L'air embaumait le parfum des roses, que la maîtresse de Peacock Cottage avait fait tout spécialement apporter pour décorer les murs et les poutres du bâtiment. On les avait piquées dans des branches de lierre et l'effet en était tout à fait charmant.

— Les invités de Laura sont déjà arrivés, murmura Hester à l'oreille de son amie. Faye n'est pas venue, ce qui n'est pas étonnant. Lydia n'est pas là non plus. Sa mère a dû lui interdire de se rendre à la fête. Mais on dirait bien que Charles est absent également... Quel snob !

John Teague vint prendre Hester par la main sans un mot et, à sa grande surprise, l'entraîna dans une danse endiablée. Un jour, songea Marina, Hester verrait en lui l'homme qu'il était vraiment : pas seulement un voisin et un ami fiable, non plus qu'un hobereau de province, mais un être qui dissimulait une brûlante passion pour elle sous les dehors d'une nonchalance de bon aloi.

Cependant, un instant plus tard, elle oublia momentanément les amours de son amie en sentant un léger frisson s'emparer d'elle. Elle se retourna. Nick Falconer se tenait sur le seuil de la grange, les yeux fixés sur elle. Il semblait ne voir rien, ni personne d'autre dans l'assemblée et quand il s'avança vers elle, Marina demeura incapable de bouger, comme si elle avait été capturée, prise au piège par l'éclat de ses yeux.

— Vos cheveux..., lui dit-il, d'une voix étrangement rauque et il avança la main pour toucher une boucle qui s'en était échappée. Vous avez l'air d'avoir dix-huit ans... C'est très joli...

Elle voulut remettre fébrilement sa mèche en place et ses doigts effleurèrent les siens dans le mouvement. Instantanément, elle sentit le désir l'enflammer. La semaine durant laquelle elle ne l'avait pas vu n'avait fait qu'augmenter l'intensité des émotions qu'elle ressentait. Jamais elle n'avait connu cela auparavant. Le plus léger contact entre eux se transformait en véritable embrasement des sens.

— Bonsoir, major Falconer, lui dit-elle dans un murmure.

Une sorte de lueur passa dans les yeux de Nick, comme si soudain, il revenait à l'instant présent et se souvenait de qui elle était et de l'endroit où ils se trouvaient. Sa main retomba et il fit un pas en arrière.

— Je vous demande pardon, madame Osborne, lui dit-il, je crois que je me suis oublié.

Il sourit, de son lent sourire rêveur, et Marina eut l'impression que son cœur s'arrêtait de battre.

— On dirait que cela m'arrive souvent, lorsque je suis près de vous. Voulez-vous danser ?

Marina n'en avait pas l'intention et surtout pas avec Nick Falconer mais, avant qu'elle eût compris ce qui se passait, elle lui avait tendu la main et déjà, il l'entraînait. En règle générale, danser la mettait dans une position embarrassante ; la proximité physique d'un homme, le fait qu'il puisse la toucher lui déplaisait et c'était pourquoi elle déclinait le plus souvent les invitations. Mais ce soir, avec Nick, voilà que la magie de la musique s'emparait d'elle et que son cœur bondissait d'excitation.

Ils dansèrent une gigue, puis une contredanse qui n'avait rien de leurs versions guindées, en faveur dans les soirées de la « bonne » société. Ici, les valets de ferme profitaient des figures pour dérober des baisers à leurs cavalières. Près d'eux, John Teague tenait fermement Hester dans ses bras. Marina, quant à elle, sentait les mains de Nick sur sa taille et sur ses bras, qui la tenaient étroitement serrée. Elle tournait et virevoltait, toute à la musique et aux instincts qu'elle libérait en elle. Celui qui la tenait contre lui était dangereux, tentateur, irrésistible.

Les archers des violons ralentirent, leurs accents se firent plus tendres et Nick l'attira plus près. Marina leva les yeux pour mieux le regarder. Elle pouvait voir les petites rides joyeuses autour de ses yeux, qui s'animaient quand il souriait, et elle dut résister à l'envie de caresser les lignes bien dessinées de son visage. Elle aurait tant voulu adoucir ces traits qui semblaient sculptés dans le marbre. Que Nick tout entier s'adoucisse pour elle. Marina avait l'impression que tout, en elle, fondait comme la cire chaude d'une chandelle.

Nick se pencha alors et ses lèvres effleurèrent la chair tendre de son cou. Elle se redressa, un peu surprise, en essayant de cacher le plaisir délicieux qu'elle en avait ressenti.

— On dit que cette danse est à la mode, en ce moment, lui dit-il doucement avec un demi-sourire. C'est une valse…

— Elle ne ressemble à aucune autre, commenta-t-elle un peu platement.

Nick pressa sa joue contre ses cheveux.

— En effet mais il n'y a aucun homme, ici, qui s'en plaindrait…

La douce musique semblait s'enrouler autour d'eux comme un ruban, tandis qu'ils tournaient. Marina n'avait plus conscience de ce qui les entourait. La présence de Nick emplissait tout son univers.

Lorsque finalement les musiciens s'interrompirent, il y eut un tonnerre d'applaudissements et Marina eut l'impression d'émerger d'un rêve. Nick la lâcha très doucement, comme s'il voulait la retenir encore. Ils se trouvaient dans un coin sombre de la grange, un peu à l'écart. Nick lui sourit et Marina ressentit une étrange sensation en elle, comme si quelque chose s'ouvrait dans sa poitrine. Elle fut stupéfaite par la force de cette réaction. Son sourire s'estompa un peu et Nick sembla s'en rendre compte. Ses yeux sombres prirent un éclat plus profond, plus masculin et plus impérieux.

— Marina…, commença-t-il tandis que le cœur de Marina bondissait du simple fait de l'entendre prononcer son prénom.

Sans crier gare, il prit son visage entre ses mains et passa son pouce sur ses lèvres pleines.

— Je crois qu'il fallait que je fasse mes preuves…

— Il ne fallait pas le prendre comme un défi, répondit-elle tout doucement.

— Peut-être pas. Mais c'est ce que j'ai fait.

Ses lèvres n'étaient plus qu'à quelques centimètres des siennes. Il se pencha.

— Allez, à mon tour, Falconer !

Lord Henry Cole venait de taper jovialement sur l'épaule de Nick qui s'écarta brusquement de Marina. Si brusquement qu'elle en tressaillit. Henry posa la main sur son bras et elle se raidit. Elle avait failli embrasser Nick, de nouveau. Elle était vraiment sans défense devant lui. Comment était-ce possible ?

— Je vous remercie, milord, mais je crois que je vais plutôt aller m'asseoir. Veuillez m'excuser…

Le visage d'Henry se colora d'un rouge malsain.

— Pas la peine de faire votre mijaurée, ma chère. Une danse ne vous fera pas de mal.

— Non, vraiment, je…

La main de l'aristocrate se fit plus pressante sur son bras.

— Allez, venez. Taïaut !

La chair de Marina se hérissa, révulsée qu'elle était par toute la violence qu'elle sentait sourdre en lui. Elle libéra son bras.

— Je pense que vous n'avez pas entendu, milord. Je ne veux pas danser avec vous et je vous demande de me laisser tranquille.

— Vous avez entendu Mme Osborne, Cole ?

C'était Nick. Il avait prononcé ces mots d'un ton très tranquille mais l'air menaçant qu'il arborait ne laissait aucun doute sur ses intentions. Il fit un pas en avant et elle le sentit contre son épaule.

— Ne me forcez pas à appuyer ces paroles, dit-il encore plus tranquillement.

Marina vit Henry bredouiller des excuses maladroites et battre en retraite rapidement. Un instant, elle avait vu briller une lueur primitive et meurtrière dans le regard de l'officier qui, à présent, s'inclinait très courtoisement devant elle et murmurait :

— Si je puis vous être utile, madame Osborne…

— J'apprécie énormément votre soutien, major, mais je peux régler mes affaires moi-même, répondit-elle sèchement, la colère flamboyant soudain en elle.

— C'est très évident, en effet, répondit-il calmement. Dommage que vous n'ayez pas eu votre éventail pour calmer les ardeurs d'Henry, comme l'autre soir.

Marina rougit violemment.

— Vous vous êtes aperçu de cela ? bredouilla-t-elle. Je pensais que personne ne l'avait vu.

— Eh bien, si. J'ai apprécié l'exécution de votre manœuvre en connaisseur. Par chance pour lui, ce n'était pas un couteau que vous aviez en main.

Ces paroles tombèrent dans un silence pesant. Au cours de leur danse, Marina avait oublié qu'il la soupçonnait du meurtre de Rashleigh. Elle s'était abandonnée au plaisir de la musique, de cette nuit d'été et de sa compagnie. Non, pas seulement. Elle s'était surtout abandonnée à la passion qu'elle ressentait pour lui et à présent elle se sentait flouée, trahie, car lui n'avait pas perdu la tête un seul instant. Comme elle l'avait soupçonné, toutes ses attentions n'avaient qu'un seul but : celui de la séduire pour lui faire avouer la vérité.

— Si vous me jugez tellement redoutable, major, je suis surprise que vous vous risquiez à danser avec moi. A moins que, comme je le pressens, vous soyez le genre d'homme qui aime flirter avec le danger…

La grande main brune de l'officier vint se refermer sur son poignet.

— Vous ne vous trompez pas, lui répondit-il si bas qu'elle seule pouvait entendre. J'aime cela. En fait, j'aime surtout jouer à ce genre de jeu avec vous, madame Osborne. C'est particulièrement… stimulant.

Elle le regarda droit dans les yeux, le souffle un peu court. Dieu que cet affrontement était excitant !

— Et je gagnerai, ajouta-t-il en pressant davantage son poignet. Ne vous y trompez pas.

Ils se défièrent du regard un long moment, puis Marina détourna enfin les yeux.

— Non, je ne pense pas que vous me battrez, major Falconer, répondit-elle et elle tourna les talons.

Bien qu'elle se sentît toute tremblante, elle ne chancela pas et ne regarda pas une seule fois en arrière.

Nick était furieux contre lui-même. Deux fois dans une seule soirée, il avait dû abaisser sa garde. D'abord, en trahissant son trouble, quand il avait vu Marina apparaître dans la grange. Elle ressemblait à une toute jeune fille, plutôt qu'à une veuve. Et plus tard, quand il avait failli sauter à la gorge de cet imbécile d'Henry Cole, parce qu'il n'avait pu supporter qu'il prétende la lui enlever. Ce n'était pas là le comportement réfléchi d'un homme qui savait contrôler ses émotions. Il attrapa une bolée de cidre et en avala une longue gorgée.

Il était impardonnable d'avoir négligé son devoir et de s'être montré déloyal envers le souvenir d'Anna. Car il l'avait oubliée, oui complètement oubliée, durant tout le temps de sa danse avec Marina.

Il la regarda du coin de l'œil discuter avec Laura, toutes les deux perchées sur une botte de foin, comme deux paysannes à la foire. Henry avait trouvé une fille du village bien mieux disposée envers lui et il l'embrassait dans un coin sombre de la grange. Hester et John Teague dansaient toujours ensemble, enlacés dans un rêve qui ne devait peut-être pas grand-chose à la musique.

Ils finirent néanmoins par se séparer et Teague alla inviter Marina, tandis qu'Hester reprenait son souffle, fort rouge et les cheveux à moitié dénoués.

Ce fut Laura qui, quelques instants plus tard, donna le signal du départ. Tandis que John Teague entraînait Hester vers les voitures, la duchesse prenait le bras de Marina et faisait signe à Nick de suivre le mouvement. Pourtant, elle avait dû remarquer que son amie tenait plutôt à éviter la compagnie du major, ce qui n'avait rien d'étonnant, vu l'échange auquel il s'était livré un peu plus tôt. Marina tournait ostensiblement la tête du côté opposé en tapant nerveusement du pied par terre, comme si la perspective d'être de nouveau auprès de Nick l'indisposait profondément.

— Je pense que tu ne m'en voudras pas de te demander de partager la voiture du major, lui dit Laura avec un sourire en coin. Teague et Hester ont pris la première et j'ai deux ou trois choses à dire à Mme Butler, ce qui fait que je partirai avec elle. Il ne reste donc…

— … que nous, acheva Nick en s'inclinant avec un sourire moqueur devant Marina. Je serai ravi, madame Osborne.

Il vit très bien celle-ci décocher à son amie un regard vengeur, mais choisit de feindre de n'avoir rien remarqué.

La duchesse lui offrait une excellente opportunité et il comptait bien en profiter.

— Il y avait bien Henry qui aurait pu te ramener, mais il a disparu, dit Laura, goguenarde. Et dans son phaéton, en plus, en pleine nuit ! On se demande qui il aura voulu impressionner…

Marina se tourna vers Nick.

— Dans ce cas, peut-être pourriez-vous l'attendre et rentrer avec lui, major, distilla-t-elle, suave.

— Je crois que lord Henry a mieux à faire et d'ailleurs, cela vous laisserait seule et sans protection, madame Osborne, ce à quoi je ne saurai consentir.

— C'est très aimable à vous mais, comme je vous l'ai déjà dit, je sais très bien me protéger toute seule.

— Je n'en doute pas, madame, j'aimerais pourtant vous raccompagner.

— Le trajet n'est pas si long, intervint malicieusement Laura en souriant devant les sourcils froncés et l'air furieux de son amie. Tu seras vite rendue…

— Puisque ce n'en est pas un, en effet, répliqua Marina, fort raide, et d'un ton glacial, je vais rentrer à pied.

Nick haussa les sourcils.

— Seule ? Voilà qui ne serait guère convenable, pour une *respectable* lady, fit observer Nick avec un sourire en coin.

Marina lui lança un regard meurtrier… Mais elle ne s'avoua pas encore vaincue.

— Partager l'habitacle étroit d'une voiture avec un homme n'est pas non plus tellement recommandable, fit-elle observer entre ses dents. Marcher seule est un moindre mal…

Ce fut l'instant que choisit lord Henry Cole pour apparaître dans son phaéton, le fouet à la main.

— Taïaut, ma chère ! Rentrerez-vous avec moi ? lança-t-il, plein d'espoir.

— De deux maux, je crois être encore le moindre, madame Osborne, chuchota Nick. Je ne pense pas que vous souhaitiez subir les avances de lord Henry jusqu'à Peacock Cottage, n'est-ce pas ?

— Le major a raison, ma chérie, conclut la duchesse. La cause est donc entendue. Pardonnez-moi, je ne voudrais pas faire attendre Mme Butler…

Elle s'éloigna et Nick offrit son bras à Marina. Elle y plaça sa main avec une répugnance visible et il ajouta :

— Comme l'a fait remarquer la duchesse, votre calvaire sera bref.

Il l'escorta jusqu'à une berline où il la fit monter, s'installant sur la banquette en face d'elle. L'attelage s'ébranla et Nick eut l'impression d'avoir entendu un léger soupir. Un rayon de lune venait joliment éclairer le visage de Marina. Elle paraissait si jeune, si innocente… L'émotion menaçait, une fois encore, de le submerger. Il l'écarta délibérément.

— Dites-moi, madame, lui demanda-t-il avec bonhomie, Sa Grâce, lady Hester ou vous-même, avez-vous subi un jour une attaque des *Glory Girls* ?

Marina se raidit presque imperceptiblement.

— Pourquoi me demandez-vous cela ?

Il l'observait attentivement.

— On les dit très actives, dans le pays…

— On le dit, oui.

Il ne parvenait pas à détecter autre chose, dans sa voix, que de l'indifférence.

— Vous intéressez-vous à cette forme féminine de délinquance, major Falconer ?

— Mon Dieu, pas plus que ça, madame Osborne...

Il y eut une pause, que Marina laissa durer. Nick admirait son sang-froid.

— Non, nous n'avons jamais été de leurs victimes, dit-elle enfin. Laura est très respectée, par ici, comme vous avez dû vous en apercevoir, quant à Hester, tout le monde l'aime... Comment ne pas l'aimer ?

— Et vous, on admire vos charitables activités, je suppose ? Car jusqu'à ce soir, j'ignorais vos actions dans ce domaine, madame Osborne, c'est très impressionnant.

Dans la faible lueur du Clair de Lune, Nick vit un léger sourire apparaître sur les lèvres de Marina. Elle semblait se détendre un peu, la conversation devait lui paraître à peu près inoffensive et c'était précisément ce qu'il souhaitait ; ce qu'il ne pouvait obtenir par une séduction trop rapide, peut-être le pourrait-il d'une façon plus subtile. Le résultat serait le même : la vérité surgirait entre lui et Marina Osborne. Il était quasiment certain qu'elle s'était attendue à un assaut en règle dès qu'ils auraient été seuls dans la voiture. Il ne lui déplaisait pas de décevoir son attente, du moins pour le moment.

— C'est surtout la création d'une école au village qui m'importe, expliqua-t-elle.

— J'ai entendu dire que Charles ne vous soutenait pas dans ce projet, hasarda Nick. Je me demande bien pourquoi.

Il y avait de l'amertume dans la voix de Marina lorsqu'elle répondit :

— Sa Grâce ne croit pas à l'éducation des filles.

— Ah, c'est une école…

— Mixte, oui.

— Mais vous, vous y croyez ?

— Bien sûr, répondit Marina en lissant sa robe de la main. Les jeunes filles ont droit au même niveau d'éducation que celui qui est accordé aux jeunes garçons, major Falconer.

— Ma foi, c'est bien possible. Vous en parlez avec beaucoup de conviction, en tout cas. Avez-vous vous-même des notions de géométrie, d'astronomie ou de mathématiques ? Et peut-être aimeriez-vous que ce savoir soit partagé par toutes vos sœurs ?

Marina se mit à rire, d'une manière inattendue. Un rire de gorge, qui troubla Nick.

— Je crois en effet que les femmes ont tout à fait le droit de s'ennuyer à périr à l'étude de ces matières, comme les hommes.

— Avez-vous reçu vous-même ce genre d'éducation ?

Instantanément, il y eut un froid, glacial, entre eux. Si subit et si intense que Nick le ressentit parfaitement. Que se passait-il ? Avait-il mis le doigt sur une plaie de son passé restée ouverte ?

— Non, répondit-elle lentement. La mienne a été très conventionnelle.

— Les arts que l'on dit d'agrément, et que l'on réserve aux femmes ?

— Tout à fait.

— Pas de leçon d'équitation, cependant ?

Marina esquissa un demi-sourire.

— Non. Je n'ai jamais eu de talent pour cela.

— Je pourrais vous apprendre… J'aime ce genre de défi…

— Je m'en suis aperçue. Seulement, major Falconer, il faudrait que je sois folle à lier pour accepter…

Nick leva les sourcils.

— Pourquoi donc ? Je monte très bien et j'aime enseigner.

Marina se tourna lentement vers la vitre et il ne vit plus que son profil.

— Parce que je ne saurais accepter quoi que ce soit qui vienne de vous, major, dit-elle tranquillement.

Nick eut un rire bref.

— Vraiment ? Je pense que je vous dois des excuses, madame Osborne… Mais que voulez-vous, vous avez enflammé mes sens au-delà du raisonnable…

Il ne mentait pas autant qu'il l'aurait souhaité et d'ailleurs, il pouvait voir qu'elle était autant troublée qu'il l'était lui-même. Il fallait agir, maintenant, sans plus trop de précautions, prendre avantage de la situation et prouver qu'il était encore maître de ses désirs.

— Marina…

Il se glissa contre elle sur la banquette et lui caressa la joue, sentant la soie de sa peau sous ses doigts. Elle retint son souffle, mais ne s'écarta pas.

— Je… Je ne sais pas pourquoi… Je réagis ainsi… C'est mal.

Nick hésita. S'il la pressait trop fort et trop vite, elle allait s'effaroucher et il n'apprendrait rien. Il fallait y aller très doucement pour l'inciter à se laisser aller aux confidences. Il passa délicatement sont pouce sur l'angle de sa mâchoire, vit qu'elle réagissait à sa caresse et, instinctivement, se pressait contre lui. Il n'eut qu'à glisser sa main sur sa nuque pour rapprocher leurs bouches l'une de l'autre et sentir la douce chaleur des lèvres de la jeune femme sous les siennes. Ses sens s'éveillaient en tumulte, mais il les brida et se concentra sur Marina, qu'il embrassa avec une délicatesse calculée.

Les tendres lèvres s'adoucirent sous les siennes et avec un soupir, elle s'ouvrit à son baiser. Un instant auparavant, l'esprit de Nick était parfaitement clair et soudain, il sombrait dans un tel embrasement sensuel que toute pensée cohérente en était annihilée. Il l'embrassa avec une féroce passion, ne s'interrompant que pour couvrir de petits baisers ses joues, son cou, sa gorge avant de reprendre sa bouche. Sa main se referma sur un sein. Il la sentit fondre contre lui lorsque, soudain, la berline fit un brusque arrêt qui faillit les faire tomber de la banquette.

— Nous sommes les *Glory Girls*. La bourse ou la vie !

Ces mots fusèrent dans l'obscurité et Nick entendit Marina pousser un petit cri étouffé, de choc et de peur. Puis il y eut un bruit sourd et la portière s'ouvrit brutalement, laissant entrevoir quatre cavaliers masqués, vêtus de capes sombres. Il eut la présence d'esprit de regarder la réaction de Marina à cet instant précis et il vit passer en un quart de seconde sur son visage une expression de surprise amusée, puis de colère qui fit vite place à son air impassible habituel. Il n'eut toutefois pas le temps d'en tirer beaucoup de conclusions, car le chef de bande contournait déjà leur voiture en faisant faire à son cheval une volte très élégante. Cette monture était un étalon noir qui piaffait et bronchait nerveusement. Ce n'était pas, Nick le nota instantanément, la grande jument baie à la tache blanche sur le chanfrein qu'Anstruther et lui avaient vue dans l'écurie de l'auberge du Clair de Lune. Apparemment, les *Glory Girls* changeaient de montures à chacun de leurs raids.

Nick était surpris de la façon dont Hester Berry, car cela ne pouvait être qu'elle, dominait et contrôlait l'étalon, malgré la quantité de cidre qu'il lui avait vue boire toute la soirée. Elle le menait d'une seule main, l'autre tenant un pistolet damassé d'argent qui luisait au Clair de Lune. Il fallait en effet espérer qu'elle avait la main assez sûre pour ne pas laisser partir un coup par inadvertance.

Le chef de la bande s'arrêta devant la portière ouverte et leur lança :

— Nous sommes les *Glory Girls*. Nous volons les riches et nous donnons aux pauvres. Toi !

Le canon du pistolet fit un écart en direction de Marina.

— Je vais prendre cette jolie chaîne d'or que tu as autour du cou, belle dame, en expiation de tes péchés.

Etrangement, le timbre de la voix ne ressemblait pas à celui d'Hester. Glory, si c'était bien elle, avança une main gantée et brisa la mince chaîne pour la prendre. Marina poussa un petit cri de douleur et une goutte de sang apparut sur son cou, là où un maillon brisé avait déchiré la peau. Pour la première fois, Nick se prit à douter qu'elle faisait bien partie de la bande.

— Et toi, lui dit plus rudement le chef en se tournant vers lui, donne ton argent.

— Je n'en ai pas sur moi, répondit calmement Nick. Nous étions au bal du village, nous n'avons pas emporté de valeurs.

Glory le regarda fixement derrière son masque et il eut l'impression qu'elle souriait.

— La règle, c'est la bourse ou la vie, lui dit-elle. Choisis !

— Il faudra que ce soit la vie, alors. Car je n'ai pas d'argent.

Glory fit faire au cheval le tour de la berline de nouveau.

— Très bien, dit-elle. Descendez tous les deux de la voiture. Toi d'abord, ajouta-t-elle à l'intention de Nick. Et pas d'embrouilles !

Nick avait bien pensé laisser descendre Marina d'abord, afin d'avoir une chance d'agir par surprise. Hélas, il ne fallait plus y songer. Il doutait de plus en plus que ceci fût une mise en scène montée avec la participation et la complicité de Marina : la tension qu'il pouvait sentir en elle, la façon dont Glory lui avait arraché sa chaîne, la tonalité générale de cette mauvaise rencontre, tout semblait lui indiquer qu'elle n'était pas la complice de quelque saynète montée à son intention.

Toujours sous la menace du pistolet, il sauta à terre et l'une des filles vint lui attacher les mains — très rudement — dans le dos. Celle-ci au moins, il en avait la certitude, n'était pas une femme mais un homme.

— A genoux ! lui cria le bandit.

C'était humiliant, mais un pistolet était braqué sur lui et Nick avait toujours été du genre pragmatique. Il allait lui falloir attendre sa chance et pour l'instant, mieux valait obéir. Glory poussa son cheval dans sa direction, posa un pied botté sur sa poitrine et le força à s'agenouiller plus vite. Il nota qu'elle avait de grands pieds, pour une femme.

— Je vais t'expédier rejoindre ton créateur dans un instant, lui dit-elle, et elle se tourna vers la berline.

Marina n'avait pas bougé.

— Toi, ordonna Glory. Descends, je veux que tu voies ça.

Nick ne bougeait pas. Il ne pouvait pas faire grand-chose, car le bandit qui l'avait attaché lui braquait son pistolet sur l'oreille. Mais tous ses sens étaient en alerte, dans l'attente du moment où il pourrait bondir et le désarmer. Il vit Marina descendre de voiture, s'avancer dans le Clair de Lune et il l'observa avec attention. Décidément, ce qu'il avait cru au début être une mascarade jouée à son intention se révélait quelque chose de bien plus sérieux.

— Attache-la, dit Glory à son comparse.

Nick essaya un mouvement brusque mais immédiatement, le canon du pistolet s'enfonça dans son cou.

— Bouge pas !

— Non !

C'était Marina qui venait de crier.

— Si vous voulez m'attacher, il faudra me tuer avant !

Elle avait reculé d'un pas et se trouvait donc adossée à la berline. Elle fixait Glory d'un air de défi.

— Je n'aime pas beaucoup qu'on me donne des ordres, ajouta-t-elle sèchement.

La pression du canon du pistolet, sur le cou de Nick, se relâcha légèrement. L'officier avait l'impression qu'on ne s'attendait pas à de la résistance. Glory poussa son cheval vers Marina.

— Fais ce que je te dis, ma belle ! lui ordonna-t-elle.

— Non, répondit Marina. Tu as pris mon collier, cela suffit. N'essaye pas de m'attacher ou je te tue !

Le chef de bande rejeta la tête en arrière et partit d'un rire cristallin.

— Tu me tuerais ? Tu tirerais sur Glory ?

— Oui, répondit Marina sans hésiter.

Elle avait elle aussi un pistolet à la main, à présent, et Nick se souvint que Charles disait en garder toujours dans ses voitures, en cas d'attaque. Sans doute l'avait-elle pris avant de descendre et l'avait-elle caché sous ses jupes. Il se demanda si elle savait s'en servir.

— Je tirerai sans hésitation et je pense que vous auriez quelque mal à expliquer cela.

Et soudain, Nick jugea l'instant convenable pour agir. Se jetant sur celui qui le menaçait, il le fit tomber d'un coup de pied bien appliqué derrière les jambes. Le bandit s'effondra en poussant un juron bien peu féminin. Gêné par ses poignets toujours entravés, Nick se jeta sur le cavalier le plus proche pour le désarçonner. Le cheval se cabra comme il le saisissait par le mors, et il n'eut que le temps de se protéger d'un coup de sabot meurtrier. Un coup de feu éclata. Immédiatement, les chevaux d'attelage, terrifiés, s'emballèrent et partirent au galop, tandis que le cocher essayait de les reprendre en main. Nick entendit Glory rappeler ses acolytes. Tous sautèrent en selle et un instant plus tard, ils avaient fui dans un fracas de sabots, la lune brillant sur leurs capes déployées. Un autre battement de cils plus tard, ils avaient disparu au fond des bois.

Marina se précipita vers Nick. Il pouvait sentir son souffle chaud contre sa joue et son corps contre le sien, tandis qu'elle s'activait à défaire les liens qui lui immobilisaient les poignets.

— Vous n'êtes pas blessée ? demanda-t-il tout de suite.

— Non.

Sa voix était relativement assurée, mais son tremblement trahissait son émotion.

— J'ai tiré dans l'herbe, expliqua-t-elle. J'aurais eu trop peur de toucher quelqu'un, autrement.

— C'est un risque à prendre, lorsque l'on porte une arme, répliqua-t-il, caustique.

— Je sais.

Sa voix était à mi-chemin entre le rire et les larmes.

— Mais je n'ai jamais tiré sur personne et je n'avais pas l'intention de commencer ce soir.

Nick songea au meurtre de Rashleigh. Peut-être préférait-elle poignarder son homme que de l'abattre d'une balle ? Mais en fait, depuis leur mauvaise rencontre de ce soir, il n'en était plus aussi sûr. Elle ne semblait pas capable de passer à l'acte.

— Vous avez été très courageuse, lui dit-il dans un surprenant élan de tendresse.

Elle ne répondit pas, s'acharnant toujours sur les liens.

— Je n'arrive pas à défaire ces nœuds, laissa-t-elle échapper d'une voix qui se brisait, proche des larmes. Elles vous ont attaché tellement serré !

Tellement, en effet, que les cordes lui entraient dans

la peau sous l'effet de la tension trop vive. Il poussa un petit grognement de douleur.

— Je suis désolée, balbutia-t-elle, au bord des larmes. Je fais de mon mieux !

— Je sais, lui dit-il, ne vous inquiétez pas…

Il s'efforçait, lui, de rester très calme. Il sentait que quelque chose la troublait profondément, plus que le fait qu'il fût attaché étroitement. Le souvenir de sa réaction, en entendant parler de chasse à courre, lui revint à la mémoire ainsi que celui de son visage terrifié, à ce moment-là. Elle était visiblement dans le même état à présent, et ce n'était certainement pas la situation présente qui la bouleversait à ce point, mais plus probablement un souvenir du passé, aussi insupportable qu'ineffaçable.

— Restez calme, lui conseilla-t-il tout doucement. Vous vous en tirez très bien.

Le tremblement des mains de Marina se fit moins prononcé et la corde fut enfin défaite. Nick se frotta les poignets avec satisfaction, pour rétablir la circulation.

Marina, elle, n'avait pas bougé. Elle tenait toujours le lien défait dans ses mains et regardait fixement les écorchures aux poignets de Nick. Il venait, lui, de découvrir que malgré la tiédeur de cette soirée, les doigts de la jeune femme étaient glacés.

— Tout va bien, répétait-il.

— Non, tout ne va pas bien, s'écria-t-elle, véhémente. Elles vous ont attaché et vous ont fait du mal !

Il fut très surpris par la vigueur de cette réaction.

— Rien de grave…

Elle secoua la tête et il crut voir briller des larmes dans ses yeux, à la faible lueur du Clair de Lune. Puis elle se redressa, les bras serrés autour de sa poitrine comme pour se réconforter. Elle tremblait.

— Je ne peux pas le supporter… Je ne peux pas supporter ce qu'elles ont fait.

Sa voix se brisa sur ces derniers mots et Nick la prit doucement dans ses bras pour tenter de la calmer. Mais elle resta rigide, tendue comme un arc.

— Vous ne pouvez pas comprendre, lui dit-elle.

Il y avait du désespoir dans sa voix.

— Expliquez-moi, alors, lui dit-il doucement. Dites-moi comment je peux vous aider.

Il vit passer comme une lueur d'espoir dans ses yeux et sentit le sang battre à ses tempes. Elle allait parler. Elle allait se confier, enfin. Il allait savoir la vérité…

Mais elle secoua la tête et il sentit qu'elle faisait tout ce qui était en son pouvoir pour se détacher de lui.

— Je ne peux pas, murmura-t-elle. Je… je suis désolée, je ne peux pas.

Nick se sentit frustré de sa victoire. Dire qu'il avait été si proche et qu'il venait encore d'échouer ! Il s'approcha d'elle de nouveau mais, au même instant, un cri retentit sur la route. Le cocher approchait, une lanterne à la main. John Teague l'accompagnait. Il était pâle comme un linge et les observait avec de grands yeux effarés.

— Falconer ! Madame Osborne ! Que s'est-il passé ? Je venais de raccompagner lady Hester à Peacock Cottage, lorsque… mais… Vous êtes blessé, Falconer ?

— Ce n'est rien. C'étaient les *Glory Girls*, Teague.

Tandis qu'il répondait à John Teague, Nick ne détachait pas son regard de Marina.

— Les *Glory*… ?

Visiblement éberlué, Teague lança un regard de côté vers Marina qui se tenait tête baissée.

— Cette… Cette nuit ?

— Oui, elles nous ont attaqués.

Une fois encore, Teague chercha à croiser le regard de Marina, comme s'il voulait lui demander confirmation d'une information tout à fait incroyable. Visiblement, les *Glory Girls* n'auraient pas dû attaquer leur voiture pour une raison que Teague, comme Marina, connaissait mais que Nick ignorait, lui.

Il se souvint alors du regard de Marina, lorsque les *Glory Girls* les avaient attaqués, la surprise, l'étonnement dans ses yeux. Elle était certainement leur complice, même si elle ne participait pas à leurs raids. La seule chose qui demeurait un mystère pour lui, c'était la violence de sa réaction lorsqu'elle avait défait ses liens. Il était certain qu'il n'y avait rien de faux, rien de feint dans la détresse qu'elle avait alors éprouvée. Et à présent, encore, alors qu'elle touchait la petite trace de sang séché sur son cou, ses doigts tremblaient légèrement.

— Nous devons ramener Mme Osborne chez elle, Teague, coupa-t-il abruptement. Elle a été légèrement blessée et je pense que toutes les questions peuvent attendre demain.

Marina leva les yeux vers lui et, quand elle croisa son regard, il sut qu'elle avait parfaitement saisi la menace implicite que contenaient ses paroles. Demain, en effet, il la confronterait à tous ces mensonges. Il était plus que temps d'en finir avec Mme Osborne…

*
* *

— Hester !

Marina était si furieuse qu'elle alla droit à la chambre de son amie et entra sans frapper. Elle s'immobilisa en la voyant étendue paresseusement sur son lit à croquer des bonbons.

— Il faut que je te parle, lui dit-elle sèchement. Qu'est-ce qui t'a pris ? Vous deviez être à Starbotton, pour abattre les clôtures de Sampson. Il n'avait jamais été question que vous nous attaquiez, le major Falconer et moi !

— Nous avons préféré vous intercepter sur la route, effectivement, expliqua Hester, la bouche pleine, et sans te prévenir, pour que tu aies l'air d'être parfaitement innocente.

— Innocente ? Ah ça oui !

Marina était si furieuse qu'elle pouvait à peine parler.

— D'abord, tu m'arraches ma chaîne et ensuite, tu pointes un pistolet sur moi. J'ai failli te tuer, pour ça !

— Ce n'était pas moi, c'était Laura.

Marina s'arrêta net.

— Laura ? Tu veux dire que c'était elle qui jouait le rôle de Glory ? Mon Dieu, j'ai failli faire feu sur la duchesse de Cole !

— Tu as été magnifique, commenta Hester avec admiration. Jamais nous n'aurions pu imaginer que tu jouerais si bien ton rôle. Et comme tu n'as pas reconnu Laura, cela prouve que personne ne le peut.

— Oh, parfait ! siffla furieusement Marina quand elle eut récupéré son souffle. Je suis bien heureuse que ta soirée ait été si amusante !

— Parle plus bas, Marina, lui répliqua Hester, inquiète.

Jane pourrait nous entendre. En plus, j'ai atrocement mal à la tête.

— Elle est en bas, elle me fait couler un bain. Et toi, tu n'aurais pas dû boire tant hier soir. C'est miracle si tu n'es pas tombée de ton cheval.

Elle changea de ton.

— Oh, Hester, de toutes les idées loufoques qui ont pu te passer par la tête…

— Mais cela a marché, n'est-ce pas ? J'étais sûr que si les *Glory Girls* vous capturaient ensemble, cela donnerait au major Falconer la certitude que tu n'étais pas dans la bande et qu'il te laisserait tranquille. C'est pour ça que Laura a insisté pour que tu montes dans la même voiture que lui. Et nous avons aussi pensé qu'ainsi, Falconer abandonnerait la partie et rentrerait à Londres.

— Mais, espèce de folle, ne comprends-tu pas que tu n'as fait qu'attiser sa rage ! Il mettra dorénavant encore plus d'ardeur à nous poursuivre ! s'écria Marina, hors d'elle.

Puis elle s'assit sur le lit, désespérée et à court d'arguments.

— Je suis désolée, dit Hester, toute penaude, avec une petite voix. J'aurais dû savoir que tu es la plus intelligente de nous toutes.

— Je vais finir par le croire, soupira Marina. Je croyais pourtant Laura plus raisonnable. Mais on dirait qu'elle entretient autant de pulsions autodestructrices que toi !

— Elle a des problèmes avec Charles, expliqua Hester.

— Et c'est comme cela qu'elle le punit ? En risquant de se faire prendre ?

— Je suppose que, de cette façon, il serait bien obligé de faire attention à elle.

Marina haussa les épaules.

— Oui, il la remarquera lorsqu'elle se balancera sur le gibet. Oh, Hester, tu n'imagines pas combien vous avez été imprudentes !

Sa colère s'estompait, à présent, remplacée par une terrible inquiétude.

— J'ai eu très peur, commença-t-elle doucement, dans l'espoir qu'Hester la comprendrait. Vous m'avez fait très peur. Vous tous. Et quant au major Falconer…

Elle s'interrompit un instant.

— Lenny l'a vraiment attaché trop serré. Il lui a fait du mal.

— Il a voulu te protéger, toi, nous protéger toutes.

Elle se mordit la lèvre.

— Je suis vraiment désolée pour ta chaîne. Laura ne voulait pas te faire de mal, elle était navrée, elle aussi. Mais il fallait que ce soit convaincant. Je t'en achèterai une autre, je te le promets…

Marina secoua la tête.

— Parce que tu crois que cela arrangera quelque chose ?

Elle se mit une main sur la tête.

— Mon Dieu, qu'ai-je fait ? Je n'aurais jamais dû me lancer dans cette histoire. J'ai créé une machine infernale que je ne peux plus arrêter.

Hester sauta du lit.

— Mais je ne comprends pas ! Les *Glory Girls* ne font que rendre la justice… Et puis nous n'avons jamais vraiment fait de mal à personne, sauf peut-être en ce qui concerne la fierté et le porte-monnaie de quelques grigous notoire…

Elle lança à Marina un regard de côté.

— Sauf cette nuit, bien sûr, mais toi, nous ne voulions pas te faire du mal. J'espère que tu le sais ?

— Bien sûr, mais là n'est pas la question…

Elle se tut. Son esprit était rempli d'images ; celle de Falconer, ses poignets entaillés par la corde et d'autres, plus anciennes et plus terribles, qu'elle croyait avoir oubliées. La violence avec laquelle elle avait réagi aux blessures de Nick l'avait profondément effrayée. Elle ne supportait pas de le voir blessé. Mais il n'était pas question de l'expliquer à Hester.

— Ce que nous faisons est criminel, lui dit-elle lentement, et je suis tout aussi coupable que vous, je le sais bien. J'ai toujours pris ça trop à la légère…

Elle marcha vers la porte, comme égarée.

— Je suis trop fatiguée pour en parler maintenant. Je dois aller dormir… Non !

Joignant le geste à la parole, elle arrêta en levant la main la phrase que son amie s'apprêtait à prononcer.

— Je ne veux plus rien entendre avant d'être calmée, sinon c'est moi qui pourrai bien te dénoncer et je te rappelle que la récompense pour ta capture est montée à cinquante livres.

Elle s'arrêta, la main déjà sur la poignée de la porte.

— Une dernière chose : quand il nous a rejoints, John Teague nous a dit qu'il venait juste de te déposer ici. Est-ce qu'il mentait ?

Les yeux d'Hester se mirent à briller.

— Il a dit ça ? Dieu le bénisse de nous protéger ainsi !

— Cela veut surtout dire, expliqua patiemment Marina, que John sait que nous sommes les *Glory Girls*.

— Il est très loyal, il ne nous trahira pas.

— Je me demande parfois si tu mérites cette loyauté, Hester. Bonne nuit.

Elle passa dans le corridor et se dirigea vers sa propre chambre. Jane y avait fait monter la baignoire de cuivre, remplie d'eau chaude, des pétales de roses flottant à la surface. Marina se dévêtit et s'immergea avec un profond soupir. Peu à peu, elle commença à se détendre et la terreur qui nouait son ventre se relâcha un peu. L'égratignure, à son cou, la démangeait légèrement et elle la frotta sans y penser.

Elle n'avait pas dit à son amie le quart de ce qu'elle avait pu ressentir. Elle ne lui avait pas avoué comment la perspective d'être ficelée lui avait rappelé la façon dont Rashleigh l'avait attachée à sa voiture pour la ramener, après l'une de ses tentatives d'évasion. Ni comme elle avait été bouleversée en découvrant les blessures de Nick. Si bouleversée, en fait, qu'elle avait été à deux doigts de lui avouer toute la vérité. Si Teague n'était pas arrivé à cet instant précis, il lui aurait d'ailleurs sûrement demandé de le lui dire et elle n'aurait pu lui résister. Elle repensa à la calme douceur de sa voix tandis qu'il essayait d'apaiser sa détresse, à la douceur de ses mains et elle frissonna.

Elle se sentait coupable. C'était elle qui avait lancé l'idée de ces raids. Lorsque Nick l'avait félicitée pour son courage, elle s'était sentie profondément fausse et vile.

Elle s'enfonça plus profondément dans l'eau chaude, puis frotta son corps de toutes ses forces, comme pour effacer les souvenirs de cette soirée. Elle entendit Hester descendre l'escalier et sut que son amie se rendait, une fois de plus, à l'auberge du Clair de Lune. Mais elle ne fit rien pour l'en empêcher. Ce ne fut que lorsque son bain fut presque froid qu'elle en sortit, se sécha et se pelotonna au fond de son lit pour chercher le sommeil.

9

Capucine : Amour ardent.

Hester était catastrophée. Elle avait l'impression d'avoir trahi son amie. Elle savait que Marina n'apprécierait pas son initiative d'attaquer sa voiture, elle en avait même parlé avec Laura et elles étaient convenues toutes deux qu'elle serait probablement en colère, mais elle n'avait prévu ni l'ampleur de son ressentiment, ni sa détresse. Elle savait aussi que Marina ne lui avait pas tout dit de celle-ci.

Et puis, il y avait John Teague, si loyal, si dévoué. Il avait menti pour la protéger, malgré la façon désinvolte dont elle le traitait. Cet homme était trop bien pour elle, trop honorable, trop gentleman. Elle ne méritait pas davantage son amour qu'elle ne méritait l'amitié de Marina. Hester avait honte, elle ressentait du dégoût pour elle-même, sa conduite était inexcusable. Or il n'y avait qu'une seule chose qui lui permettait d'oublier un peu sa solitude et ses démons familiers…

Encore à moitié ivre, elle entra dans la salle de l'auberge. Tous les valets de ferme et les palefreniers qui avaient passé la première moitié de la nuit au bal étaient à présent attablés au comptoir. Ils l'observèrent avec envie et un agréable frisson lui parcourut l'échine. Voilà ce qui pourrait l'aider à oublier son chagrin. Voilà tout ce qu'elle méritait.

— Toi ! dit-elle sans douceur à un jeune homme qu'elle avait vu à l'auberge une semaine auparavant. Suis-moi !

Il avait peut-être dix-neuf ans, un corps musclé et des mains calleuses. Le corps d'Hester frémissait déjà en devinant la sensation que lui procureraient ces mains sur son corps.

Une clameur d'encouragement monta de la salle. Quelqu'un claqua dans le dos du jeune homme. Il vida sa bière d'un trait, en renversa maladroitement sur sa chemise en souriant d'un air niais. Hester s'en moquait. Elle n'avait besoin ni de gracieusetés, ni de délicatesse.

Elle était déjà bien engagée dans l'escalier qui desservait les chambres, quand elle l'entendit se lever. Hester n'attendait jamais ses amants et ne se retournait pas pour voir si on la suivait. Elle entra dans sa chambre et se mit à la fenêtre, le dos tourné à la porte. Soudain, un vacarme infernal s'éleva du rez-de-chaussée, des exclamations, des bruits divers. Puis le jeune homme monta enfin l'escalier quatre à quatre. Hester entendit la porte se refermer, la clé tourner dans la serrure et le lit grincer sous le poids d'un corps lourd.

— Tu as pris ton temps, dit-elle sans daigner se retourner.

— Bonsoir, Hester, répondit calmement John Teague. Comme vous ne sembliez pas voir mes… marques d'affection, j'ai décidé de jouer le jeu selon vos règles.

*
* *

— Parlez-moi…, murmura Teague, appuyé sur un coude.

Allongé à côté d'Hester, il caressait doucement, d'un doigt, sa colonne vertébrale et elle ronronnait, épuisée et rassasiée d'amour, merveilleusement vivante.

— C'est vous qui ne vouliez pas que nous parlions, fit-elle remarquer, joliment provocante.

Il se pencha pour l'embrasser avant de laisser glisser sa main sur l'un de ses seins, provoquant en elle un délicieux frisson.

— C'est vrai, reconnut-il. Et je ne le veux toujours pas, en fait. Ce que je veux, maintenant, c'est vous sortir d'ici.

Il se leva et rassembla ses vêtements, tandis qu'Hester le regardait, toujours immobile. Le plaisir, maintenant qu'il s'éloignait d'elle, laissait place à une étrange amertume : le sentiment que la merveilleuse, indécente, bouleversante intimité qu'elle venait de connaître avec cet homme allait se retrouver enfouie sous des couches de mondanités et de soi-disant civilités.

— Je ne veux pas…, commença-t-elle.

Mais il se tourna vivement vers elle pour la première fois depuis qu'elle le connaissait, lui coupant la parole.

— Cette fois, ce n'est pas ce que vous voulez qui compte, mais ce que je veux, moi.

Elle fut si surprise de cette affirmation qu'elle resta bouche bée et un instant plus tard, Teague la tirait du lit, jetant simplement sa cape sur sa nudité avant de la soulever dans ses bras.

— Lâchez-moi ! cria-t-elle, tandis que la cape s'ouvrait, révélant son corps nu. Comment osez-vous ?

— J'ose beaucoup de choses, lui répondit-il calmement, et vous allez vous en apercevoir. J'en ai assez de vos caprices !

Il libéra sa main un instant pour ouvrir la porte, puis son bras se referma sur Hester avec fermeté, tandis qu'il l'emportait vers l'escalier.

— Tenez-vous tranquille, lui dit-il à l'oreille, sinon toute la salle va vous voir nue. Je sais bien que la moitié de ceux qui sont ici vous ont déjà vue ainsi, mais je doute toutefois que cette exhibition vous plaise.

Hester se mit à rougir comme une pivoine. Il savait tout de ses amants, tout de son comportement dépravé. Il savait tout d'elle.

Ils traversèrent la salle dans un silence impressionnant. Tous les buveurs les regardaient bouche bée. Hester croisa le regard satisfait de Josie derrière son bar et en fut si honteuse qu'elle ferma les yeux. Il ouvrit la porte d'un coup de pied, et les paupières toujours closes, Hester sentit sur sa peau l'air frais du matin. Elle comprit qu'il l'emportait sans cérémonie vers sa voiture. Un ordre bref au cocher, un claquement de fouet et l'attelage s'ébranla.

Le court trajet vers Starbotton Hall, le manoir de Teague, se passa dans le silence le plus complet. Une fois arrivé, il la reprit simplement dans ses bras, la porta à l'étage et la jeta sur son lit, où elle roula pour se débarrasser de sa cape. Elle resta un instant ainsi, nue, à le regarder avec stupeur. Puis elle bondit sur ses pieds, furieuse et humiliée. Elle se jeta sur lui, les ongles en avant.

— Comment avez-vous osé me traiter ainsi ? Comment osez-vous ?

— Vous vous répétez, mon amour, répondit Teague avec un rien d'amusement dans la voix. Mais il fallait bien que quelqu'un ose, justement. Vous n'êtes qu'une enfant gâtée qui se conduit comme une catin.

Puis d'un geste nonchalant, il attrapa Hester par le poignet et la ramena sur le lit, où il la fit basculer sur ses genoux. Une demi-seconde plus tard, sa main s'abattait sur ses fesses nues.

Sa peau fut portée au rouge et son orgueil avec. Elle essaya de se tortiller pour lui échapper, mais il tint bon, caressant à présent son postérieur avec une douceur lancinante. Elle voulait échapper à la douleur comme au plaisir insidieux qu'il lui procurait mais elle en était incapable… Quand il glissa ses doigts en elle et la trouva toute humide, elle ne put retenir plus longtemps ses halètements.

— Je vous hais ! murmura-t-elle.

La main de Teague se fit plus audacieuse. Hester gémit, ne sachant plus si la colère ou le désir prédominait en elle. Elle parvint enfin à s'échapper et se dressa à genoux sur le matelas. Elle était folle de rage et excitée comme jamais elle ne l'avait été. Elle avait l'impression qu'elle allait mourir s'il ne lui faisait pas l'amour tout de suite. Elle arracha les boutons de culotte de John plutôt qu'elle ne les défit et sa main se referma sur une érection de fer. Il poussa un gémissement rauque, sous ses doigts. Elle le chevaucha immédiatement et s'empala sur lui, ses propres gémissements étouffés par les baisers. Ils voguèrent ensemble, sur un océan de sensations qui les menèrent au point culminant d'une jouissance phénoménale, explosive et mutuelle.

Plus tard, étendue contre lui entre les draps emmêlés, Hester se souleva pour regarder son nouvel amant. Un sourire provocant se dessina sur ses lèvres.

— Vous ne vous débrouillez pas mal, lui dit-elle, pour un homme de votre âge…

Cette fois, quand il la prit, ses cris de plaisir firent trembler les murs de la vieille demeure.

Nick se tourna de nouveau dans son lit. Il ne parvenait pas à trouver le sommeil. Il était étendu sur le dos, dans le noir, les mains croisées derrière la tête.

Quand il était rentré à Cole Court, une lettre de Dexter Anstruther l'y attendait. Il l'avait emportée dans sa chambre pour la lire sans être dérangé. Etrangement, il redoutait ce qu'il allait y trouver. Cette réaction lui venait, il le savait bien, des sentiments compliqués qu'il ressentait envers Marina Osborne, surtout depuis la nuit dernière, où l'admiration s'était ajoutée à l'attirance et au désir qu'il ressentait pour elle. Sa vulnérabilité lui avait donné l'envie, le besoin, de la protéger. Pourtant, il savait qu'elle était liée aux *Glory Girls*. Elle n'avait sans doute pas été prévenue de l'attaque, sa peur et sa détresse ayant semblé authentiques, mais Nick était convaincu qu'elle participait aux raids, d'une façon ou d'une autre. En soupirant, il avait déplié la lettre. Après les quelques plaisanteries d'usage, Anstruther allait droit au but.

« Je n'ai trouvé aucun Phileas ou Phineas Osborne dans la région de Truro, ni aucune trace de mariage concernant cette

personne. J'en suis venu à la conclusion que les informations recueillies sont inexactes et que, soit nous le cherchons au mauvais endroit, soit il n'existe pas. Il n'y a pas non plus de traces de Mme Marina Osborne en Cornouailles ou même ailleurs, avant l'année 1800, date à laquelle elle a acheté une propriété à Peacock Oak, Yorkshire. Elle semble avoir subitement surgi du néant. J'ai déjà travaillé sur des cas similaires, où des individus avaient adopté une fausse identité, rendant impossible toute recherche antérieure. Les raisons qui expliquent ce genre de manœuvres frauduleuses sont généralement criminelles, à moins qu'il ne s'agisse de dissimuler une naissance hors mariage ou une liaison adultérine. »

Nick s'était assis dans un fauteuil, les yeux dans le vague et la lettre toujours à la main. Il n'avait pas été véritablement surpris. Il avait en fait toujours su ce qu'Anstruther lui rapportait, ou du moins il l'avait suspecté. Mais à présent, il eût aimé que tout cela ne soit pas vrai. Marina Osborne était une menteuse et probablement un escroc ou une criminelle.

Il avait repris la lecture de la lettre, dont le reste avait moins d'importance, excepté le tout dernier paragraphe :

« Lord Hawkesbury me prie de vous informer qu'il vous fait transmettre tous les papiers ayant appartenu à feu votre cousin Rashleigh. Il les a fait étudier pour le bien de l'enquête en cours, mais n'a pu trouver aucune information se rapportant aux investigations. Il a donc pris des arrangements pour les faire transporter chez vous, à Eaton Square. »

Nick imaginait déjà la tête de son grand-oncle quand celui-ci verrait son hôtel particulier envahi par les collections d'œuvres pornographiques appartenant à Rashleigh.

A présent, plusieurs heures plus tard, alors qu'il était allongé dans son lit, Nick pensait toujours à Marina Osborne. Demain, il se le promettait, il l'informerait qu'il savait qu'elle était un imposteur. Il la forcerait à avouer toute la vérité à propos du meurtre de Rashleigh et des *Glory Girls*.

Sur une impulsion, il alla prendre dans le tiroir de sa commode le petit portrait d'Anna dans son médaillon argenté, qu'il emportait partout avec lui. Des centaines, des milliers de fois peut-être, il l'avait pris ainsi dans sa main, en avait ouvert le couvercle, avait contemplé le doux visage, comme ce soir. Généralement, il en retirait un certain réconfort. Mais pas aujourd'hui. Anna lui paraissait bien loin de lui, comme s'effaçant déjà dans son souvenir. Mais n'était-ce pas ce qu'il avait voulu ? N'avait-il pas, soi-disant dans l'intérêt de la justice, voulu séduire une autre femme ? Tel était pris qui croyait prendre. Et maintenant, il désirait, à tout le moins, une femme bandit et, peut-être même, un assassin.

Hanté par ces pensées, il ne put trouver le sommeil avant les premières lueurs du soleil.

Laura sursauta dans son sommeil. Etendue dans son lit, confuse et comme abasourdie, elle tendait l'oreille pour tenter de capter de nouveau le bruit qui l'avait réveillée. Soudain, des sortes de grincements métalliques résonnèrent dans sa chambre et, elle l'aurait juré, un juron étouffé. Là, tout près d'elle, dans son dressing-room.

Elle se glissa hors du lit et alla à pas de loup jusqu'à la porte de communication qu'elle ouvrit d'un seul coup. Elle n'eut pas besoin d'écarquiller les yeux : une chandelle, posée sur une commode, illuminait la petite pièce en projetant des ombres sur les murs. Elle put donc voir clairement son mari qui fouillait les tiroirs d'une commode, celle où sa femme de chambre rangeait sa lingerie. Laura crut un instant qu'elle avait découvert la raison de l'indifférence de Charles à son égard, car il avait les mains pleines de sous-vêtements féminins. Puis elle comprit, quand il les déposa, que ce n'était pas là l'objet de sa recherche, mais qu'il s'intéressait bien plutôt à son coffre à bijoux, qu'il avait posé sur le dessus du meuble. Il fourrageait dedans sans s'apercevoir qu'il avait été surpris. La lueur de la chandelle faisait étinceler le collier de diamants que le père de Laura avait offert à sa fille chérie pour son mariage.

— Peut-on savoir ce que vous fabriquez, Charles ? trouva-t-elle la force de dire.

Il sursauta comme s'il venait d'être pris au piège et Laura s'aperçut que ce devait être la première fois, depuis qu'ils étaient mariés, qu'elle lui posait une question directe.

— Bonsoir, balbutia-t-il, visiblement embarrassé. Je regardais…

— Que regardiez-vous donc ? Vous vous assuriez que mes bijoux étaient en sécurité ?

Charles reprit au vol cette excuse qu'elle lui offrait si obligeamment et s'y accrocha désespérément.

— C'est ça ! Ils devraient être à la banque, vous savez ? Ce serait mieux.

— Bien sûr, approuva poliment Laura, mais si c'était le cas, vous ne pourriez pas y puiser ce dont vous avez besoin. Je me demandais où étaient passés mon médaillon et aussi mes boucles d'oreilles en perles. J'ai failli accuser ma femme de chambre, bien que je sache pertinemment qu'elle est tout à fait digne de confiance.

Les traits de Charles se décomposaient à vue d'œil.

— Je... j'espérais que vous ne vous en apercevriez pas !

— Et vous pensiez que je ne verrais aucun inconvénient à vous voir piller les bijoux hérités de ma grand-mère ? demanda Laura, un sourcil levé.

La colère coulait à présent dans ses veines, comme de la lave brûlante, et elle y prenait même une sorte d'étrange plaisir.

— Qu'est-ce qui vous faisait croire ça, Charles ? Le fait que je ne vous ai jamais fait le moindre reproche ?

Charles dansait d'un pied sur l'autre et Laura sentit, plus étrange encore, un surprenant élan de compassion à son égard. Il semblait découvrir qu'elle n'était plus tout à fait la jeune fille candide, de bonne famille, qu'il avait épousée. A présent, il la regardait du coin de l'œil, un peu interdit, comme l'on surveille un cheval nerveux dont on redoute les réactions.

— Calmez-vous, Laura, je...

— Combien devez-vous, Charles ?

Tout devenait clair dans son esprit : les fréquentes absences de son mari, ses incessants voyages à Londres, son refus qu'elle l'y accompagne, la tache pâle sur le papier peint là où avait été accroché, peu de temps auparavant, un très beau tableau de Hogarth. Des dettes de jeu, vraisemblablement...

— Combien ? répéta-t-elle.

— Quarante, marmonna-t-il.

— Quarante mille livres ?

Mentalement, elle doubla cette somme. Cela signifiait qu'il avait déjà dû perdre son héritage, et sa dot à elle, par-dessus le marché. La colère flamboya en elle. Combien de temps se passerait avant que l'on sache, et que le scandale éclate ? Peut-être d'ailleurs était-on déjà au courant, à Londres ?

— Vous devriez prendre les rubis de ma grand-mère, lui dit-elle calmement. Ils valent bien quarante mille livres. Cela pourrait tenir vos créanciers à distance.

Charles cligna des yeux, effaré.

— Prendre vos rubis ? Je ne peux pas faire ça !

Laura savait parfaitement qu'au final, il prendrait tout, qu'elle le veuille ou non. Les tableaux, les bijoux et jusqu'aux meubles. Et le plus extraordinaire dans l'affaire était qu'elle ne dirait rien, habituée qu'elle était au silence, depuis dix ans. Car c'était ainsi, lui avait-on appris, que se conduisait une duchesse. Son époux pouvait bien lui dénier tout plaisir dans l'existence et vider leur demeure de tout objet de valeur, elle ne broncherait pas, car on lui avait appris à ne jamais se plaindre. Certes, dans l'intimité de son boudoir, elle pouvait bien pleurer toutes les larmes de son corps, jamais, pour autant, elle n'aurait exprimé ce qu'elle ressentait, ni demandé des comptes en public.

Elle se souvenait de ses efforts pour convaincre Hester de la laisser mener les raids des *Glory Girls* et comme celle-ci en avait été effarée. Hester ne savait pas combien Laura lui enviait la liberté de son comportement. Elle était un aigle et elle, un pauvre canari en cage.

Pourtant, il lui semblait bien que ce sentiment d'infériorité appartenait au passé, à présent…

Elle observa son mari, avec son menton fuyant et cette tête d'animal traqué. Quelque chose se brisa en elle, qui ne pourrait jamais être réparé.

— La prochaine fois que vous irez à Londres, je viendrai avec vous et nous discuterons avec vos créanciers du montant de votre dette et d'un échéancier de remboursement.

Elle le vit tiquer quand elle employa le mot « nous » mais n'en tint pas compte et continua :

— Je serai ravie d'aller à Londres.

Elle fit un pas vers lui puis s'arrêta.

— Je pourrai peut-être demander un prêt à Père, dit-elle pensivement, pour assurer les premiers remboursements.

Charles la regarda, les yeux ronds, éberlué.

— Q… quoi ? Non, je vous en prie… Ne dites rien à votre père…

Laura l'ignora ostensiblement.

— Mon pauvre père sera bien marri d'apprendre que vous vendez mes bijoux pour payer vos dettes de jeu…

— Laura, je vous en prie, reprit Charles au désespoir, ne mêlez pas lord Burlington à tout ceci. Ce n'est pas nécessaire.

— Peut-être que non, répliqua-t-elle, mutine. Je vais y réfléchir. Je vous suggère de retourner vous coucher, Charles. Tous ces soucis doivent vous miner et nous avons une maison pleine d'invités à divertir demain.

— Oui, vous avez raison, répondit-il, visiblement soulagé. Bonne nuit, ma chère.

Laura le vit se précipiter vers la porte et écouta ensuite ses pas décroître dans le corridor.

Elle avait peine à croire que c'était là l'homme qu'elle avait passionnément aimé, récemment encore. A présent, elle le haïssait presque. Sa rage et sa colère étaient si intenses qu'elle se sentait prête à éclater, comme un feu d'artifice. Il n'y avait qu'un seul moyen de se débarrasser de cette fureur. Laura prit sa chandelle et chercha sa tenue de cavalière.

Un peu plus tard, alors que les premières lueurs de l'aube rosissaient le ciel, la patronne de l'auberge du Clair de Lune fut réveillée par des coups répétés frappés à sa porte. Elle descendit l'escalier en ronchonnant pour aller ouvrir, une chandelle dans une main, un pistolet chargé dans l'autre.

Elle écarquilla les yeux en découvrant sur son seuil un personnage masqué et drapé dans une cape.

— Mais… C'est vous, milady ? balbutia-t-elle au bout d'une ou deux secondes d'effarement. Je croyais que les Filles ne sortaient pas, cette nuit.

Laura se mit à rire.

— Je sors seule, Josie, expliqua-t-elle, pour faire ce que nous avions initialement prévu, brûler les hangars de Sampson. Il me faut un cheval et aussi, je pense, une torche enflammée. Voilà qui serait saisissant, non, qu'en dis-tu ? Je crois que tout le pays parlera bientôt de Glory chevauchant une torche à la main.

— Vous devriez faire attention, milady, lui dit Josie, l'air sombre. Parfois, je me demande si vous n'avez pas davantage le diable au corps que lady Hester.

Laura éclata de rire.

— C'est bien possible, Josie. Peux-tu me donner la jument blanche ? Elle fera meilleure figure à la lueur de la torche. Je veux que tout le monde se souvienne de la dernière chevauchée de Glory.

— Dieu nous protège, madame ! Glory est sortie seule cette nuit et elle a brûlé les hangars que venait de faire construire M. Sampson, et ses clôtures aussi. Il ne reste rien de ses récoltes !

La femme de chambre en tremblait encore en déposant une tasse de thé sur la table de chevet de Marina.

— Glory ? répéta celle-ci en se frottant les yeux. Mais je croyais qu'elle avait arrêté ses raids ?

— Frank dit qu'elle a traversé Starbotton au grand galop, comme l'ange de la vengeance. Les sabots de son cheval blanc lançaient des étincelles sur les pavés de la route et Glory avait comme un cercle de feu autour de la tête. C'est terrifiant, non ?

— Oui, oui. Vous me préparerez la robe verte, je ne reçois pas ce matin et je voudrais travailler au jardin.

— Bien, madame, répondit la femme de chambre qui n'était pas dupe du tout de ce changement ostensible de conversation. Pas de thé pour lady Hester, ce matin, reprit-elle. Elle n'est pas rentrée.

— Peut-être sera-t-elle allée faire une promenade matinale avec lord Teague et voilà tout, commenta Marina d'un air faussement distrait.

— Oui, madame, répondit Jane, de l'air de ne pas en croire un mot. Ce sera tout ?

— Oui, merci.

Restée seule, Marina se leva et marcha vers la fenêtre. Elle laissa son regard se perdre en direction de Starbotton. On apercevait encore les colonnes de fumée monter dans l'air pur.

— Cela doit cesser, murmura-t-elle entre ses dents.

Elle eut malgré tout un sourire.

— J'aurais tout de même bien voulu voir ça... Un cercle de feu... la jument blanche !

Dans la plus petite des trois salles à manger de Cole Court, que l'on réservait au petit déjeuner, le duc mangeait ses œufs brouillés de mauvaise humeur. Ni lord Henry, ni lady Faye, ni leur fille n'étaient encore levés et il était donc obligé de partager ce repas en tête à tête avec son épouse ce qui, étant donné ce qui s'était passé entre eux la nuit précédente, le mettait fort mal à l'aise.

— Brackett me dit que ces furies ont encore commis un de leurs coups, la nuit dernière, tempêta-t-il, elles ont brûlé les granges de Sampson. Il n'en reste rien.

Il froissa rageusement son journal.

— Cela ne peut plus durer ! Je suis le juge de paix de ce comté et sapristi, je les ferai pendre ! M'entendez-vous ?

L'espace d'un instant, Laura se demanda s'il savait quelque chose. Mais quand elle le regarda bien en face, il détourna les yeux, une fois de plus.

Jamais plus elle ne le laisserait lui dicter sa conduite, songea-t-elle. Pas après ce qui s'était passé la nuit dernière. Elle prit paresseusement le pot de miel et commença à en étaler sur un toast.

— Bien sûr, mon ami. Si vous le dites...

10

Bleuet : Je garde mon secret.

— Je suis si heureuse !

Hester déboula dans la maison alors que Marina descendait l'escalier.

— J'étais avec John… toute la nuit ! Ne fais pas cette tête, ma chérie, nous allons nous marier ! Je suis tellement contente que j'ai l'impression d'éclater !

Elle attrapa son amie par la main et l'entraîna vers la salle à manger où une servante déposait du pain, du miel et du beurre sur la table.

— Tu voudras bien être mon témoin, Marina ? Les bans seront publiés dès dimanche. John insiste pour que ce soit fait le plus tôt possible, afin de faire taire les ragots…

Elle prit impulsivement son amie dans ses bras.

— Oh, Marina, Marina, qui aurait pu le croire, hein ?

— Le croire, je ne sais pas, répondit Marina en souriant, mais l'espérer, il y avait moi, ça oui… Je me demande simplement pourquoi ça a pris autant de temps…

— Oui… J'ai été très stupide et j'ai traité John

vraiment très mal… Je n'étais pas bien dans ma peau et je me sentais si seule… si triste…

Elle comprit soudain que cela n'était pas très aimable pour son amie, qui s'était toujours trouvée à ses côtés.

— Oh, je suis désolée, Marina.

Celle-ci avait la gorge un peu serrée, en effet.

— Il ne faut pas. Je suis heureuse pour toi, même si je suis désormais condamnée à devenir une vieille femme solitaire…

Sa propre solitude lui serrait le cœur. Et Hester l'avait bien senti : le bonheur qu'elle venait de trouver allait la séparer de son amie.

— Nous ne nous quitterons pas vraiment, commença-t-elle comme pour conjurer le sort, et Starbotton est à un jet de pierre d'ici.

— Bien sûr… et puis ce sera peut-être l'occasion pour moi d'engager une dame de compagnie, si du moins, j'en trouve une qui parvient à me supporter…

— Oh, je voudrais tellement que tu sois aussi heureuse que moi !

Marina regarda son amie, ses pommettes rouges d'excitation, ses yeux noyés de rêve et elle se sentit aussi heureuse pour elle, qu'apitoyée sur son propre sort.

— Je serai si heureuse de vivre à Starbotton. Vraiment, je ne sais pas pourquoi je n'ai pas accepté l'amour de John plus tôt.

— Tu aurais bien dû, en tout cas, « l'essayer » plus tôt, lui dit Marina d'un ton calme, cela t'aurait évité de perdre ton temps et ta propre estime à l'auberge du Clair de Lune…

— Oh, Mari ! se récria Hester, rouge comme une pivoine.

— Quoi, ce n'est pas vrai ?

— Je suppose que si… Je me suis vraiment mal conduite, n'est-ce pas ?

— Bah ! Nul ne peut changer le passé. En revanche, rien ne t'empêche de te tourner vers un avenir respectable à présent. Tu seras lady Hester Teague de Starbotton Hall, intouchable comme l'est Laura en tant que duchesse de Cole et Glory entrera vivante dans la légende, pour n'en plus sortir…

Hester regarda son amie.

— Et toi, dans tout ça ?

— Moi, je me dévouerai pour mes bonnes œuvres.

— Tu as peut-être raison.

Hester poussa un lourd soupir.

— John m'a dit que le major Falconer a été envoyé ici par le ministre de l'Intérieur en personne, pour nous livrer à la justice. Il vaut mieux arrêter les raids.

— Où John a-t-il appris cela ?

Marina se sentit glacée de terreur. C'était pire que tout ce qu'elle avait imaginé.

— De la bouche même du major.

Comme la servante revenait, les deux amies se mirent à parler du futur mariage et du trousseau.

Un peu plus tard, alors que, la dernière bouchée avalée, Hester était retournée à Starbotton, Marina pensa avec mélancolie à sa propre situation, en buvant une seconde tasse de café.

Le beau visage de Nick Falconer s'imposa à son

esprit, avec ses traits fins et réguliers, sa bouche bien dessinée, son regard pénétrant. L'espace d'un instant, elle s'autorisa à se demander à quoi pouvait ressembler la vie en compagnie d'un homme comme lui ; partager les bons comme les mauvais jours, porter ses enfants, avoir quelqu'un à aimer, à chérir, quelqu'un en qui l'on pouvait avoir confiance… Elle savait que Nick ne pouvait être cet homme-là. Pas pour elle, pas dans cette vie. Dans une autre, peut-être…

Elle reposa sa tasse avec un profond soupir. Elle savait que Nick la questionnerait, dès aujourd'hui sans doute. C'était inévitable après les événements de la veille. Bien sûr, elle essaierait de se dérober, mais au final, il finirait bien par tout découvrir.

Et pourtant, malgré l'étrange désir qu'elle avait de lui faire confiance, contre toute logique, il lui suffisait d'un seul regard sur le visage radieux d'Hester pour comprendre qu'elle devait, coûte que coûte, protéger ses *Glory Girls*. Soit, ses secrets seraient percés à jour, puisque cela semblait inévitable, mais elle ferait tout pour qu'Hester et Laura restent à l'abri des soupçons.

Elle se leva de table. C'était encore une belle journée, propice aux travaux du jardin. S'il y avait un lieu sur terre où elle pouvait trouver un peu de paix, c'était bien là.

Quand Nick Falconer viendrait, il la trouverait prête à se défendre.

— Madame Osborne ?

C'était la fin de l'après-midi, les ombres s'allongeaient déjà et Marina était dans la serre du mur sud, à rempoter des graines de marjolaine. Elle sursauta en entendant la voix de Nick et se retourna vivement, renversant un peu de compost sur le sol. Soudain, la serre lui parut petite et étouffante. Pourquoi n'avait-elle pas pris la peine d'ouvrir l'un des vantaux ? A présent, elle se sentait embarrassée par la sueur sur son front et la terre sur ses doigts. Elle se sentait horrible. Ses cheveux étaient retenus par un vieux foulard noué et elle portait une vieille robe d'un ton verdâtre à force d'être passé.

En fait, elle avait fini par se persuader qu'il ne viendrait pas la voir aujourd'hui, et avait même caressé l'espoir qu'il la laisserait tranquille. Elle aurait pourtant dû savoir qu'il n'abandonnerait pas si facilement. Après tout, il prenait ses ordres du secrétaire d'Etat à l'Intérieur en personne, qui lui avait donné pour mission d'élucider l'énigme de la mort de Rashleigh et de mettre fin aux activités de Glory.

« Il faut lui mentir », lui avait conseillé Hester, au tout début. Mais jour après jour, heure après heure, la capacité de Marina à mentir à cet homme avait été battue en brèche par le désir qu'elle avait pour lui et par cet incroyable, illogique besoin de lui faire confiance. Il était très fort : il parvenait presque à lui faire oublier le passé et même la certitude qu'il utilisait contre elle les sentiments qu'elle éprouvait pour lui. La veille, au bal, elle avait encore ressenti puissamment cette attirance et s'était souvenue de leur baiser près de la rivière, de la faim qu'elle avait eu de ses caresses. Quand il l'avait prise dans ses bras, dans la voiture, elle avait été tout près de succomber.

Plus tard, lors de l'attaque des *Glory Girls*, la violence de sa réaction quand elle avait vu les poignets de Nick entaillés lui avait fait soudain comprendre que l'attirance qu'elle ressentait pour lui était bien plus profonde et bien plus dangereuse que ce qu'elle avait cru.

A présent, elle se sentait prise au piège dans sa serre, dont il barrait la porte de sa haute silhouette, les bras croisés, magnifiquement viril et redoutable. Marina avait l'impression que le sol se dérobait sous ses pieds.

Elle s'éclaircit la gorge.

— Major Falconer… Je n'attendais pas votre visite, mentit-elle.

— Je suis venu directement, sans passer par la maison. Je voulais vous voir seule. J'espère que vous êtes bien remise de notre… aventure d'hier ?

— Oui, je vous remercie.

Sa propre voix lui paraissait peu naturelle, comme celle d'une jeune fille impressionnée par la présence d'un bel homme. Elle essuya machinalement son front de sa main et sentit glisser une bretelle de sa vieille robe verte. Embarrassée, elle la remit en place, mais Nick avait eu le temps de voir un éclair de peau nue et la lueur qui passa dans ses yeux trouva un troublant écho en elle.

Il fit un pas dans sa direction et l'estomac de Marina se noua à la fois d'inquiétude et d'excitation.

— J'ai attendu longtemps, reprit-il, pour voir mes soupçons confirmés…

Elle recula, mais son dos rencontra les étagères de la serre.

Doucement, presque négligemment, il fit glisser de nouveau la bretelle de sa robe. C'était un geste très intime, comme s'il la déshabillait.

— Donc, madame Osborne, de Peacock Oak, est une personne tout à fait respectable…

D'un doigt sous le menton, il la força à relever la tête.

— Mais si nous parlions un peu de Molly, la putain de La Poule et Le Vautour ? C'est drôle, elle avait, comme vous, des taches de rousseur juste ici…

Il posa son doigt sur son épaule et elle se sentit frissonner. Elle était vraiment prise au piège, cette fois, et de toutes les manières possibles ; elle ne pouvait plus bouger. Pas davantage nier, d'ailleurs.

— Vous savez et je sais aussi, reprit-il, que Molly ce soir-là, c'était vous… et je vous ai poursuivie jusqu'ici pour le prouver.

Marina sentait ses jambes sur le point de se dérober sous elle. La chaleur, dans cette serre, lui paraissait soudain insoutenable. Elle ne pouvait plus respirer. Même si elle avait toujours su qu'il la soupçonnait, en avoir la confirmation la pétrifiait de terreur.

— Je ne sais pas de quoi vous voulez parler.

Il eut un rire bref.

— Bien sûr ! Mais j'ai un moyen simple de le vérifier de nouveau. Car figurez-vous que vous embrassez exactement comme cette Molly. Il faut croire qu'il y a, dans les baisers, comme une honnêteté que l'on ne peut dissimuler. Il me suffirait de reprendre votre bouche pour en avoir le cœur net.

Le souffle de Marina s'accéléra à ces paroles. Il était si proche qu'elle pouvait sentir le sien sur ses lèvres. A la différence d'elle, il respirait tout à fait calmement et régulièrement.

Elle passa mentalement en revue, à toute vitesse, les

choix dont elle disposait. Elle pouvait continuer à nier, mais il n'allait vraisemblablement pas être long à la confondre. Elle pouvait aussi admettre la vérité, mais c'était alors le début de graves ennuis, qui la mèneraient peut-être à l'échafaud.

Ou encore, elle pouvait continuer à le défier, lui dire de l'embrasser s'il l'osait. C'était peut-être alors risquer le tout pour le tout.

Le menton haut, elle le regarda droit dans les yeux.

— Eh bien, allez-y, vérifiez.

Elle vit ses yeux s'agrandir de surprise, puis le désir y flamboyer. Il prit son menton entre ses doigts, comme il l'avait fait ce soir-là, à la taverne. Quand ses lèvres ne furent plus qu'à quelques centimètres des siennes, elle ferma les yeux.

Sa bouche couvrit la sienne, le cœur de Marina bondit dans sa poitrine et tout de suite, une formidable vague de plaisir, d'une insupportable douceur, l'envahit.

Elle avait posé une main sur son torse, pour le repousser, mais voilà qu'elle le caressait, au contraire. Elle savait qu'elle faisait une erreur, qu'elle perdait tout contrôle mais la magie de ce baiser annihilait sa raison. L'odeur de Nick se mêlait aux lourds parfums des fleurs de la serre et l'enivrait. Les souvenirs des baisers précédents, celui de la taverne et celui de la rivière, se mêlaient au goût de celui-ci. Bien loin de repousser cet homme, elle l'attira contre elle.

La main de Nick glissa sur sa gorge.

— Vos lèvres ont toujours le même goût, lui murmura-t-il. Si doux…

— Non…

— Si.

Et il reprit sa bouche. Elle goûta sa langue avec une faim profonde, une ardeur qu'elle ne pouvait dissimuler. Il baissa plus encore la bretelle de sa robe et pencha la tête pour embrasser ses taches de rousseur tandis que sa main allait chercher un sein et que son pouce jouait avec sa pointe dressée. Marina gémit de plaisir et sentit encore ses genoux se dérober sous elle.

— Vous avez perdu, lui murmura-t-il.

— Non, répondit-elle sur le même ton. Cela ne signifie rien.

— Le même baiser, le même, toujours…

Titillant toujours la pointe de son sein, il lui mordilla doucement l'oreille.

— Allons, admettez-le, Marina. Et dites-moi la vérité.

Oh, elle en était bien tentée. Sous le charme, séduite, conquise, elle voulait désespérément lui faire confiance. Comme il était simple de marcher à l'échafaud !

— Je n'ai rien à vous dire, à part que vous me troublez beaucoup, mais cela ne doit pas vous surprendre, puisque cela fait trois semaines que vous me tourmentez !

Il rit, d'un long rire masculin triomphant, et reprit sa bouche avec fureur, avec exigence.

— Je me demandais quand vous alliez enfin oublier de porter une robe boutonnée jusqu'au cou, murmura-t-il ensuite à son oreille. Vous avez de si jolies taches de rousseur sur les épaules… je désespérais de les revoir un jour. Si nous n'avions pas été interrompus, au bord de la rivière, ou bien hier, en voiture, je crois que je vous aurais arraché votre toilette pour le vérifier…

Marina se redressa un peu. Ses lèvres brûlaient, des

baisers de Nick, mais son cœur, lui, saignait à cause de cette séduction menée à bien, mais cyniquement calculée.

— Je pense que vous me prenez pour une autre, lui dit-elle.

— Vous savez bien que non, répondit-il.

Il la maintenait toujours serrée contre lui, elle pouvait sentir son érection contre son ventre, noué par le désir.

— Vous pouvez bien jouer ce jeu très longtemps, vous savez, reprit-il, tout le plaisir est pour moi… Mais vous ne me convaincrez pas.

— Et vous, vous ne me ferez pas confesser quelque chose que je n'ai pas commis.

— Vous avez déjà avoué.

Il s'écarta un peu et la scruta de ses yeux sombres.

— Votre réaction quand je vous ai accusée n'était pas celle d'une innocente.

— Parce que vous me harcelez, voilà tout.

— Bien sûr ! Mais voilà, vous n'êtes pas très convaincante. Pour une criminelle, vous êtes une assez piètre dissimulatrice, madame Osborne.

Marina craignait bien qu'il ait raison.

— Vous ne pourrez jamais rien prouver. Essayez toujours… Jusque-là, bonsoir, major Falconer.

Il rit.

— Tiens donc, vous me renvoyez ?

Marina soutint son regard, d'un air aussi méprisant qu'elle le put.

— Bien sûr. Vous n'avez pour étayer votre thèse que des taches de rousseur et ma prétendue réponse à un baiser. C'est un peu léger…

Nick dispersa entre ses doigts un peu de terreau, tombé d'un pot.

— Je sais que vous mentez, dit-il lentement. Feu M. Osborne n'a jamais existé.

Le cœur de Marina reprit sa course folle. La panique la saisit soudain à la gorge. Il avait mené son enquête, bien sûr. Peut-être en savait-il bien davantage que ce qu'il prétendait. Mais jusqu'à ce qu'il lui révèle l'exacte étendue de ce qu'il avait appris, elle ne changerait pas de tactique. Cinq vies dépendaient de son silence.

— Je ne comprends toujours pas de quoi vous parlez.

— Vous comprenez très bien. Vous n'êtes pas Mme Osborne, la veuve vertueuse. Nous savons tous deux quelle est la mesure exacte de votre vertu.

Marina soutenait son regard, en essayant de deviner ce qu'il savait exactement.

— Je crois que vous avez beaucoup d'imagination et que vous prenez vos désirs pour des réalités, major Falconer, lui dit-elle aussi fermement qu'elle le put. Comme je le disais, à moins de pouvoir prouver ce que vous avancez, je vous suggère de me laisser tranquille.

Le silence qui suivit était lourd de menaces. Marina retenait son souffle. Enfin, Nick hocha la tête.

— Très bien, dit-il, et il eut un rire bref. Vous avez des nerfs d'acier, il faut vous reconnaître cette qualité.

Il s'inclina en un petit salut moqueur.

— Je vous laisse. Mais je reviendrai et alors, vous n'aurez plus rien à me refuser. Au revoir, madame… Osborne.

Ce ne fut que lorsqu'elle fut certaine qu'il était bien parti que Marina s'autorisa à remettre en place les pots qui avaient été bousculés dans leur rencontre. Il avait fini par s'en aller !

Mais il reviendrait. Il répondrait au moindre nouveau défi. Jamais il n'abandonnerait. Marina savait qu'elle n'avait pas la moindre chance de gagner la partie.

Marina pensa à Nick Falconer tout le début de soirée et pendant le dîner qu'elle prit seule, Hester n'étant toujours pas rentrée. Elle réfléchit, examina tous les aspects du problème et en vint à la conclusion qu'elle devait quitter Peacock Oak discrètement, pour une retraite, où il ne pourrait retrouver sa trace. Elle s'était déjà inventé une identité et pouvait s'en recréer une autre. Il lui fallait seulement du courage. Mais elle garderait sa liberté et ses « complices », puisqu'il fallait bien les appeler ainsi, ne seraient pas inquiétés.

— Excusez-moi, madame…

— Oui, Betty ?

— J'ai trouvé ce billet, glissé sous la porte. Je ne sais pas depuis combien de temps il y était.

— Merci.

Marina ouvrit le pli pendant que la jeune servante quittait tranquillement la pièce. Lorsque les premiers mots lui apparurent, elle comprit, avec un coup au cœur, que c'était une autre lettre anonyme. La troisième.

Tu m'appartiens, à présent que Rashleigh est mort. Retrouve-moi à minuit à la gloriette du parc, où je me vengerai sur les autres. Je sais tout de toi et des Glory Girls, également. De si grandes dames, se conduire de façon aussi scandaleuse ! Tu ne pourras racheter leurs actes qu'en devenant ma propriété.

Marina repensa à sa conversation avec Nick. Elle l'avait renvoyé en lui disant de ne pas la déranger tant qu'il n'aurait pas de preuves contre elle. C'était un défi et il y avait répondu.

Tu m'appartiens, à présent que Rashleigh est mort. Qui d'autre que lui aurait pu écrire une telle phrase ? Il était l'héritier du comte. Elle était donc bien sa propriété. La première lettre anonyme était arrivée le même jour que lui. Il avait joué avec elle comme le chat avec la souris, en attendant son heure. Et son heure était arrivée.

Une fois déjà, un homme lui avait offert un marché : la liberté de sa famille contre son servage, à elle. Elle n'avait guère eu le choix et avait dû payer le prix fort. A présent, un autre lui proposait ce terrible marché et elle savait que ce devait être Nick. Il ne faisait pas mystère, depuis le début, de ce qu'il recherchait. Il ne faisait pas que la désirer, il voulait aussi la soumettre. Il lui avait offert une chance d'avouer la vérité et elle l'avait refusée. A présent, il abattait son jeu. Rashleigh avait dû lui parler d'elle, comme elle l'avait redouté.

Marina songea qu'il avait été envoyé par le secrétaire d'Etat à l'intérieur, mais qu'il le trahissait, lui aussi. C'était bien décevant, décidément. Il était un officier de l'armée. N'aurait-il pas dû être du côté de l'ordre et de la loi ? Allons, il était bien du même sang que l'immonde Rashleigh.

Il savait tout d'elle et tout de ses complices. Il tenait leur vie entre ses mains : Hester, qui venait enfin de trouver le bonheur auprès de John Teague. Laura, qui cachait sa terrible solitude derrière la splendide façade de la duchesse de Cole. Josie, qui avait lutté toute sa vie pour se faire sa place. Toutes les trois l'avaient accueillie, acceptée quand elle n'était encore qu'une simple fugitive. A présent, elle était la seule à pouvoir les sauver, les protéger de ce Nick Falconer, qui était censé être un homme d'honneur et qui se livrait pourtant au plus lâche des chantages.

Elle pensa un instant au pistolet qu'elle cachait dans le tiroir de son bureau, mais y renonça tout de suite : qui pouvait dire si, une fois débarrassée de son maître chanteur, un autre ne prendrait pas sa place ? Déjà, la mort de Rashleigh n'avait rien résolu. Sans doute avait-il, auparavant, prévenu Nick et peut-être d'autres aussi. Une esclave pouvait bien fuir toute sa vie, elle avait toujours un maître qui l'attendait, quelque part.

Elle se leva, en lissant machinalement sa robe. Elle se sentait étrangement détachée, comme glacée à l'intérieur.

Elle l'avait déjà fait, ce n'était pas la première fois. Elle s'y était pliée, lorsque Rashleigh l'y avait obligée. Elle pouvait recommencer. Elle pouvait se donner à Nick pour sauver ses amis.

Elle regarda la pendule. Il était presque 9 heures du soir et c'était une belle soirée d'été. Elle en avait trois devant elle pour continuer à se persuader que la seule chose importante était de sauver Hester, Laura et les autres. Il y avait, profondément enfoui en elle, quelque chose d'indomptable que nul ne pouvait atteindre, même pas cet homme avec son désir bestial.

« Vous êtes ma propriété. »

Comme Rashleigh, il pouvait prendre son corps, mais pas son âme, jamais.

Sauf que…

Sauf qu'elle avait bien peur de ne pas pouvoir se « fermer » entièrement à Nick comme elle l'avait fait avec le comte. Car Nick, lui, avait su faire tomber toutes les défenses qu'elle avait érigées autour d'elle. Elle l'avait désiré et avait même désiré lui faire confiance.

Elle avait tant espéré qu'il n'était pas comme son cousin.

Marina ferma les yeux. Tout cela n'avait été qu'une illusion… Nick était comme Rashleigh et cette lettre le prouvait bien. Or si jamais elle tombait vraiment amoureuse de lui, comme elle le redoutait, alors son esclavage serait complet : son corps, mais aussi son âme serait enchaînée.

Il ne fallait pas que cela arrive.

Elle monta lentement l'escalier pour aller se préparer.

11

Fuchsia : passion.

Personne ne semblait rechercher la compagnie de Nick ce soir-là. John Teague bredouilla quelques excuses, expliquant qu'il devait rentrer au plus tôt à Starbotton, lord Henry, lui, prétexta une crise de goutte pour se retirer, et même Charles Cole ne lui offrit pas son verre habituel, mais préféra s'enfermer seul dans son cabinet de travail. Comme la nuit était douce, claire et étoilée, Nick décida de faire une promenade dans le parc avant de monter lui aussi se coucher.

Mais alors qu'il se trouvait près des écuries, il aperçut Henry Cole, apparemment guéri miraculeusement de sa goutte, se glisser hors du château en regardant furtivement derrière lui pour voir s'il n'était pas suivi.

Un peu plus tard, alors que Nick passait près de la cascade, il vit une ombre se glisser derrière les buissons. Il s'immobilisa un instant, aux aguets, mais comme il n'entendait rien, il reprit sa promenade, se dirigeant vers une gloriette qui se dressait à l'écart, au centre d'une pelouse. C'est alors qu'il aperçut Marina, accoudée à la balustrade de bois, qui regardait pensivement la cascade, les épaules et les bras nus, dans une robe diaphane au Clair de Lune.

Nick n'avait pensé qu'à elle depuis leur échange dans la serre, à son courage lors de l'attaque des *Glory Girls*, à sa détresse visible, ensuite, quand elle l'avait débarrassé de ses liens. Plus il y pensait, plus se livrait en lui une lutte sourde entre son instinct et ses soupçons. Il savait bien qu'elle lui mentait, mais elle était si profondément troublée que cela le faisait hésiter. Sous le sang-froid avec lequel elle avait repoussé ses accusations, il devinait un profond désespoir.

Nick savait qu'il était peut-être bien lui-même victime de son trouble et de son désir pour elle, qui obscurcissait son jugement. Pourtant, son instinct ne l'avait jamais tout à fait trompé. Il le poussait à prendre un énorme risque. Il était à présent déterminé à tout lui dire, à lui avouer la raison de sa venue à Peacock Oak, ce qu'il savait d'elle, ses soupçons, mais aussi à la supplier de lui faire confiance, de lui dire toute la vérité.

Et pourquoi ne pas le faire tout de suite ?

Il s'avança vers la gloriette.

Torturée par l'anxiété, Marina s'appuya à la balustrade peinte en blanc de la gloriette. Elle était arrivée au rendez-vous dès 23 heures et à présent, elle se sentait ridicule d'être tellement en avance. Il n'y avait personne dans la gloriette qu'elle avait elle-même dessinée et fait installer, à l'intention de Charles et de Laura. L'idée avait quelque chose d'amèrement ironique, car jamais le duc et la duchesse n'y avaient partagé un seul moment d'intimité, à observer les étoiles. Et la jolie petite construction allait servir à un usage pour lequel elle n'avait certes pas été prévue.

Le bassin et sa cascade étaient juste devant elle et le bruit de l'eau était presque assourdissant, dans le silence de la nuit. Au loin, dans les bois, retentissait le cri d'une chouette en chasse. Marina frissonna. Pour effectuer la sordide besogne à laquelle elle s'était résolue, elle avait choisi une robe beige qui laissait ses épaules et ses bras nus. Mais elle savait que ce n'était pas le froid qui la faisait trembler. La nuit était chaude. C'était l'angoisse et l'appréhension.

Il y eut des pas, sur l'escalier de bois et une silhouette s'avança vers elle. C'était Nick Falconer.

Le cœur de Marina se mit à battre, mais dans le même temps, elle se sentit profondément triste et désespérée, car elle avait maintenant la confirmation que Nick était bien son maître chanteur. L'homme qui voulait être son maître, lui reprendre sa liberté.

Un rayon de lune tomba sur son visage. Il ne montrait aucune expression particulière.

— Je savais que ce serait vous, lui dit-elle, mais j'espérais…

Elle s'interrompit. A quoi bon ? Peu importait ce qu'elle avait espéré de lui. Elle était prise au piège. Elle était sa propriété. Son esclave.

Elle frissonna de nouveau. Les terribles souvenirs du passé revenaient en force et semblaient s'enrouler autour d'elle comme autant de serpents visqueux.

Nick fit un pas vers elle.

— Comment saviez-vous que c'était moi ?

— Parce que vous êtes le cousin de Rashleigh.

Marina se disait qu'elle devait rester très calme, si elle voulait survivre. Verrouiller toute émotion et tout souvenir du passé. Comme autrefois. Se retirer de son propre corps pendant qu'on la prenait, pour ne pas, justement, être tout à fait prise. Elle regarda le sombre visage de Nick et la panique la saisit à la gorge. Cet homme-là n'était pas Rashleigh. Il avait su pénétrer ses défenses et envahir ses pensées. Elle ne pouvait espérer lui échapper complètement. Mais il le fallait. Elle ne devait pas lui laisser deviner sa vulnérabilité, ni l'attirance qu'elle avait pour lui. Elle avait beau n'être qu'une esclave, sa propriété, elle ne le laisserait pas la posséder corps et âme.

— Vous êtes son héritier, expliqua-t-elle. Lorsque j'ai reçu votre lettre, j'ai compris qu'il vous avait tout dit de moi ; qui j'étais et où me trouver.

Elle s'interrompit. Il ne répondait rien.

Elle songea aux derniers billets anonymes. Le plus urgent était de lui faire jurer qu'il tiendrait sa promesse.

— Vous ferez ce que vous avez dit ? Si je fais ce que vous voulez, vous tiendrez parole ?

Le visage de Nick restait impénétrable.

— Je tiens toujours mes promesses.

Elle n'avait plus aucune confiance en lui, mais n'avait pas le choix. Elle allait conclure avec cet homme un terrible marché, mais la seule chose qui importait, c'était qu'Hester, Laura et les autres seraient en sécurité. Marina pouvait les sauver et elle allait le faire.

— Si vous ne le faites pas…

Elle s'interrompit, submergée par l'émotion, puis reprit :

— Si vous ne respectez pas votre parole, je vous le ferai payer.

— Comment cela ? En me tuant, comme vous avez tué Rashleigh ?

— Je ne l'ai pas tué.

En prononçant cette simple phrase, Marina savait qu'elle avouait avoir été la Molly qui avait flirté avec lui à la taverne de La Poule et Le Vautour. Mais qu'importait ? Plus rien ne comptait, à présent.

— Dites-moi ce qui est arrivé, la pressa Nick. Dites ce qui s'est passé, la nuit de sa mort.

Marina se retourna vers la balustrade et y posa ses mains. Pourquoi pas, après tout ? Pourquoi ne pas tout lui dire ? Elle était déjà en son pouvoir. Et fatiguée de porter ce fardeau seule.

Elle sentit qu'il s'approchait, derrière elle, mais ne se retourna pas.

— Je ne l'ai pas tué, répéta-t-elle. Ce n'était pas moi.

— Qui, alors ?

— Je l'ignore. Rashleigh m'avait dit de le retrouver là-bas et aussi de louer une chambre de l'autre côté de la rue, pour que nous y parlions tranquilles. Je devais sortir de la taverne la première et lui devait me suivre.

— Votre perruque et votre masque ont été abandonnés près du corps pourtant.

— Ce n'est pas moi qui les y ai mis. Je m'en suis débarrassée dans la ruelle. Ils ne me servaient plus à rien. Rashleigh savait qui j'étais.

— Parce que vous étiez sa maîtresse ?

— Bien sûr ! Je m'étais déguisée, pour ne pas être reconnue par d'autres.

Il y eut un silence et Nick demanda :

— Pourquoi m'avoir abordé alors, et pris le risque de vous faire remarquer ?

Marina haussa les épaules.

— Pour me donner une contenance, avoir un comportement cohérent avec le lieu et l'heure. Mais si j'avais su qui vous étiez…

— Oui ?

— Ce n'est pas vous que j'aurais choisi.

Ce n'était pas tout à fait exact et Marina le savait. Depuis cette fameuse nuit, elle s'était sentie attirée par Nick. Mais il n'était plus question de le lui dire. Elle savait qu'il fallait lui interdire l'accès à ses pensées les plus secrètes.

Il ne fallait pas qu'il apprenne à trop bien la connaître, car il n'hésiterait pas à se servir de ses confidences pour la faire souffrir. Non, elle devait, au contraire, le tenir à distance à tout prix.

Il soupira.

— J'ignorais que Rashleigh vous avait parlé de moi, reprit-elle. Ce n'est que lorsque vous êtes arrivé à Peacock Oak et que j'ai reçu vos lettres anonymes que j'ai compris.

Elle tourna légèrement la tête dans sa direction.

— C'est la vérité, n'est-ce pas ? C'est bien pour cela que vous étiez à la taverne, ce soir-là ?

— Je devais le rejoindre.

Marina se sentait au bord de la nausée. Elle connaissait bien Rashleigh et devinait les jeux sordides auxquels il avait dû vouloir la soumettre en invitant son cousin à une rencontre avec son ancienne esclave. La forcer à lui donner du plaisir, par exemple, tandis que son invité regardait… Elle pouvait presque l'entendre lui en donner l'ordre et avait envie de mettre ses mains sur ses oreilles, pour se fermer aux fantômes de cette voix. C'était insupportable.

Nick lui mit la main sur le bras et elle sursauta comme si on l'avait brûlée.

— Je lui ai dit d'attendre quelques instants avant de me rejoindre, reprit-elle. Je suis allée à la chambre et je l'ai attendu, mais il n'est pas venu. Puis j'ai entendu des rumeurs et des cris dans la rue, alors j'ai compris ce qui venait de se passer et…

— Et vous vous êtes enfuie.

La voix de Nick était neutre, mais Marina ne se sentait pas moins sur la défensive.

— Oui…

Elle se força au calme.

— Et j'ai eu peur… Cela pouvait passer pour une dispute entre…

— Entre deux amants ?

— Si vous voulez. J'ai été sa maîtresse…

Utiliser ces mots-là pour qualifier l'immonde relation que Rashleigh lui imposait la rendait malade.

— … mais il y avait longtemps que nous ne nous étions plus vus.

— Combien de temps ?

— Sept ans.

— Et comment cela s'était-il terminé ? Comment l'avez-vous quitté ?

Marina savait qu'elle ne pouvait pas lui dire la vérité. Si elle lui avouait s'être enfuie, il voudrait savoir pourquoi. Et puis, il y avait l'argent qu'elle avait dérobé à Rashleigh. Cela aussi pouvait la mener tout droit en prison, sinon à l'échafaud. Mais plus grave encore, si elle lui révélait tous les secrets de cette terrible nuit, elle savait que l'émotion l'emporterait comme une vague et que son passé la submergerait. Elle en avait dissimulé les hideuses images pendant sept ans, au plus profond d'elle-même. Mais elle savait que les verrous imposés par sa volonté ne résisteraient pas à l'assaut du souvenir. Tout ce qu'elle était, tout ce qu'elle avait patiemment construit menaçait de se désintégrer devant ses yeux. Il ne fallait pas. Elle devait mentir.

— Ne vous a-t-il pas raconté comment nous nous sommes quittés ?

Elle attendit la réponse, le souffle court, priant pour que Rashleigh ait été assez vaniteux pour dissimuler à son cousin comment sa « chose » avait osé s'enfuir en le volant.

— Non, il ne m'a dit que très peu de choses sur vous.

Un grand soulagement s'empara d'elle. Ainsi, elle pourrait tenir les terribles souvenirs à distance.

— Il m'a octroyé une rente. Il s'est montré très généreux.

Il y eut un silence, que Nick rompit au bout de quelques secondes.

— Il vous a donné de l'argent ?

Il y avait une grande incrédulité dans sa voix et Marina se mit à craindre de ne pas être parvenue à le convaincre.

— Je... je suis surpris. Je ne savais pas qu'il pouvait se montrer généreux envers une ancienne maîtresse.

— Nous avions tous deux épuisé… l'attrait que nous avions éprouvé l'un pour l'autre, mentit un peu précipitamment Marina. Alors il m'a donné de l'argent pour que je puisse vivre tranquillement à la campagne, ce que j'ai fait.

Un lourd silence retomba entre eux. Marina n'était pas bien sûre que Nick la croyait. Par bonheur, Rashleigh ne s'était pas vanté de sa mésaventure. Dans son silence résidait peut-être son salut.

— Ainsi, vous vous êtes séparés par convenance mutuelle ?

— Tout à fait.

Marina planta profondément ses ongles dans ses paumes. Sa haine de Rashleigh l'étranglait comme une bile amère. Elle ne supportait pas d'avoir à parler ainsi de leur relation.

— Vous savez, major Falconer, échapper à la pauvreté et devenir la maîtresse d'un homme riche est le rêve de beaucoup de femmes…

Cela n'avait pourtant pas été le sien. Rashleigh l'avait choisie, sélectionnée plutôt, comme une pouliche, en alignant les serfs devant lui après la mort de son père. Elle n'avait que dix-sept ans alors mais elle avait compris que son sort était scellé. Rashleigh prenait un plaisir pervers à abîmer la petite fille bien sage à qui son père avait donné, par caprice, une bonne éducation.

Elle fut obligée de presser sa main contre sa bouche pour ne pas crier. Les planches de la gloriette craquèrent de nouveau derrière elle : Nick s'était approché de quelques pas.

— Il vous a accordé une rente, très bien, mais pourquoi, au bout de sept ans, a-t-il voulu vous retrouver ?

Marina se força à sourire, en espérant que l'effet en était convaincant.

— Une sorte… de réunion, je suppose. Je crois qu'il voulait me parler d'une affaire… me proposer une sorte d'association. Peut-être renouer un peu, aussi…

Elle sentait les larmes retenues lui piquer les paupières. Marina se doutait, en fait, de ce que Rashleigh avait voulu ce soir-là… Il l'avait recherchée durant toutes ces années dans le seul but de prendre enfin sa revanche. Il lui avait écrit qu'il savait où elle se cachait et que si elle ne venait pas, il dévoilerait au monde qui elle était vraiment, et la ferait pendre. Il lui avait également indiqué clairement qu'il était au courant des méfaits des *Glory Girls*. Alors, elle avait accepté de le voir, pour trouver un « arrangement » avec lui, exactement comme, à présent, elle cherchait à en obtenir un avec Nick, pour empêcher la vérité d'éclater au grand jour et ses amis, de tout perdre à cause d'elle.

Le silence se prolongeait entre eux, insupportable. Soudain, elle le sentit juste derrière son dos. Quand il posa ses mains sur le haut de ses bras, elle frissonna. Mais ce n'était pas un frisson de répulsion. Nick avait sur elle un effet que Rashleigh n'avait jamais pu obtenir pour son compte. Il éveillait en elle des sensations qu'elle ne comprenait pas, qui l'effrayaient et qu'elle ne pouvait contrôler.

— Alors vous êtes venue chercher un nouvel arrangement avec le successeur de Rashleigh…

Il se pencha et effleura de ses lèvres le cou de Marina.

— Vous avez reçu des lettres, et vous voulez vous donner à moi…

L'esprit de Marina se révoltait contre cette idée mais son corps, le traître, exultait. Toute la tragédie de l'affaire était qu'elle savait qu'elle aurait pu admirer cet homme et même l'aimer, si seulement il avait eu le sens de l'honneur et l'intégrité qu'elle avait cru deviner en lui. Mais il s'était révélé aussi vénal et pervers que Rashleigh lui-même. Un monstre qui ne répugnait pas au chantage pour obtenir d'elle ce qu'il désirait et qui dissimulait sa véritable nature sous une façade respectable.

Elle se sentait trahie, bafouée, flouée, mais elle était son esclave. Elle lui appartenait.

— Ou… Oui, balbutia-t-elle, bien près d'être submergée par l'émotion.

Il la fit se tourner vers lui et le regarder. Ses mains étaient chaudes sur ses bras nus et lui procuraient des frissons dans tout le corps.

— Vous ferez tout ce que je demanderai ?

— Oui.

Il prit soudainement sa bouche dans un baiser sauvage, à couper le souffle.

— Je vous veux, Marina, grogna-t-il, la voix rauque. Corps et âme.

Elle recula, les bras tendus devant elle comme un fragile rempart.

— Mon corps est à vous, je vous l'ai promis. Pourquoi demander plus ?

— Parce que je veux tout de vous, je vous l'ai dit.

Il s'approcha de nouveau, tout près. Si près qu'elle sentait son souffle chaud sur elle.

— Vous êtes-vous donnée corps et âme à Rashleigh ? demanda-t-il plutôt sèchement.

— Non, et il ne l'a pas demandé.

Il se moquait bien de son âme, lui, puisqu'il avait son corps.

— Eh bien, moi je ne suis pas comme mon cousin.

Une main à sa taille, il l'attira à lui. Elle pouvait sentir son sexe dressé contre elle.

— Je vous désire depuis la première fois où je vous ai vue, lui dit-il dans un souffle. Et je veux tout de vous, tout.

— Je vous ai fait exactement la même offre qu'à Rashleigh, répliqua-t-elle, le menton levé. C'est un arrangement, un marché. Si cela ne vous suffit pas…

Elle ne termina pas sa phrase. Avec un grognement, il la pressa contre lui, sa bouche recouvrit la sienne et son baiser se fit exigeant et possessif.

Marina n'avait pas eu l'intention de résister, mais plutôt de le laisser lui faire ce qu'il voudrait, en le supportant stoïquement. Mais ce n'était pas ce qui était en train de se passer. Tout en elle se fondait dans une brume rouge de passion, et le désir qu'elle avait de lui obscurcissait tout le reste.

Leurs langues se mêlèrent et il poussa, du fond de la gorge, une sorte de grognement rauque de satisfaction.

Pour Marina, ce fut comme si des flammes la léchaient puis la dévoraient, dans un concert de sensations qu'elle n'avait encore jamais éprouvées. D'abord, elle lutta contre elles, puis elle s'abandonna à ce tourbillon.

La bouche de Nick était brûlante sur la sienne. Ses mains couraient sur son corps. Il s'arrêta sur l'un de ses seins dont il agaça la pointe du bout des doigts. Marina eut un petit sursaut de surprise, qu'il mit à profit pour approfondir leur baiser. Puis il s'écarta brusquement et elle en fut si surprise qu'elle vacilla.

— Défaites vos cheveux.

D'une main tremblante, elle défit son chignon à la grecque. Quelques aiguilles tombèrent sur le sol. Derrière elle, la cascade chantait toujours, argentée dans le Clair de Lune. Sa brune chevelure ruissela sur ses épaules et dans son dos.

— C'est mieux, murmura-t-il. J'ai toujours eu envie de vous voir comme ça.

Il s'approcha de nouveau, plongea une main dans ses cheveux et l'attira à lui avec force. Sa paume, sur la joue de Marina, était chaude et un peu dure. Tout le corps de Marina acquiesçait à ses caresses. Mais quand il avança sa main pour déboutonner sa robe, elle eut un mouvement de recul.

— Ici ?

— Pourquoi pas ?

Elle ne voyait pas l'expression de son visage, resté dans l'ombre. Mais ses doigts ne restèrent pas inactifs : un deuxième bouton s'ouvrit.

— Je vous veux nue dans cette cascade.

— Mais… On pourrait nous voir.

— Cela ne vous dérangeait pas beaucoup, la dernière fois…

Un troisième bouton, puis un quatrième.

— Tournez-vous.

Elle obéit, tandis qu'il la regardait intensément, en silence. Marina sentait battre son cœur si follement contre ses côtes qu'elle se demandait si son corsage n'allait pas céder. Elle suivit des yeux cette main qui continuait tranquillement son travail et bientôt, alors que sa robe tombait sur ses hanches, elle s'en débarrassa sans même dire un mot. Elle était comme ivre de l'atmosphère de sensualité qu'il avait su créer entre eux. Il ne lui était même plus loisible de penser.

De nouveau il s'écarta, le visage masqué par l'ombre.

— Enlevez votre combinaison, lui dit-il. Enlevez tous vos vêtements.

Marina frissonna. Le brouillard de sensualité se dissipait et elle avait froid, tout à coup. Rashleigh lui avait souvent dit ces mots-là. En tremblant, elle s'énerva sur les rubans de ses jupons. L'air frais de la nuit caressait sa peau et faisait durcir ses seins encore davantage. Les yeux fermés, elle fit glisser ses derniers voiles, se forçant à demeurer impassible.

Quand elle rouvrit les yeux, elle vit qu'il la regardait. Ce regard sur elle la brûlait encore davantage. Puis il colla son corps contre le sien et sa bouche prit la sienne avec une violence qui la fit trembler.

Il la souleva dans ses bras et la porta non pas vers la cascade, mais au fond de la gloriette, où une banquette munie de coussins avait été installée dans un recoin sombre. Là, on n'entendait presque plus le chuintement de l'eau. Un rayon de lune passait à travers le treillage et se découpait sur le sol. Nick déposa Marina sur les coussins et il s'écarta d'elle un instant, pour se débarrasser de ses propres vêtements. Etrangement, Marina se sentait plus libre à présent. Plus détachée. Ce serait vite terminé. Elle avait très vivement désiré cet homme, mais pas de cette manière, pas comme avec Rashleigh.

Pourtant, quand il la rejoignit sur leur couche improvisée, qu'elle sentit son corps dur et chaud contre le sien, les flammes de la passion se rallumèrent en elle.

Il caressa ses seins, ses hanches et elle se trouva en contact, tout à coup sans barrière, avec son sexe érigé.

Une furieuse bataille se livrait en elle ; une part d'elle-même goûtait le plaisir de ses baisers, mais une indicible terreur l'envahissait néanmoins. Un instant auparavant, elle avait encore l'impression de pouvoir se protéger de lui, de garder au moins la tête froide, mais à présent, son propre désir l'en empêchait. Une seconde encore et tandis qu'il posait sa bouche sur une pointe de sein, sa cuirasse volait en éclats. Et pourtant, elle ne supportait pas que cela se passe ainsi, pas comme ça, pas comme avec Rashleigh, c'était intolérable. Ce n'était plus Nick, là contre elle, c'était Rashleigh, encore, toujours ! Elle en frémissait de répulsion.

Il le sentit. Ses mains, qui couraient sur elle une seconde auparavant, s'immobilisèrent complètement. Puis il fit quelque chose de très inattendu : il écarta très doucement les cheveux de son visage et ses doigts s'attardèrent sur sa joue.

— Marina ? murmura-t-il tout bas.

Etonnamment, il y avait une tendresse infinie dans sa voix.

Les dernières défenses de Marina volèrent en éclats. Rashleigh ne lui avait jamais témoigné la moindre attention. Il se moquait bien de ce qu'elle pouvait ressentir. En murmurant son nom, Nick avait réveillé ses émotions. Elle ne sentait plus seulement avec son corps, mais aussi avec son cœur. Et c'était terriblement douloureux. Paradoxalement, le fait que Nick ait des attentions pour elle, alors que la situation était aussi sordide, la bouleversait. Elle ne pouvait le supporter.

— Non !

Elle lutta pour lui échapper, pour s'asseoir sur la banquette, désorientée par l'obscurité et par ce qui lui arrivait. Fébrilement, elle posa les pieds sur le plancher, tout en saisissant ses vêtements. Il lui fallait quelque chose, n'importe quoi, pour couvrir sa nudité. En faisant passer le bout de tissu par-dessus sa tête, elle s'aperçut qu'elle avait pris la chemise de Nick. Son odeur y était imprégnée.

Tant pis. Cela irait. Elle se dirigea en vacillant vers la porte de la gloriette.

— Attendez !

Nick était derrière elle. Il posa la main sur son bras. Elle se dégagea vivement. Il la lâcha. C'était tout ce qu'elle voulait. Elle se mit à courir. D'instinct, sans même voir où elle allait, elle se rua à travers le parc aux cerfs, vers la petite porte qui donnait accès au jardin de Peacock Cottage. Elle ne s'arrêta pas de courir, tant qu'elle ne fut pas dans sa chambre, où une chandelle brûlait toujours, proche de l'extinction. Marina arracha la chemise de Nick et la lança dans un coin. Nue, elle se regarda dans le miroir en pied. Son corps semblait si innocent, encore. Comment se pouvait-il qu'il fût si plein d'une connaissance sordide, le répugnant secret dont elle avait tellement honte qu'elle aurait pu crier quand il revenait à sa mémoire. Oui, comment pouvait-on être aussi abîmée de l'intérieur et que cela ne puisse pas se voir ?

Et comment avait-elle cru que le passé pouvait s'oublier ?

Jamais, non jamais, personne ne devait apprendre la vérité. Nick, encore moins que d'autres.

Il y eut un bruit, quelque part en bas, et elle se retourna vivement, effrayée que Nick ait pu la suivre. Mais on n'entendait plus rien d'autre que la pendule, qui venait de sonner minuit. Soudain, la chandelle s'éteignit. Marina se glissa sous ses couvertures et se pelotonna dans son lit. Si seulement l'obscurité avait pu se faire en elle, aussi !

Nick Falconer resta longtemps seul et silencieux dans la pergola. Il s'était rhabillé lentement, bien qu'il lui manquât sa chemise. Il pouvait sentir le parfum de Marina sur sa peau et gardait en lui le souvenir de son corps. Le désir qui l'avait consumé commençait à se retirer doucement, comme à regret. Il retrouva la robe de la jeune femme, y enfouit son visage et respira son odeur. Le désir n'était pas parti si loin que cela…

Il ne comprenait pas pourquoi elle s'était tout à coup enfuie, alors qu'il avait bien senti son trouble et qu'il avait suspendu ses caresses pour la rassurer. Elle avait couru comme si elle avait le diable à ses trousses. S'il n'avait pas su qu'elle avait une certaine expérience en la matière, il aurait pu croire qu'elle avait eu peur. Mais cela n'avait aucun sens : l'ex-maîtresse de Rashleigh était probablement tout aussi débauchée et perverse que lui. Elle ne pouvait pas être une vierge rougissante.

Nick avait été surpris de trouver Marina à la gloriette à cette heure de la nuit, mais il avait rapidement compris qu'elle le prenait pour quelqu'un d'autre, quelqu'un qui, apparemment, avait anonymement arrangé un rendez-vous avec elle et qui connaissait, lui, sa véritable identité. La jeune femme lui avait révélé beaucoup de choses, sans se douter un instant qu'elle se trompait d'interlocuteur.

A présent, Nick avait la confirmation qu'elle avait été la maîtresse de Rashleigh et qu'elle y avait trouvé son compte, au moins financièrement. S'il ne l'avait pas entendu de sa bouche même, jamais il ne l'aurait cru, tant cela cadrait mal avec la Marina Osborne qu'il croyait commencer à connaître. Il fallait croire que son instinct l'avait trahi et que son désir l'avait aveuglé.

Peut-être était-elle fille de domestiques et peut-être cette liaison lui avait-elle donné le moyen d'échapper à sa condition, Rashleigh et elle ayant pu, alors, trouver dans cet arrangement à la fois du profit et un plaisir mutuel.

Nick serra les dents. Il ne servait à rien de se masquer la vérité : elle n'était qu'une putain, âpre au gain et sans vergogne, et non la douce image qu'il s'était forgée. D'ailleurs, ne l'avait-il pas su dès leur première rencontre, à la taverne ? Il n'était qu'un imbécile, roulé dans la farine par une quelconque fille de mauvaise vie.

Pourtant, au départ, lui aussi avait joué un rôle ; pour recueillir les informations qu'il recherchait. Puis il avait oublié ses motivations, son devoir, ses principes, tout ce qui n'était pas Marina et l'attirance qu'elle lui inspirait. Il avait alors désiré obtenir tout ce qu'il pouvait d'elle : non plus des informations, mais des faveurs, des baisers, des caresses. Jamais il n'avait éprouvé pour Anna le dixième de la rage possessive qu'il avait pour Marina. Là encore, il pouvait presque la sentir entre ses bras et se retenait de grogner de frustration.

Il enfouit sa tête entre ses mains puis se redressa et marcha vers le bassin de la cascade, où il trempa son visage dans l'eau fraîche. Cette sensation lui fit du bien et au bout de quelques instants, il se sentit capable de réfléchir plus sereinement. Il alla ramasser les vêtements de Marina sur le plancher de la gloriette et retourna lentement vers le manoir.

Il songeait aux mots qu'elle lui avait dits, quand elle l'avait rejoint.

« Lorsque j'ai reçu votre lettre, j'ai su qu'il vous avait dit qui j'étais et où me trouver. »

Seulement voilà, Rashleigh ne lui avait rien dit du tout. Pourtant, il avait bien dû le dire à quelqu'un d'autre, celui-là même qui avait envoyé à Marina les fameuses lettres anonymes.

Contenaient-elles des menaces ? Cela suffirait à expliquer à la fois leur caractère anonyme et l'effroi de Marina. Nick aurait donné cher pour savoir exactement quel était le marché que l'on proposait à la jeune femme.

Carrington, le majordome, l'accueillit avec une politesse impassible, comme s'il était courant que les invités de Sa Grâce le duc de Cole se promènent dans le parc sans chemise. Nick monta dans sa chambre tout en réfléchissant aux informations collectées par Anstruther et à celles révélées par Marina elle-même. A l'évidence, elle s'était forgé de toutes pièces une fausse identité, ce qui était parfaitement cohérent avec le fait qu'elle ait pu recevoir de l'argent de Rashleigh pour vivre tranquillement à la campagne. Il lui fallait en effet une façade respectable pour vivre dans un petit village comme Peacock Oak. Celle de la veuve d'un importateur, lui-même fils de clergyman, convenait parfaitement.

Il s'étendit sur son lit, les mains sous sa tête. Devait-il croire ce qu'elle lui avait dit, à propos de la mort de Rashleigh ? C'était une menteuse, évidemment, et pourtant il avait l'impression que, sur ce point, elle avait été sincère. Toutefois, quelque chose ne collait pas dans tout cela. Il le sentait.

Il roula sur le lit et se tourna vers la fenêtre. Les rideaux n'étaient pas tirés et le Clair de Lune entrait dans la chambre. Sur une chaise, la robe d'un beige doré de Marina prenait dans la faible lumière un éclat presque surnaturel. A présent qu'il avait vu le vrai visage de cette femme, il allait lui falloir se désintoxiquer d'elle, oublier la douceur de ses bras et la faim qu'il avait d'elle. Le mieux était sans doute de rentrer à Londres, d'annoncer à Hawkesbury qu'ils s'étaient trompés, qu'elle n'était pas la détrousseuse de grands chemins qu'ils avaient cru, et qu'elle n'avait pas non plus tué Rashleigh. Nick avait besoin de réfléchir, de faire le tri entre ses émotions, ses sentiments et les renseignements obtenus.

Comme il l'avait déjà fait la nuit précédente, il alla chercher dans le tiroir de la commode le médaillon qui dissimulait le portrait d'Anna. L'image peinte lui sourit, de son sourire figé, éternel, et il sentit la vieille vague de culpabilité l'envahir. Il n'avait pas été présent lorsque Anna avait eu besoin de lui. Et il l'avait perdue.

Allait-il perdre Marina, à présent ?

Il referma le médaillon d'un coup sec.

Marina n'était pas Anna. Elle l'avait fuie. Elle avait eu peur. Elle avait été la maîtresse de Rashleigh…

12

Tussilages : Justice sera faite.

— Je m'inquiète pour toi, Marina, finit par dire Hester au petit déjeuner, deux jours plus tard. Tu es pâle comme une morte et tu ne t'es pas occupée de tes serres depuis trois jours. Il se passe forcément quelque chose. Tu es malade ?

Marina eut un petit sourire sans joie. Elle se sentait très fatiguée, en effet. Comme quand elle avait su que ses secrets n'étaient plus protégés et que tout ce qu'elle avait bâti au fil des années était menacé. Elle était trop lasse pour penser, trop lasse pour bouger. Comme au sein d'un cauchemar dont elle ne pourrait s'extirper. Depuis cette fameuse nuit où elle avait découvert que Nick était celui qui la faisait chanter, elle se terrait littéralement chez elle, cachant les terribles blessures de son âme et ne s'occupant plus de rien d'autre.

— Tout va bien, répondit-elle sur la défensive. Je me suis sentie un peu lasse pendant un jour ou deux, mais ça va mieux, à présent.

— Jane m'a dit que le major Falconer était venu te voir deux fois et que tu avais refusé de le recevoir, répondit son amie en avançant la main vers le pot de confiture. Qu'est-ce qui t'arrive, Marina ?

— Mais rien ! Je… ce doit être la chaleur. Il faudrait qu'un orage éclate et donne un peu de fraîcheur.

— Eh bien, ce ne sera pas pour aujourd'hui. Frank dit que le temps ne devrait pas tourner avant cette nuit. Laura avait prévu d'organiser un tournoi de tir à l'arc pour ses amies aujourd'hui, mais je crains qu'il fasse même trop chaud pour cela.

Hester se leva.

— Je lui ai promis de passer les voir au château d'ailleurs. Je suppose que tu ne veux pas venir avec moi ? Non ? Ah, pendant que j'y pense, il y a une lettre qui est arrivée pour toi, hier. Je ne sais pas qui l'a apportée. Je l'ai trouvée sur la table.

Marina attendit que son amie l'ait laissée pour avancer la main vers l'enveloppe et l'ouvrir. Elle ne contenait qu'un feuillet plié.

Je vous ai attendue à minuit à la gloriette, mais vous n'êtes pas venue. Il ne faut pas jouer à ce petit jeu si vous tenez à la sécurité de ceux que vous aimez. Retrouvons-nous demain, sinon toute la vérité sera révélée. Je veux ce que j'ai acheté et payé un bon prix.

Marina regarda fixement la lettre. D'abord, elle lut les mots sans les comprendre, puis lentement, la vérité se fit jour.

Elle avait fait une terrible erreur. Ce n'était pas Nick qui lui avait envoyé les lettres anonymes. Son maître chanteur était un inconnu.

Son état dépressif s'évanouit comme par enchantement,

remplacé par une rage sourde. Nick l'avait trompée, il lui avait laissé croire que c'était lui qui voulait la faire chanter. Et elle lui avait révélé beaucoup de choses. Presque tout, en fait.

Elle froissa la lettre entre ses mains. Ainsi, Nick Falconer n'était pas l'homme qu'elle avait imaginé, le pervers semblable à son cousin, n'hésitant pas à faire chanter une femme qu'il désirait. Il n'avait pas dérogé à ses principes. Mais il avait essayé de la séduire pour découvrir ce qu'il voulait savoir. Et il y aurait réussi, si elle ne s'était enfuie.

Elle s'occuperait de son maître chanteur plus tard. D'abord, elle allait affronter Nicholas Falconer.

Un voile rouge de fureur devant les yeux, elle sentait toutes ses émotions revenir en force et s'enflammer. C'était bon de sentir la colère la ramener ainsi à la vie. Elle bondit sur ses pieds, saisit au passage la chemise d'homme que Jane avait soigneusement repassée, puis disposée sur un plateau d'argent. Elle sortit de la maison, traversa le jardin et se dirigea vers la petite porte qui ouvrait sur le parc du château.

Les invités de Laura étaient réunis sur la pelouse sud, tous placés derrière une ligne blanche tracée sur le gazon. C'était le milieu de matinée et l'on servait le thé. Marina pouvait entendre le bruit sophistiqué de la porcelaine de Chine et des cuillères d'argent. Lydia Cole et quelques-unes de ses amies, jeunes débutantes comme elle, étaient sur le pas de tir, visant de leurs flèches des cibles en paille tressée. Lady Faye et les siennes, toutes des matrones d'âge mûr, comptaient les points et applaudissaient avec enthousiasme. Au bout de la ligne, Nick discutait avec John Teague.

Elle embrassa tout le groupe du regard, en songeant à tout ce temps où elle leur avait joué la comédie de la respectabilité, leur offrant l'image d'une veuve irréprochable, une illusion qu'elle s'apprêtait à faire voler en éclats.

Elle marcha droit vers une cible en paille et accrocha la chemise de Nick sur l'une d'elles. Puis elle tourna les talons, se dirigea vers Mlle Cole, qui la regardait avec un vif intérêt et lui demanda si elle pouvait lui emprunter son arc et ses flèches. Tout le monde la regardait, à présent. Elle pouvait entendre les chuchotements qui montaient du groupe.

Elle arma son arc, visa soigneusement et envoya sa flèche en plein centre de la cible, perçant la chemise de Nick dans la région du cœur. Le bout de tissu flotta un instant au vent, comme un drapeau blanc lors d'une reddition. Un silence de mort régnait à présent sur la pelouse.

Marina rendit son arc à Lydia en murmurant un remerciement poli, puis elle marcha droit vers Nick. Elle ignora John Teague, Laura, Hester et tous les autres, comme s'ils n'existaient pas.

— Major Falconer, dit-elle à haute et très intelligible voix, si vous recommencez ce petit jeu, je vous tue.

Et sans attendre de réponse, elle tourna les talons.

Il la rattrapa au bout d'une vingtaine de pas, la prit fermement par le bras et l'entraîna sous les grands chênes du parc, pour échapper à la curiosité des autres invités. Mais Marina s'en moquait bien. Elle était si furieuse qu'elle eût pu clamer ce qu'elle avait à dire à la face de tous.

— Madame Osborne…, commença-t-il.

— Major Falconer, j'espère que vous n'allez pas faire comme si vous ne compreniez pas !

— Je n'y songe pas un instant.

Cette réponse déconcerta Marina l'espace d'une seconde. Elle ne s'attendait pas à cette franchise. Mais après tout, il avait toujours été très direct.

De là où elle se trouvait, elle pouvait voir un domestique s'empresser de retirer la chemise de Nick de la cible et les jeunes filles se remettre en position sur le pas de tir.

— Vous êtes en colère contre moi, lui dit-il calmement.

— C'est évident, en effet, répliqua-t-elle, ironique.

Le regard sombre de Marina revint se fixer sur lui, brûlant de rage.

— Vous m'en voulez parce que je vous ai laissée croire que je vous avais écrit les lettres anonymes.

— Quelle perspicacité, major Falconer ! railla-t-elle, implacable. Je vois pourquoi lord Hawkesbury vous a lancé à mes trousses. Vous devez être le meilleur de ses limiers !

Il fit un pas vers elle et elle se tut, impressionnée, malgré tout, par sa présence physique. Même après ce qui s'était passé, elle ne parvenait pas à éprouver de l'indifférence à son égard.

— Je ne vous ai pas menti une seule fois, ce soir-là, lui répondit-il calmement.

— Non, mais vous m'avez laissé croire des choses fausses.

— En effet.

— Pourquoi ?

Il n'y avait aucun regret dans sa voix quand il répondit :

— Parce que, comme vous l'aurez deviné, j'ai besoin de savoir ce qui est réellement arrivé à mon cousin. Et aussi parce que j'avais besoin de savoir… si vous étiez une meurtrière.

— Et c'est pour le vérifier, que vous m'avez pratiquement séduite ? Vous appelez cela une excuse ? Quels que soient vos motifs, vous êtes un traître !

Il lui sourit, de son sourire toujours aussi dévastateur.

— J'accepte ces reproches, lui dit-il. Vous avez toutes les raisons du monde de me les adresser. Seulement, voyez-vous, il fallait que je m'en assure.

— Vous prétendiez être attiré par moi depuis le début…

— Je ne mentais pas. Et mon désir pour vous n'était pas feint.

— Vous m'auriez prise, si je ne m'étais pas enfuie.

— Je vous aurais fait l'amour, en effet. Je vous désirais plus que tout au monde. Je le confesse volontiers.

Ils se défièrent du regard un long moment et quelque chose d'autre que la colère passa puissamment entre eux.

— J'ai moi aussi quelques raisons de vous en vouloir, reprit-il. Vous m'avez beaucoup menti, ce soir-là.

Marina retint son souffle. Le ton de sa voix l'effrayait davantage que les mots qu'il employait. Non pas qu'il lui parlât durement, au contraire : c'était si doux que c'en était effrayant.

— Et j'ai pensé toute la nuit à vos mensonges.

Il avança une main pour caresser doucement sa joue.

— Et je crois, ajouta-t-il plus doucement encore, que vous m'avez menti parce que vous êtes seule, en danger et très effrayée.

Il était terrible qu'il n'ait pas cru à l'histoire qu'elle avait racontée. C'était dangereux, terriblement dangereux.

— Vous vous imaginez des choses, tenta-t-elle de lui dire.

Mais sa voix sonnait faux.

— Non, répondit-il, absolument sûr de lui, je pourrais vous aider, si vous me faisiez confiance.

— Vous faire confiance ?

Dieu sait qu'elle l'avait désespérément voulu. En ce moment même, et malgré tout ce qui s'était passé, elle ressentait un besoin presque irrépressible de se confier à lui, à cet homme qui avait délibérément entrepris de la séduire pour la faire parler et y avait pratiquement réussi. Elle se demanda, avec un peu d'amertume, quand elle parviendrait enfin à se persuader elle-même qu'elle ne devait faire confiance à personne.

— Vous osez me demander cela, après ce que vous avez fait ?

— Lorsque vous vous êtes enfuie, vous étiez très effrayée, la coupa-t-il, sans se laisser intimider par sa colère. Qu'est-ce que vous a fait Rashleigh, Marina ? Je sais quel homme il était. Que s'est-il passé entre vous ? De quoi avez-vous peur ?

— De rien, murmura-t-elle, ses lèvres pâles serrées.

Il y eut un silence et Marina poussa un profond soupir.

— Ne m'en demandez pas davantage, je vous en prie. Je vous jure que je disais la vérité, en vous affirmant que je n'avais pas tué votre cousin.

Elle prit une profonde inspiration.

— Et pour qu'il ne demeure aucun malentendu entre nous, je vous affirme aussi que je ne peux rien pour vous, en ce qui concerne les *Glory Girls*. Pour le reste… pour ce qui est des relations entre le comte de Rashleigh et moi… Je ne vois pas à quoi il servirait de les exposer, aujourd'hui.

Nick prit sa main dans la sienne.

— Il n'est jamais trop tard, fit-il remarquer.

— Si…

Marina pensait à toutes ses blessures secrètes, mal cicatrisées, aux secrets qu'elle avait enfouis et qui ne devaient plus jamais resurgir.

— Il est trop tard pour moi.

Elle retira sa main de la sienne.

— Vous devriez rentrer à Londres, major Falconer. Et ne jamais revenir à Peacock Oak.

Nick s'écarta d'un pas et elle crut que son cœur allait se briser. Certes, elle savait avoir bien agi. Il y avait trop de douleur, son passé était trop chargé pour qu'ils pussent un jour être heureux ensemble. Mais cela ne l'empêchait pas de regretter amèrement ce qui aurait pu être et ne serait jamais.

— Je vais rentrer à Londres, dit-il lentement.

Voilà, c'était fait. Le naufrage était consommé.

— Merci, lui dit-elle avec un pauvre sourire. Et merci également de m'avoir crue, major, alors que je vous ai donné toutes les raisons du monde de ne pas me faire confiance.

— Ne me remerciez pas, car je reviendrai. Il y aura bien un moment où vous accepterez de parler et alors, je serai prêt. Nous pourrons voir clairement, à ce moment-là, ce qui peut être corrigé et ce qui ne peut pas l'être.

Marina posa ses mains sur ses joues en feu. Elle ne pouvait supporter qu'il soit en train de démontrer qu'il était effectivement un homme droit et honorable, comme elle avait rêvé qu'il l'était.

— Nicholas, je vous en prie…, commença-t-elle.

— Non.

Il eut un sourire triste.

— Je respecte votre volonté, pour le moment, mais il faut que vous sachiez que cela ne me dissuadera pas de vous venir en aide. J'attendrai le temps qu'il faudra. Il n'y a rien de si terrible, qui ne puisse être réparé.

Elle le regarda s'éloigner. Il traversa la pelouse sans s'arrêter, ne parlant à personne et elle le vit finalement rentrer au château.

De loin, Hester l'interrogea du regard, très inquiète. Elle secoua la tête, les yeux remplis de larmes.

Elle venait d'éconduire Nicholas Falconer et savait que jamais elle n'oublierait son honnêteté, sa droiture, son intégrité, toutes les qualités qu'il venait de montrer clairement devant elle. Mais en raison du passé, elle n'avait rien à lui offrir en retour.

Plus tard, ce même jour, Hester rentra à Peacock Cottage et lui apprit que Nick avait effectivement quitté le château pour retourner à Londres. Marina en fut à la fois soulagée et affreusement désespérée. Hester garda le silence et la fausse veuve de Peacock Oak comprit que son amie n'osait pas lui demander ce qui s'était passé. Elle insista pour qu'Hester retourne retrouver

John Teague à Starbotton Hall, au lieu de se morfondre auprès d'elle. Quand elle fut partie, Marina s'assit à son bureau et relut la dernière lettre anonyme. Elle savait qu'il allait lui falloir régler cette affaire. Le mieux, après tout, n'était-il pas de dire à son maître chanteur qu'il n'avait qu'à exposer la vérité au grand jour et aller au diable ? Il ne pouvait pas posséder de preuve sérieuse contre Laura, Hester, Josie ou bien Lenny. Et elle, elle ne pouvait continuer ainsi à vivre dans la peur. Il lui fallait affronter cet homme, c'était le seul moyen de s'en libérer.

Elle attendit donc que l'horloge ait sonné onze coups, jeta une cape noire sur ses épaules et prit son pistolet dans le tiroir de son bureau. Hester n'était pas rentrée et Marina en fut soulagée : si elle avait dû lui expliquer ce qu'elle comptait faire, son amie aurait certainement insisté pour l'accompagner. Or, elle ne souhaitait pas que cette entrevue se déroule devant témoins.

Au Clair de Lune, elle repassa la petite porte et traversa le parc aux cerfs. Cela lui rappela la nuit où elle avait fui, éperdue, devant Nicholas Falconer. Elle n'avait plus la moindre crainte, à présent. Elle se sentait parfaitement déterminée. Et glacée.

Elle se glissa, entre les arbres, vers le bassin de la cascade et se dissimula sous les branches tombantes du saule pleureur. Elle voulait surprendre son maître chanteur, connaître son identité avant qu'il puisse la voir, elle. La pleine lune brillait, à présent, donnant au paysage un aspect presque inquiétant.

Une ombre se profila, de l'autre côté de la pelouse, sur

le treillage de la gloriette. En regardant mieux, Marina put voir la faible lueur d'une lanterne. Ce devait être lui…

Très silencieusement, elle se glissa hors de l'écran du feuillage et contourna le bassin, dont la surface brillait sous la lune. On n'entendait, dans le silence, que le chant de la cascade qui étouffait tous les bruits de la nuit. Soudain Marina vit surgir une deuxième personne. Elle monta à son tour les marches de la gloriette. La lueur de sa lanterne éclaira brièvement son visage. C'était Laura Cole.

Le cœur de Marina se mit à battre encore plus vite. Que faisait Laura ici, à cette heure de la nuit ? Elle attendit un peu avant de reprendre sa prudente progression vers la gloriette et se tapit contre le treillage, près de la porte, aux aguets. Laura qui parlait. Sa voix était basse et parfaitement calme. On eût dit qu'elle tenait une conversation mondaine.

— Attendiez-vous quelqu'un d'autre, mon ami ? Vous semblez surpris de me voir. Je vous ai vu vous glisser au-dehors et j'ai eu la curiosité de vous suivre. Me voilà donc très intriguée par la raison qui vous fait vous trouver ici au beau milieu de la nuit.

Il y eut une réponse à demi grognée, incompréhensible à la distance où elle se trouvait.

— Il est ironique, n'est-ce pas, Charles, que ce soit Marina qui ait conçu ce petit édifice afin que nous puissions, vous et moi, goûter un peu d'intimité… ironique, que vous ayez justement choisi cet endroit pour tenter de la séduire.

Ces mots firent à Marina l'effet d'un coup de poing à l'estomac. Elle sentit des frissons d'horreur et d'incompréhension lui parcourir l'échine. Ainsi, c'était Charles Cole qui lui avait envoyé ces lettres anonymes, la menaçant de la dénoncer, elle et les *Glory Girls*, Charles qui prétendait l'avoir achetée, corps et âme à Rashleigh. Et Laura, sa chère Laura, l'une de ses plus loyales et plus chères amies, était au courant ?

— Je ne comprends pas ce que vous racontez, marmonna Charles. Qu'est-ce que Mme Osborne vient faire dans tout ceci ?

— Voyons, mon ami, répliqua Laura du ton qu'utiliserait une gouvernante pour reprendre un enfant intellectuellement un peu lent, me prenez-vous vraiment pour une sotte ? Ne voyez-vous pas que j'ai tout de suite compris que c'était vous qui aviez envoyé ces sordides lettres anonymes pour tenter de faire de Marina votre maîtresse ? Vous passiez toujours tellement de temps avec ce bon à rien de Rashleigh ! Car j'imagine que c'est cette ordure qui vous aura renseigné sur le passé de ma pauvre amie…

Sa voix se durcit et c'est avec un mépris glacé qu'elle enchaîna :

— Voyez-vous, Charles, j'aurais pu passer sur le fait que vous dilapidez votre fortune aux jeux et me volez mes bijoux, mais utiliser des procédés aussi répugnants et vous arroger le droit de faire d'un être humain votre esclave, cela, je ne vous le pardonnerai jamais, entendez-vous ? Jamais !

Il y eut un lourd silence. Marina sentait la sueur couler entre ses omoplates et ses muscles commençaient à se crisper douloureusement, du fait de l'effort qu'elle devait fournir pour rester parfaitement immobile. La lune s'était cachée derrière de gros nuages d'orage et seules les deux lanternes projetaient un peu de lumière que l'on voyait se refléter à la surface du bassin.

— J'en ai assez, Charles, reprit Laura. Assez de vos mensonges, de vos trahisons, de votre lâcheté et de vos pathétiques excuses. Rashleigh vous a vendu Marina, comme l'abjecte ordure qu'il était. Seulement voilà, vous êtes un couard. Vous n'avez pas réclamé ouvertement votre droit sur elle. Comment l'auriez-vous pu, d'ailleurs ? L'esclavage est une honte et vous prétendez vertueusement y être opposé. Ce qui ne vous empêche nullement d'écrire le contraire dans des lettres anonymes, le procédé le plus répugnant qui soit au monde.

Il y eut un nouveau silence et le duc bredouilla :

— Je… je ne savais pas qu'elle vous en parlerait…

— Elle n'en a rien fait. Elle a prévenu Hester, et c'est elle qui m'a mise au courant. Mais Marina est mon amie, Charles, et j'ai plus de respect pour elle que je n'en aurai jamais pour vous !

— Ce n'est pas tout à fait ça, bredouilla le duc. Je… J'admets que j'ai agi plutôt stupidement… Je voulais faire d'elle ma maîtresse, c'est vrai, mais tout ça n'a pas grande importance… Ainsi vont les choses, dans notre milieu, n'est-ce pas ?

Le bruit de la gifle que Laura lui infligea résonna si fort sur sa joue que Marina sursauta.

— Je suppose qu'il y a eu d'autres femmes, beaucoup d'autres, lorsque vous étiez à Londres sans moi ? lui demanda-t-elle d'un ton glacial.

Le lourd silence embarrassé qui s'ensuivit était un

aveu. Un instant plus tard, la voix de Laura s'élevait de nouveau.

— Vous quitterez Cole Court dès demain matin. Je crois que le major Falconer rentre à Londres par la diligence. Vous la prendrez, vous aussi.

— La diligence ?

Cette révélation semblait le déstabiliser plus que tout ce qui avait précédé.

— Je ne peux pas faire ça, ma chère... Songez à ma position. Je serais la risée de tous...

— Vous prendrez la diligence, répéta Laura, implacable. Et si j'entends parler d'une seule menace, une seule, entendez-vous ? que vous pourriez proférer contre quiconque, c'est Glory en personne qui vous poursuivra et vous logera une balle entre les deux yeux. Suis-je parfaitement claire, Charles ?

Il y avait une terreur non dissimulée dans la voix du duc lorsqu'il bredouilla :

— Jamais je ne recommencerai ! Jamais, mon amour, je vous le jure !

— Un mot encore... Comment Rashleigh a-t-il pu savoir que Marina se trouvait à Peacock Oak ? Est-ce vous, Charles, qui le lui avez appris ?

— J'ignorais qui elle était, protesta vivement le duc. Je prenais un verre, un jour, avec Rashleigh, et je lui ai parlé de votre amitié... déraisonnable avec la veuve d'un commerçant. Il a tout de suite été très intéressé.

— Je n'en doute pas ! Pauvre Marina ! Il a fallu qu'elle choisisse Peacock Oak, dont le seigneur ne pouvait rien refuser à Rashleigh !

— Notre monde est tout petit, murmura Charles.

— Et dire que c'est votre notaire de famille qui lui a recommandé cet endroit !

— Fâcheuse idée, en effet ! commenta le duc avec un reniflement méprisant. Quel besoin cet animal a-t-il d'aller chercher la clientèle des classes moyennes, quand il a la nôtre ?

Laura eut un rire bref et sans joie.

— Vous êtes un snob plus pathétique encore que Faye, mon pauvre ami ! Et pour les *Glory Girls*, comment Rashleigh a-t-il su ?

— C'est… c'est moi qui le lui ai appris, aussi. Je… j'étais soûl. Je ne voulais pas le lui dire, je vous le jure ! Mais l'été dernier, je vous ai vue partir un soir à cheval et… je vous ai fait suivre par un domestique. C'est comme cela que j'ai su pour Hester et aussi pour cet aubergiste… Je voulais garder tout cela secret, mais j'avais une carte de visite de Glory qu'Hester avait laissée traîner et Rashleigh l'a vue.

— Ainsi, vous saviez depuis tout ce temps ?

Marina pouvait percevoir une sorte d'amusement mêlé de tristesse dans la voix de son amie.

— Et moi qui brûlais que vous le découvriez, Charles, pour qu'enfin vous fassiez un peu attention à moi… car je voulais votre amour, oui, dire que je le voulais tellement ! A présent, je me demande bien pourquoi…

Marina s'éclipsa discrètement. Le reste ne la regardait plus. Et tout ce qu'elle avait entendu la plongeait dans la plus grande stupéfaction. A plusieurs occasions dans le passé, Laura lui avait confié avec fierté que Charles soutenait les abolitionnistes et qu'il avait prononcé à la Chambre des Lords de nobles discours contre l'esclavage.

Qu'il ait pu vouloir faire d'elle sa maîtresse la surprenait plus encore ; jamais il n'avait laissé transparaître, ni en paroles ni autrement, le moindre intérêt pour elle. Elle n'aurait pas été surprise, en venant à ce rendez-vous, d'y trouver lord Henry, mais Charles, duc de Cole, l'image même du respectable gentilhomme de province…

Elle avait énormément de peine pour Laura, qui avait aimé cet homme et avait tant désiré son amour en retour. La généreuse Laura, qui n'avait pas prononcé un seul mot à son encontre et avait refusé de la blâmer, elle, pour la trahison de son mari.

L'orage se mit finalement à gronder et des trombes de pluie s'abattirent, répandant dans l'air une bonne odeur de terre mouillée. Le temps de rentrer à Peacock Cottage, Marina était trempée jusqu'aux os. Elle se débarrassa de tous ses vêtements et sauta dans son lit, où elle écouta la pluie cingler les vitres. Elle se demanda à un moment si son amie ferait jamais allusion devant elle à la scène qui s'était déroulée ce soir à la gloriette, mais après réflexion elle se dit que c'était peu probable. Laura était aussi secrète qu'Hester était extravertie.

Non, il n'y aurait probablement aucune explication apportée à la subite défection du duc de Cole, ni aucun commentaire à la décision prise par les deux époux de vivre désormais séparés. Quant au chantage et aux menaces dont Marina avait été l'objet, ils s'évanouiraient comme par enchantement et nul n'en entendrait jamais parler.

La diligence du matin emporterait également Nick Falconer loin d'elle et c'était mieux ainsi. Dans dix jours à peine, Hester se marierait et une page serait définitivement tournée à Peacock Oak.

Marina s'étira dans son lit, tout son corps caressé par le drap, comme par un amant. Elle aurait eu bien besoin, à présent, d'un peu de repos. Pourquoi ne pas dormir, puisque la menace s'éloignait ? Mais le passé, lui, ne s'effaçait pas si facilement. Nick, s'il continuait son enquête, pourrait finir par apprendre dans quelles circonstances elle avait fui loin de Rashleigh. Ne lui avait-il pas dit qu'il reviendrait ?

Elle enfonça son visage dans son oreiller. Le major Falconer était un homme de parole et elle avait le sentiment que le lien tissé entre eux par le destin n'était pas encore tranché.

Londres, en ce mois de juillet, était chaud et poussiéreux. Toute la bonne société l'avait déserté. La première visite de Nick, dès son arrivée, devait être pour lord Hawkesbury, afin de lui faire son rapport. Ce n'était en rien une perspective très séduisante.

— Ainsi, résuma le secrétaire d'Etat, les doigts joints sur son bureau, vous avez identifié cette femme comme étant celle que vous avez vue à la taverne de La Poule et Le Vautour, mais découvert qu'elle n'était ni l'assassin de Rashleigh, ni la criminelle Glory… Vous n'avez pas identifié celle-ci, ni arrêté aucun des membres de sa bande et vous n'avez aucune idée de qui peut bien être le meurtrier de votre cousin… En somme, votre enquête a été un échec total ?

— Oui, milord, répondit Nick, très raide.

Hawkesbury poussa un profond soupir.

— Et cette femme, la putain de votre cousin, vous êtes sûr de son innocence ?

— Tout à fait.

Nick se raidit encore davantage. Le mot méprisant dont Hawkesbury venait de qualifier Marina le frappa comme une gifle. Une sourde colère s'empara de lui. Il détestait entendre parler d'elle en ces termes.

— Apparemment, il lui versait une rente, expliqua-t-il, les dents serrées. Elle n'avait rien à gagner en le supprimant.

Hawkesbury poussa un nouveau soupir. Il prit une plume d'oie et la tortura entre ses doigts.

— C'est très peu satisfaisant, grogna-t-il.

— Oui, milord.

Nick s'autorisa à se détendre quelque peu. Lord Hawkesbury n'était pas content, mais il semblait accepter son explication. Depuis l'instant où Marina lui avait révélé ses craintes et sa vulnérabilité, le major Falconer avait résolu, quoi qu'il puisse lui en coûter, de la protéger. Il n'était revenu à Londres que pour s'assurer que les enquêtes futures d'Hawkesbury ne lui porteraient pas tort. Peut-être, un jour, Marina lui ferait-elle suffisamment confiance pour se confier à lui et lui permettre de l'aider.

— Quelles sont vos conclusions, alors ? grogna le secrétaire d'Etat.

— Je pense qu'il s'agit, soit d'un crime de rôdeur, ce qui n'aurait rien d'étonnant dans les parages où cela s'est produit, soit de l'œuvre d'un tueur à gages, engagé par l'un ou l'autre des nombreux aristocrates dont Rashleigh a dépouillé les fils au jeu. J'estime donc que nous ne trouverons rien de plus, et que beaucoup de gens se diront qu'après tout, justice est faite.

— Ça, je vous accorde que cet homme était un débauché, grogna Hawkesbury.

— Il était pire que cela.

— Bon, bon, bon, si du moins nous pouvons être sûrs qu'il n'y avait rien de séditieux dans tout ceci et pas de véritable connexion avec ces maudites péronnelles qui jouent les bandits de grand chemin…

La plume d'oie cassa entre ses doigts.

— Je pense que celui qui a tué Rashleigh a utilisé le nom de Glory pour nous lancer sur une fausse piste et même si je sais bien qu'il est illégal de se réunir en bande pour courir les routes et détrousser les riches au profit des pauvres, vous avouerez qu'il existe des crimes plus graves que celui-là.

— Cela met en danger l'ordre social, répliqua Hawkesbury en haussant légèrement le ton. Si Dieu avait voulu que les pauvres soient riches, il aurait arrangé les choses en ce sens.

Nick garda le silence et, au bout de quelques instants, Hawkesbury se remit à grommeler :

— J'enverrai la milice. Je les mettrai sous les verrous, une bonne fois pour toutes.

— Je vous souhaite bonne chance, milord, et maintenant, si ma mission est terminée, je voudrais vous demander la permission de prendre congé.

— On ne peut pas dire que vous l'ayez remplie avec un grand succès, votre mission ! Oh, très bien, fichez-moi le camp ! Et vous pouvez vous débarrasser de toute cette paperasse que vous avez héritée de votre fichu cousin ! Il n'y a rien que des saletés, là-dedans.

— Vos analystes ont dû se donner beaucoup de peine, à déchiffrer tout cela, fit remarquer Nick, pince-sans-rire.

Quand il ressortit dans la rue, la chaleur était oppressante et le ciel uniformément bleu. On pouvait voir de la poussière jusque sur les feuilles des arbres. Il se surprit à penser au vert et frais paysage du Yorkshire.

Il se demandait également ce qu'il allait bien pouvoir faire de son congé. Ce soir, il avait rendez-vous avec Anstruther au White's et demain, il pourrait peut-être partir pour l'Ecosse. Son grand-oncle y chassait le cerf dans son domaine de Sutherland. Ses sœurs et toute sa famille y seraient et il avait, de toute manière, toujours eu l'intention d'y passer quelques jours. En revanche, il ne tenait pas du tout à passer davantage de temps en compagnie de Charles Cole, avec qui il avait fait le voyage de retour. Le duc avait vidé verre sur verre dans toutes les auberges où la diligence avait fait étape et ne lui avait donné aucune explication plausible sur son départ si soudain du Yorkshire. Il paraissait même plutôt chercher à l'éviter. C'était bien étrange…

Nick retourna à Eaton Square et pénétra avec soulagement dans le frais vestibule de l'hôtel particulier de son oncle.

— Il y a là un monsieur venu tout spécialement pour vous voir, major, lui dit Benton, le majordome, dès qu'il l'eut débarrassé de son chapeau. Un homme de loi du nom de Churchward. Je crois qu'il s'occupe de la succession du cousin de Monsieur. Il est déjà venu plusieurs fois dans l'espoir de vous trouver…

Nick leva un sourcil surpris. Il avait cru qu'Hawkesbury s'était occupé de tout cela et qu'il n'y avait rien à ajouter.

— Est-ce que Monsieur voudra le recevoir ?

— Certainement !

Le petit homme replet que Benton introduisit dans le cabinet de travail quelques instants plus tard tenait à la main une serviette de cuir usagé.

— Merci de me recevoir, major Falconer, dit-il en serrant la main que Nick lui tendait.

— Voulez-vous un rafraîchissement, monsieur Churchward ?

Comme l'homme acquiesçait, Benton quitta la pièce tandis que Nick désignait un siège à son visiteur.

— Que puis-je pour vous, monsieur ? lui demanda-t-il poliment.

Le petit homme repoussa ses lunettes sur l'arête de son nez.

— En fait, major, c'est plutôt moi qui espère pouvoir vous aider...

— Je vois... J'ai cru comprendre qu'il s'agissait de la succession de mon cousin Rashleigh. Excusez-moi, mais je croyais que le cabinet de lord Hawkesbury s'était occupé de tout ?

L'homme de loi hocha la tête d'un air consterné.

— C'est une chose, commenta-t-il, qui ne s'était jamais vue dans toute l'histoire du cabinet Churchward et Churchward. Un de nos clients poignardé dans un mauvais lieu de Brick Hill et ses papiers confisqués par le secrétariat d'Etat à l'Intérieur ! Ce ne sont pas, Dieu merci, des événements dont nous avons l'habitude...

— A ce que je sais, mon cousin Rashleigh avait fait

de moi le légataire universel de ses propriétés hypothéquées et de sa fortune saignée à blanc, dit Nick, un demi-sourire aux lèvres, pour couper court à la vertueuse indignation professionnelle de l'homme de loi.

— En effet, major. Vous avez hérité de sa maison du Kent et de… très peu d'autres choses, je le crains. Votre grand-oncle…

— … a certainement payé toutes les dettes de Rashleigh pour préserver l'honneur de la famille. Il reste donc… ?

— Ceci ! dit Churchward, de l'air d'un magicien sortant un lapin de son chapeau.

Il tira de sa serviette un portefeuille en peau de porc, qu'il ne lui tendit pas tout de suite.

Il avait sur son visage, un air indéfinissable.

— … et ceci, expliqua-t-il, ne fait pas partie des papiers que j'ai transmis à lord Hawkesbury…

— Ah…

Nick attendit la suite.

— Il faut savoir, major, que ce document n'est entré en ma possession que très peu de temps avant le décès de lord Rashleigh, avec une note de sa main me recommandant tout particulièrement de le détruire, s'il venait à mourir.

Les yeux de Nick s'étrécirent.

— Pourquoi ne pas l'avoir fait, monsieur Churchward, puisque c'était sa volonté ?

L'homme de loi eut l'air profondément embarrassé.

— J'ai lu ce document, major, avoua-t-il, en rosissant légèrement. Je reconnais que ce n'est pas très professionnel, mais, connaissant votre cousin, j'ai jugé cela préférable et quand j'en ai eu terminé, je me suis dit que je ne pouvais ni le détruire, ni même le remettre aux autorités sans commettre une grave injustice…

Il tendit le portefeuille à Nick.

— La décision vous appartient, je crois…

L'enveloppe de cuir ne contenait qu'une seule feuille de papier, sur laquelle Nick reconnut sans peine la signature de son oncle, le père de Rashleigh. Le document était daté de décembre 1798 et l'écriture tremblée suggérait que celui qui l'avait rédigé était déjà gravement malade. En dessous de la date, ces quelques mots :

Moi, Cecil Anthony John Rashleigh, douzième comte de Rashleigh, affranchit de tout servage, à jamais, Marina Stepanova Valstoya et tous ses descendants.

Nick reposa le papier. Les différentes pièces du puzzle commençaient à se mettre en place dans son esprit : la mort de son oncle, sept ans auparavant. La rumeur qui avait couru, alléguant que Rashleigh avait une maîtresse russe, laquelle l'avait quitté en lui volant une importante somme d'argent, le refus rageur de son cousin de faire un quelconque commentaire à ce propos, son rendez-vous avec Marina Osborne à la taverne de La Poule et Le Vautour, les lettres anonymes, la vulnérabilité de Marina et son indicible terreur les premières fois où il l'avait touchée…

Nick regardait droit devant lui, les yeux dans le vague. Un soupçon commençait à se former dans son esprit, incroyable, inimaginable et si difficilement supportable qu'il n'était pas bien sûr de pouvoir l'envisager vraiment.

Marina avait été une serve. Une esclave. L'esclave de Rashleigh…

La voix de l'homme de loi le tira de ses pensées.

— Major Falconer ? J'espère avoir agi pour le mieux, en venant vous remettre ce document…

— Bien sûr !

Nick s'éclaircit la gorge et son regard revint se poser sur le visage anxieux de Churchward. Il le rassura.

— Vous avez bien fait. Le servage est une chose abominable et il doit être bien pesant pour la conscience de savoir que l'on détient un témoignage prouvant qu'un être humain y a été réduit.

L'homme de loi parut rasséréné et son visage s'éclaira.

— Merci, major. Je vois que vous n'êtes pas comme votre cousin ! lui dit-il chaleureusement.

— Non, en effet.

Il ajouta pensivement :

— Et dire que ce document aurait pu être remis à l'intéressée il y a sept ans de cela…

Sept ans ! Sept ans où la malheureuse avait ignoré qu'elle était libre, sept ans à croire qu'elle était toujours l'esclave de Rashleigh.

C'était une idée tellement horrible qu'il lui était même difficile de l'imaginer.

Il pensa à son cousin, dissimulant le document et demandant haineusement qu'on le détruise. Pour nuire, pour faire souffrir Marina le plus longtemps possible. Il était vraisemblable qu'elle ignorait toujours qu'elle avait été affranchie.

— La seule chose qui me chagrine, ajouta Churchward

en se levant pour prendre congé, c'est qu'il soit quasiment impossible d'informer cette dame, après tout ce temps...

Nick eut un sourire bref.

— Sur ce point, je puis vous rassurer ; je sais où trouver cette personne. Soyez certain que je ferai ce qui s'impose, monsieur Churchward.

Après le départ de l'homme de loi, Nick passa dans la bibliothèque où se trouvaient les papiers de Rashleigh rendus par lord Hawkesbury. Les scribes du secrétariat d'Etat avaient bien travaillé : toutes les archives étaient parfaitement classées par année. Nick s'assit près de la fenêtre et ouvrit les dossiers 1798 et 1799. Il y trouva une liste des propriétés du comte en Russie, ainsi que le nombre de serfs dans chacune d'elles. Leurs noms n'y figuraient pas et ils étaient inscrits en tant que « biens meubles », attachés à la propriété dont ils dépendaient. Ce seul détail révulsait Nick.

Sur une page datée de décembre 1798, il trouva une note du régisseur de l'une de ces terres, qui établissait l'achat d'une parcelle au nom de Feodor Valstoy, de sa femme Maria et de ses deux filles âgées respectivement de douze et dix ans. Cette famille avait précédemment été affranchie du servage. Un peu plus loin, il découvrit une liste détaillée des bijoux que Rashleigh avait hérités de son père et rapportés en Angleterre, des pièces fabuleuses, d'une valeur inestimable. Plus loin encore, il trouva trace du passage vers l'Angleterre de Robert Rashleigh et Marina Valstoya.

Il comprenait à présent pourquoi Marina avait tout fait pour lui dissimuler sa véritable identité. Elle était à la fois une esclave en fuite, et coupable de vol. Ou bien plutôt, elle croyait qu'elle était une serve car, en fait, cette ordure de Rashleigh lui avait caché son affranchissement.

Un point demeurait plutôt mystérieux : c'était bien Robert Rashleigh et non son père, qui avait donné la liberté à la famille de Marina, lui également qui lui avait fait attribuer une terre. Ce n'était certainement pas par générosité. Marina était venue à Londres avec lui. Cela ressemblait fort à un marché.

Une vague de nausée l'envahit.

Un échange, bien sûr, c'était cela. Le corps de Marina contre la liberté de sa famille. Cela expliquait tout et notamment la terreur qu'elle semblait éprouver à l'endroit de toute intimité physique.

C'était comme si le brouillard se dissipait sur une énigme. Tout prenait sens : la panique permanente de la jeune femme, sa vulnérabilité, sa farouche détermination à lui cacher la vérité.

Il sortit du cabinet de travail en emportant le dossier avec lui.

— Benton ? Je pars pour le Yorkshire dans la matinée.

— Monsieur nous quitte déjà ?

— Oui, j'ai une tâche à terminer.

Marina lui avait dit qu'on ne pouvait rien contre le passé. Mais Nick était d'un avis contraire. Il mettrait fin à l'épouvantable injustice, lui rendrait cette liberté qu'on lui avait déniée trop longtemps. Il allait faire voler en éclats les immondes manigances que Rashleigh avait réussi à mettre en œuvre, au-delà de la mort.

Il allait faire justice.

13

Mimosa : Avec moi, vous êtes en sécurité.

Dès son arrivée, Nick se rendit tout de suite à Peacock Cottage pour voir Marina. Mais quand il frappa à la porte, personne ne répondit. La maison semblait close. Il ne s'était absenté que quelques jours, mais beaucoup de choses semblaient avoir changé, entre-temps.

Il lui fallut donc tempérer son impatience et se rendre d'abord au château, étrangement silencieux, lui aussi. En l'introduisant dans le vaste hall, le majordome lui apprit que tous les invités étaient rentrés chez eux.

— Il n'y a que moi, lui dit Laura avec un sourire, en venant l'accueillir.

Il remarqua qu'elle boitait et elle s'en aperçut.

— Oui, soupira-t-elle, je me suis tordu la cheville il y a deux jours et je ne peux plus marcher, ni encore moins monter à cheval, naturellement. On chasse à courre, demain, dans le voisinage et me voilà obligée de rester chez moi, comme une douairière !

Elle lui fit signe de la suivre dans son cabinet de travail privé.

— Mais je suis bien heureuse de vous voir, car je

voulais vous parler dès votre retour à Peacock Oak. Pouvez-vous nous servir le thé, Carrington, s'il vous plaît ?

Laura s'assit à son bureau avec un soupir de soulagement et lui sourit.

— Je regrette de ne pouvoir vous inviter à demeurer au château, major Falconer, mais avec Charles absent…

Son visage se crispa un bref instant de douleur.

— … et nos invités partis, ce ne serait guère convenable.

— Soyez sans crainte, Votre Grâce, je ne sais de toute façon pas combien de temps je resterai cette fois, j'ai déjà pris une chambre et laissé mes bagages à l'auberge du Clair de Lune.

Les yeux de Laura brillèrent un instant d'amusement.

— Oh, mon Dieu ! Josie ne doit pas aimer cela du tout. Je suis surprise qu'elle ne vous ait pas barré sa porte.

— Peut-être, dit Nick en scrutant ses réactions, sait-elle déjà que ma présence ne présente plus aucune menace ?

Il vit que le coup avait porté. Les pommettes de la duchesse rosirent légèrement et elle se mit à lisser nerveusement sa robe. A cet instant, le majordome la tira d'embarras en revenant avec son plateau. Elle remplit les tasses avec une parfaite maîtrise, quoique les joues encore un peu rouges.

— J'espère que vous dites vrai, major, lui souffla-t-elle lorsque le domestique se fut retiré. Je l'espère pour nous tous. Car si je ne me trompe, la dernière fois vous étiez venu dans l'espoir d'arrêter celles qui se dénomment elles-mêmes les *Glory Girls* ?

— Votre Grâce…, commença Nick.

Mais elle leva la main pour l'interrompre avec toute l'autorité de la duchesse qu'elle était.

— Permettez, major… L'affaire, vous en conviendrez, est de la plus haute importance. Alors dites-moi : ai-je parfaitement compris ?

Nick acquiesça.

— Dans ce cas, je puis vous assurer que les *Glory Girls* ne reprendront jamais leurs exploits et qu'elles ne sont en rien liées au meurtre du comte de Rashleigh.

— Mais, Votre Grâce…, commença Nick, surpris.

Il s'interrompit en pensant soudain à la passion de Laura pour l'équitation et il baissa les yeux vers les pieds de la duchesse, sous l'ourlet de sa robe. Ils étaient plutôt grands, pour une femme. Un instant plus tard, elle les ramenait sous elle et quand il leva les yeux, elle lui souriait toujours.

— Plus de raids, confirma-t-elle. C'est dommage, en un sens, mais il le faut.

Nick ne répondit rien.

— A ce propos, Marina n'a jamais participé… physiquement à ces expéditions, j'ignore si vous le saviez… Un peu de sucre ?

— Non, merci, Votre Grâce, répondit-il, embarrassé.

— Pauvre Marina, elle est bien trop mauvaise cavalière pour cela, comme vous l'aurez sans doute deviné…

— En effet.

Il avala une gorgée.

— Mais les principes que nous défendions étaient des plus nobles, reprit Laura. Voulez-vous un de ces macarons ?

— Merci, accepta machinalement Nick, qui ne pensait qu'à Marina.

Comme il avait été long à deviner les choses… Bien sûr, elle ne pouvait pas avoir participé aux expéditions des *Glory Girls*. Mais elle n'en était pas moins la tête pensante… C'était elle qui planifiait tout, avec un grand sens de la justice.

— Ainsi, dit-il lentement, les actions de Glory étaient conçues comme celles d'une sorte d'ange vengeur. Je comprends. C'était l'œuvre de quelqu'un qui avait de bonnes raisons de penser que la société devait être amendée…

— Je suis sûre, major, reprit Laura avec un accent inflexible dans la voix, que vous ne voudrez pas faire peser sur quelqu'un qui a déjà beaucoup souffert, le poids terrible de la Loi… et ne pensez pas, je vous en prie, qu'elle m'ait demandé de parler en sa faveur. Elle ne me pardonnera probablement pas de l'avoir fait…

Nick ne répondit rien, attendant la suite.

— Que savez-vous au juste de son passé ? reprit la duchesse.

— Déjà bien davantage de choses que la dernière fois où je l'ai vue, répliqua Nick avec un petit sourire. Et je suis revenu dans l'espoir qu'elle me confierait tout le reste.

— Vous voulez lui parler, c'est bien. Mais j'espère que cela ne lui fera pas de mal. Elle a déjà tant subi…

Laura s'interrompit, hésitante.

— Il est nécessaire que je vous avoue quelque chose dont je ne suis pas vraiment fière, major Falconer. Oui, je dois confesser que je connais toute l'histoire des sévices qu'a subis Marina de la part de votre cousin, le comte de Rashleigh. Je le sais parce que, lorsqu'elle est arrivée à Peacock Oak, j'ai demandé à un détective privé d'investiguer sur son passé. Une autre tasse de thé, major ?

— N… non, je vous remercie… vous… vous avez fait enquêter sur elle ? demanda Nick, abasourdi.

— Oui, c'est ce que je vous ai dit. J'ai utilisé les services de Tom Bradshaw. Vous avez certainement entendu parler de lui, il est très réputé…

— Je le connais, en effet. Mais dites-moi, Votre Grâce, qu'est-ce qui a pu vous faire soupçonner que Mme Osborne n'était pas celle qu'elle prétendait être ?

Laura Cole eut un petit sourire. Elle posa sa tasse, se leva et fit quelques pas en direction de la fenêtre.

— Les gens croient que parce que je suis une femme et une duchesse, je suis un être stupide qui doit être protégé, mais en fait, je n'ai besoin de personne pour prendre soin de moi-même… Dès que j'ai rencontré Marina, j'ai su qu'il y avait quelque chose d'étrange en elle. Je n'ai pas cru une seconde à cette fable de veuve de marchand…

Elle le regarda bien en face.

— Vous savez, major, je suis constamment confrontée à beaucoup d'indésirables, qui ne s'intéressent à moi que pour mon argent, mon influence sociale ou pour quelque autre raison peu avouable. J'ai donc dû très tôt développer un instinct de défense. C'est pourquoi j'ai tout de suite su que quelque chose sonnait faux, dans le personnage que s'était créé Marina Osborne. Bien sûr, je ne lui ai jamais dit ce que j'avais fait. Mais quand j'ai appris toute l'horreur qu'elle avait traversée, j'ai voulu être son amie. Toute l'ironie de la chose, c'était qu'elle, elle ne le désirait absolument pas. Elle faisait tout ce qu'elle pouvait pour m'éviter et a résisté pied à pied à toutes mes avances. Je crois que si je n'avais pas été, justement, une duchesse et elle, ma plus proche voisine, elle m'aurait envoyée me faire pendre.

Nick hocha pensivement la tête.

— Connaissant un peu son histoire, je ne vois rien d'étonnant à cela, commenta-t-il.

— Non, en effet. Nous sommes donc devenues amies, finalement. Et peu à peu, elle a commencé à me raconter des bribes de son passé, sans savoir que je le connaissais déjà entièrement.

Elle se tourna de nouveau vers lui.

— Vous savez, je connaissais votre cousin, Robert Rashleigh. Nous le fréquentions tous, Charles, Henry, John Teague et moi. Comment aurait-il pu en être autrement ? Il faisait partie de la « bonne société », comme nous tous. Seulement moi, je le connaissais aussi d'une autre manière. Quand j'étais toute jeune, presque une enfant encore, il a causé la ruine de l'un de mes cousins.

Nick secoua la tête.

— Je l'ignorais.

— Bien sûr, la nouvelle fut gardée secrète, pour ne pas que soit souillé l'honneur de la famille. Mais vous pouvez imaginer que lorsque j'ai appris que Rashleigh était mort, je n'en ai guère éprouvé de chagrin…

Elle le regarda droit dans les yeux.

— Je sais ce que vous pensez, mais je n'ai pas tué Robert Rashleigh, major Falconer. Marina non plus, ni Hester. Lorsque je vous ai dit que les *Glory Girls* n'étaient pas du tout impliquées dans son meurtre, je ne mentais pas.

Nick hocha la tête.

— Je vous remercie de votre sincérité, Votre Grâce. Vous pouvez compter sur toute ma discrétion, en retour.

Il sourit.

— Mais je dois vous avouer que je suis bien soulagé d'apprendre que les raids des *Glory Girls* font désormais partie du passé.

— Je sais combien il doit en coûter à un homme de devoir, tel que vous, de devoir dissimuler ne fusse qu'une once de vérité et je vous en remercie de tout cœur, major. Mais je dois aussi vous prévenir : Marina est partie.

Nick songea aux volets fermés de Peacock Cottage.

— Je le supposais, dit-il lentement.

— Elle ne s'est pas enfuie, cette fois, s'empressa d'expliquer Laura, mais elle avait besoin de se retrouver seule, pour faire le point. Elle est partie peu après le mariage d'Hester. Il y a quelques jours de cela. Certes, elle ne m'a pas défendu de dire où…

Nick se pencha en avant.

— Oui, s'il vous plaît, Votre Grâce…

— Mais je veux votre parole, major, que vous ne lui ferez aucun mal, de quelque façon que ce soit.

— Vous l'avez, répondit instantanément Nick.

Laura sourit.

— Très bien. Marina s'est retirée dans un couvent, Notre-Dame de Mount Grace, à Cavenham, dans le Suffolk. C'est à une trentaine de kilomètres d'ici.

— Un couvent ? Alors si elle ne veut pas me recevoir…

— Eh bien, vous n'aurez aucun moyen de lui parler, à moins de l'enlever… ce qui ne serait guère correct de la part d'un officier et d'un gentleman…

Un livre sous le bras, Marina suivit le déambulatoire du cloître vers « l'hôtellerie », le bâtiment où l'on logeait les hôtes de passage au couvent. C'était la fin de l'après-midi et le ciel était envahi de nuages d'orage. L'air était lourd et chargé d'électricité. De la chapelle montaient les voix cristallines des nonnes qui chantaient les complies, un son très apaisant. Tout, ici, n'était que calme et beauté.

Marina ne pouvait cependant oublier qu'elle était en fuite, même si elle avait expliqué qu'elle avait besoin de solitude et de calme, pour se retrouver. Ce qui était vrai, en un certain sens. Mais elle n'avait aucune vocation pour l'état de religieuse ; elle savait qu'elle rentrerait chez elle. Il lui fallait seulement, d'abord, effacer Nick Falconer de sa mémoire, comme de sa vie.

Marina s'immobilisa dans un coin d'ombre du déambulatoire. L'espace d'un instant, elle avait eu l'impression que quelqu'un l'observait. Mais elle avait beau regarder autour d'elle, elle ne voyait personne. Elle reprit donc le chemin de sa petite chambre, identique à une cellule de nonne et en poussa la porte. Il n'y avait pas de serrures ici, elles étaient inutiles.

Elle posa son livre sur la table et commença à déboutonner son caraco lorsqu'elle eut l'impression de percevoir un mouvement du coin de l'œil. Elle s'immobilisa aussitôt puis se retourna pour voir Nick Falconer entrer dans la pièce, refermer vivement la porte et s'y adosser, bras croisés. Il avait l'air farouche et très déterminé. Le cœur de Marina se mit à battre très vite.

— Que… que faites-vous ici ?

Sa voix n'était plus qu'une sorte de coassement.

Il sourit et une fois de plus, elle se sentit fondre. Comment avait-elle cru pouvoir jamais oublier ce sourire ?

— Il fallait que je vous parle.

— On se présente à la sœur tourière, d'ordinaire. C'est l'usage…

— Si j'avais fait cela, vous auriez refusé de me recevoir.

Elle pouvait difficilement lui dire le contraire. Le simple fait de le voir là, devant elle, mettait ses nerfs à vif et lui coupait le souffle. Elle avait bien cru qu'elle ne le reverrait pas de sitôt et peut-être, jamais.

— Comment avez-vous su que j'étais ici ? C'est Laura, bien sûr, qui vous l'a dit ?

— Vous ne lui aviez pas défendu de le faire.

— Non, soupira Marina. Mais j'avais confiance en elle…

— Et elle en moi.

— Comment êtes-vous entré ?

— J'ai sauté le mur. Je voulais vous parler.

Adossé à la porte, les bras croisés, les épaules carrées, il donnait l'impression qu'aucune force au monde n'aurait pu le faire bouger de là.

— Vous avez pris un très grand risque. Aucun homme n'est admis, ici. Et je croyais que nous nous étions dit tout ce que nous devions nous dire…

Il marcha vers elle.

— Ce n'est pas mon avis. Je n'ai jamais cru, moi, que tout était fini entre nous.

Un peu effrayée, Marina recula et rencontra la table. Il posa sa main sur son bras. Elle le retira.

— Vous aviez promis de ne pas me presser jusqu'à ce que je sois prête à vous parler, lui dit-elle, très raide. Puisque vous avez changé d'avis, dites ce que vous avez à dire et partez.

Nick secoua la tête.

— Non, pas ici. C'est trop important. Il faut que vous veniez avec moi.

— Certainement pas !

Il la regarda, l'air amusé.

— Oh que si. Vous ne croyez tout de même pas que je suis venu jusqu'ici pour m'en aller sans vous ?

Non seulement il était vraiment très sûr de lui, mais Marina avait l'impression que quelque chose avait subtilement changé dans sa façon d'être. Elle se demandait quoi. Ce n'était pas tant l'assurance avec laquelle il parlait, qu'une certitude qu'il semblait avoir, comme si…

— Vous savez tout, n'est-ce pas ? murmura-t-elle.

Une ombre passa sur le visage de Nick.

— Je sais certaines choses et vous allez me dire le reste. Venez.

Marina croisa les bras sur sa poitrine.

— Non. Je suis venue ici pour trouver la paix. Laissez-moi tranquille.

— Vous avez fui.

C'était brutal, mais c'était vrai. Elle le fusilla du regard, sans répondre.

— Marina…, reprit-il plus doucement.

— Madame Osborne, je vous prie ! Je ne vous ai jamais autorisé à utiliser mon prénom, quoi que vous n'en fassiez qu'à votre aise !

— Madame Osborne…

Sa voix était courtoise mais son regard enflammé passait sur elle, lui rappelant tout ce qu'ils avaient partagé.

— Il n'y a pas à discuter, je le crains. Ou vous me suivez de votre plein gré, ou je vous emmène de force.

— Où cela ?

— Chez vous, à Peacock Oak.

— Et comment allez-vous faire ? lui répliqua-t-elle, le menton levé. Vous allez me jeter sur votre épaule et sauter le mur ?

Il sourit.

— Ce ne sera pas nécessaire. Une fois dans la place, j'ai ouvert une porte.

Les cantiques montaient toujours de la chapelle. Si Marina criait assez fort, on l'entendrait sans doute. Cela ferait un beau scandale… Et c'était une bien peu digne façon de remercier les sœurs de l'accueil qu'elles lui avaient réservé.

L'air amusé, Nick la regardait hésiter.

— Je n'aurais jamais cru que vous étiez le genre d'homme capable d'enlever une femme dans un couvent, major Falconer.

— Vous apprendrez à me connaître.

Cela sonnait comme une promesse. Il ajouta :

— Alors, y allons-nous ?

Marina se sentit envahie par la panique. Tout cela était bien trop soudain.

— Non !

Il rit, la prit par le poignet et l'attira contre lui, puis glissa un bras autour de sa taille tout en ouvrant la porte.

— Tant pis. Je vous avais prévenue…

— Et si je crie ?

— Je ne vous le conseille pas.

Il n'avait pas élevé la voix un seul instant et pourtant, elle n'avait guère envie de lui désobéir. Il la tenait d'une poigne d'acier, elle était serrée contre lui, et l'entraîner vers le cloître, puis vers la petite porte dérobée qu'il avait ouverte dans le mur d'enceinte, ne prit que quelques secondes. Une voiture attendait juste à côté. Marina espérait entendre les cris d'alarme et d'effroi des religieuses, mais rien ne vint. On l'avait enlevée, en plein jour, et on n'avait rien remarqué !

Dès qu'ils furent installés sur la banquette capitonnée, l'attelage s'ébranla.

— Vous avez souvent fait cela, auparavant ? demanda-t-elle, furieuse.

Il avait l'air très satisfait de lui. Trop.

— Non. Figurez-vous que c'est une première pour moi.

L'estomac noué, Marina se souvint des mots qu'il avait prononcés. Il avait découvert des choses sur elle et il comptait bien la pousser à lui révéler ce qu'il ignorait encore.

Elle n'aurait pas le choix. L'heure n'était plus au mensonge. Mais qu'avait-il appris au juste, à Londres ? Il avait couru le risque de venir au couvent pour l'enlever, alors il ne reculerait devant rien pour découvrir toute la vérité. Marina décida qu'elle lui confierait tout, dès qu'ils seraient rentrés à Peacock Oak et qu'elle aurait, au moins, un peu de tranquillité.

— Je ne dirai rien tant que nous ne serons pas rentrés. Et maintenant, je vais me reposer un peu, excusez-moi.

Nick la regarda dormir durant tout le temps que dura le voyage du retour. Dans le sommeil, qui devait être pour elle une forme de défense contre l'adversité, elle gardait une apparence ordonnée, nette et rangée, comme si elle était toujours la digne veuve de M. Osborne. Sa poitrine se soulevait doucement au rythme de sa respiration et elle paraissait totalement fermée au monde. Nick songeait à la déesse qu'il avait vue nager toute nue dans le bassin de la cascade. Il se souvenait avoir défait cette rangée de boutons sur sa robe, qui montait jusqu'au cou. Il aurait bien voulu recommencer et dévoiler la femme qui, il le savait, se cachait là-dessous. Ce n'était pas la fille de mauvaise vie de la taverne, non plus que la maîtresse lascive de Rashleigh et moins encore la respectable veuve de Peacok Oak. C'était tout simplement une femme, faite d'un complexe mélange de sentiments et d'émotions. Et il allait briser ses dernières chaînes, si toutefois elle le lui permettait.

Elle bougea un peu dans son sommeil et poussa un petit soupir de contentement. Nick en eut le cœur serré. Il n'avait plus rien d'un adolescent, ignorant des choses de l'amour. Il avait trente-deux ans et savait à quoi s'en tenir sur ses propres sentiments.

Il désirait très fort Marina Osborne. Cela, c'était assez simple à comprendre. Il voulait explorer et rassasier de plaisir son corps de déesse.

Mais elle lui importait aussi d'une tout autre manière et il trouvait cela beaucoup plus difficile à comprendre et à expliquer. Tout ce qu'il avait entrepris, jusqu'à son enlèvement d'aujourd'hui, tout ce qu'il avait appris d'elle et aussi de ses propres réactions : sa déception quand il ne l'avait pas trouvée à son cottage, par exemple, ou encore son empressement à la protéger de Hawkesbury et à lui offrir son aide. Tout cela ne pouvait se justifier que d'une seule façon… Il était amoureux d'elle.

Et puis, il se mit à repenser à Anna, à la manière dont il l'avait aimée, elle, plutôt comme une amie, une sœur, que comme une épouse. Et il l'avait trahie. Peut-être cette terrible expérience avait-elle fait de lui un homme meilleur, quand il avait pu l'analyser, mais le prix à payer en avait été terrible. Il ne pouvait espérer qu'Anna lui avait pardonné et qu'un jour, peut-être, il parviendrait à s'absoudre lui-même de tout reproche.

Ils étaient parvenus aux abords de Peacok Oak lorsque Marina s'étira enfin. Elle frotta ses yeux et regarda à la portière le paysage que le soleil de cette fin d'après-midi dorait de ses derniers rayons. La route serpentait entre les collines et l'on entendait les aboiements d'une meute, ainsi que le triste appel d'une trompe. Nick se souvint que Laura lui avait effectivement annoncé qu'une chasse à courre était prévue aujourd'hui. Bientôt, les cris et les aboiements se rapprochèrent, la meute et l'équipage passèrent au galop, non loin d'eux. Marina poussa alors une sorte de petit cri étouffé, comme un gémissement. Immobile, elle s'accrochait à la portière, si fort que ses jointures crispées en étaient blanches. Tout son corps était parfaitement immobile.

Inquiet, Nick avança doucement sa main vers elle.

— Mari… madame Osborne, est-ce que tout va bien ?

Elle ne répondit pas, comme si elle n'avait pas entendu. Il s'approcha plus près et posa sa main sur son bras.

— Madame Osborne ? Marina ?

Elle se tourna vers lui. Son visage était affreusement pâle.

— La chasse…, balbutia-t-elle.

— Ils sont partis, à présent. Tout va bien, c'est juste…

Il s'interrompit. Encore une fois, elle ne paraissait pas l'entendre. De plus en plus inquiet, il alla s'asseoir sur l'autre banquette, juste en face d'elle, et posa plus fermement sa main sur le bras de la jeune femme. Il pouvait la sentir trembler.

— Marina ?

Elle leva les yeux vers lui et il en eut le cœur chaviré. Elle paraissait pétrifiée d'horreur. Il se souvint de la fois où, dans le salon de Laura Cole, elle lui avait dit à quel point elle trouvait que la chasse à courre était chose barbare et qu'il ne pouvait pas se figurer ce que c'était que d'être une proie. Pire encore, il se souvint d'une autre conversation, avec cette ordure de Rashleigh, cette fois.

« Comme ça, tu combats pour le droit et l'honneur, Nick ? Quel ennui ! Je préfère une justice plus sommaire ! Si l'on me défie, j'enverrai plutôt mes chiens mettre en pièces le présomptueux ou la présomptueuse qui s'y serait risqué… »

Il posa de nouveau son regard sur elle et comprit.

— Marina…, souffla-t-il, la voix enrouée par l'émotion. Il… Il vous a poursuivie avec des chiens, n'est-ce pas ? Rashleigh, il vous a donné la chasse ?

Il ressentait un impérieux besoin de savoir et se força à rester patient.

— Je vous en prie, Marina. Dites-moi ce qui est arrivé !

Elle ferma les yeux une seconde et il se demanda si elle avait bien entendu. Puis, elle les rouvrit et le regarda avec une sorte d'insoutenable clarté dans les yeux. Il en eut le souffle coupé.

— Vous avez deviné, major Falconer, dit-elle doucement. Je me suis enfuie de chez votre cousin et il a lâché ses chiens sur moi.

La pluie se mit à tomber alors que Nick renvoyait la voiture et aidait Marina à entrer dans Peacock Cottage aux volets toujours clos. Elle se mouvait lentement, comme une somnambule, et quand il la fit passer dans le salon et qu'il referma la porte sur eux, elle ne réagit pas. Elle s'assit au bord du canapé et le regarda se déplacer dans la pièce, allumer les chandelles et lui verser un peu de brandy.

Puis soudain, elle se mit à parler :

— J'ai donné congé aux domestiques jusqu'à mon retour du couvent, expliqua-t-elle. Mais je suppose que Frank travaille dans le jardin, durant la journée.

— Ne vous occupez pas de cela, lui répondit-il en s'asseyant à côté d'elle et en lui tendant le verre de brandy.

Elle le prit, mais manqua le laisser filer entre ses doigts. Nick mit sa main autour de la sienne pour l'aider. Elle était glacée et il dut aussi l'aider à porter le verre à ses lèvres.

— Comment vous sentez-vous ? lui demanda-t-il tout doucement.

Marina leva les yeux vers Nick, sans chercher, à présent, à lui dissimuler ses émotions.

Elle l'aimait.

Bien des fois, au cours de leur relation, elle avait failli tomber amoureuse de lui et à présent qu'il n'y avait plus de secrets entre eux, à présent qu'elle savait qu'il était l'homme qu'elle avait toujours espéré rencontrer, elle ne pouvait plus résister à ses propres sentiments.

Cependant, elle avait encore peur…

Depuis des années, elle se répétait de ne jamais faire confiance à un homme, de ne jamais tomber amoureuse, de ne pas laisser un homme avoir ce pouvoir sur elle…

Elle en tremblait.

— Marina ?

— Je suis désolée, je…

Elle fit un effort pour se reprendre.

— Je vais un peu mieux, merci. Je suis désolé d'avoir eu cette réaction lorsque les chasseurs sont passés près de nous. C'était très soudain et cela m'a rappelé…

— Ce qui aurait été anormal, c'eût été que vous ne réagissiez pas après ce que vous avez vécu, lui dit Nick.

Il se leva du canapé et fit quelques pas dans la pièce. Il y avait quelque chose dans ses yeux, soudain, qui effrayait Marina. Quelque chose de rageur et de sauvage. Puis elle le vit qui faisait à son tour un réel effort pour adoucir ses traits.

— J'ai quelque chose pour vous, lui dit-il. Je voulais vous le donner dès que nous serions rentrés ici. Vous savez que je suis l'héritier de Rashleigh ?

Il avait une expression de dégoût sur le visage, comme si cette idée lui répugnait absolument.

— Son homme de loi est venu m'apporter ceci, quand j'étais à Londres la semaine dernière.

Il lui tendit un parchemin.

— A ce que vous me dites, je pense que vous devez en ignorer l'existence.

Marina prit le document et le déplia. Elle le lut d'abord une première fois, sans comprendre, puis une deuxième, saisie d'étonnement et dans une totale incrédulité. Quand elle le lut une troisième fois, elle tremblait tellement que le parchemin tomba sur le sol.

— Vous comprenez ce que cela veut dire, n'est-ce pas ? lui demanda Nick d'une voix pressante. Mon oncle vous a redonné votre liberté, avant de mourir.

— Mais il ne l'a jamais dit, balbutia Marina en levant les yeux vers lui. Pourquoi ?

— Peut-être n'en a-t-il pas eu le temps.

Marina regarda le document de nouveau.

— C'est daté du jour de sa mort, murmura-t-elle, comme étourdie par ce qu'elle venait de découvrir. Rashleigh a trouvé ce papier et il l'a gardé, n'est-ce pas ? Mais pourquoi ne m'a-t-il rien dit ?

— Parce qu'il ne voulait pas que vous le sachiez, cela ne cadrait pas avec ses projets. Cet homme était une immonde ordure !

Marina passa la main sur son front. Durant sept ans, elle avait tremblé tous les jours à l'idée qu'elle n'était qu'une esclave en fuite. Et voilà maintenant qu'elle apprenait que, durant tout ce temps, elle avait en fait été libre. Rashleigh lui avait aussi volé cela. La colère l'enflamma soudain et elle se mit à trembler de tous ses membres. La boule qui gonflait dans sa gorge menaçait de l'étouffer. Elle aurait voulu crier et hurler la douleur qu'il lui avait infligée.

— La liberté…, balbutia-t-elle encore.

La scène à laquelle elle avait assisté entre Laura et Charles lui revint à la mémoire. Ainsi, Rashleigh lui avait menti, à lui aussi, et lui avait vendu du vent.

La haine la rendait à demi folle et elle dut faire un puissant effort pour tenter de s'en délivrer. Rashleigh ne lui volerait pas son avenir comme il lui avait volé son passé. Elle ne le permettrait pas.

— Mais ce n'est pas tout, reprit-elle en regardant Nick droit dans les yeux, de nouveau. Je suis aussi une voleuse, vous saviez cela, major Falconer ? Je lui ai pris ses bijoux.

Nick hocha la tête.

— Je m'en doutais. J'ai vu le rapport du vol dans ses papiers et je me demandais ce qu'ils étaient devenus. Pourquoi les avoir pris ?

— Pour survivre. Je ne voulais pas pour cela avoir à vendre mon corps dans la rue et puis, j'ai pensé qu'il me devait bien cela. Mais je n'avais aucune idée de leur valeur. Quand je l'ai découvert, j'ai été terrifiée. Puis je les ai vendus petit à petit et j'ai investi l'argent ici…

Elle leva les yeux vers lui.

— Je n'ai pas tout dépensé pour moi, vous savez… J'ai fait des dons pour la construction de l'école du village et toutes sortes de bonnes œuvres. Il en reste. Cet argent est à vous puisque vous êtes son héritier. Je paierai… je… je suis désolée, je ne suis pas devenue une voleuse de gaieté de cœur, vous savez, mais je ne supportais pas l'idée de devoir vendre mon corps, de nouveau.

La colère flamboya dans les yeux de Nick. Une colère si violente, si primitive que Marina eut un mouvement de recul. Elle savait bien que sa fureur n'était pas dirigée contre elle, mais il était effrayant. Enfin, il se domina et parvint à lui adresser un sourire, ce qui la rassura un peu.

— Vous avez utilisé cet argent pour faire le bien, lui dit-il. C'est plus que Rashleigh n'a jamais fait.

Marina soupira.

— Je suppose que je ferais mieux de tout vous dire...

Nick vint s'asseoir auprès d'elle et lui prit la main.

— Je... Je voudrais tout vous dire, mais...

Elle se remit à trembler.

— Prenez encore un peu de brandy, lui conseilla-t-il doucement en lui tendant le verre.

Elle en but une petite gorgée, comme si c'était un médicament, tout en regardant au fond des yeux de Nick. Et il n'y vit ni jugement, ni désapprobation, ni même de la pitié.

— Je veux tout vous dire.

Et en prononçant ces mots, elle s'aperçut qu'elle ne mentait pas.

— Commencez donc par le commencement, lui dit-il tout doucement.

Elle se lança alors. Plus elle parlait, plus elle s'apercevait que c'était étonnamment facile de lui parler, comme de raconter une histoire qui serait arrivée à une autre, il y a longtemps. Elle parla de son enfance, de l'éducation que le père de Rashleigh lui avait donnée. Bien sûr, elle frémit un peu en arrivant au chapitre de ses relations forcées avec le fils de son mentor, mais Nick tenait sa main dans la sienne et elle pouvait voir sa colère grandissante à l'égard de son cousin. Quand elle évoqua le marché que Rashleigh lui avait imposé, elle sentit sa main se crisper sur la sienne. Sur son visage, on pouvait lire une évidente répulsion. Le désespoir l'envahit. Bien sûr, qui n'en eût pas été écœuré ?

— J'ai lu les documents qui se rapportent à votre servage, ainsi que ceux établissant l'achat d'une ferme pour vos parents. Que leur est-il arrivé ?

Marina eut un rire amer.

— C'est là toute l'ironie de la chose ! J'ai renoncé à ma liberté pour leur permettre de vivre libres et ils sont morts peu après, dans une épidémie. Il est vraisemblable qu'ils auraient vécu, si seulement ils étaient restés à Saint-Pétersbourg. Tout cela, le sacrifice de ma liberté, n'aura servi à rien.

Elle enfouit brièvement sa tête dans ses mains mais se redressa bien vite. Elle voulait achever son récit, en avoir fini et voir Nick s'éloigner. Car, bien sûr, il ne voudrait jamais rester auprès d'elle après ce qu'elle venait de lui révéler.

— Vous savez que Rashleigh m'a prise avec lui en Angleterre… J'ai tout de suite cherché à m'échapper. Durant toute la traversée, il m'a tenue enfermée dans sa cabine et ce fut la même chose au débarquement. Il me garda dans une chambre en emportant mes vêtements. Quand nous avons quitté la Russie, il m'a attaché les mains à sa voiture et m'a traînée ainsi sur les routes. J'en ai encore des cauchemars…

— C'est pour cela que vous étiez tellement désemparée quand vous avez détaché les miennes, le soir de l'attaque des *Glory Girls*. Je savais bien qu'il devait y avoir quelque chose comme cela…

— Une nuit, alors que nous étions dans le Kent, la surveillance s'est relâchée et j'ai enfin tenu ma chance. Il était fin soûl. Aussi n'ai-je pas eu trop de mal à le maîtriser lorsqu'il est venu me rejoindre dans ma chambre. Ensuite, je suis allée prendre les bijoux, dont je connaissais la cachette. Je croyais l'avoir tué en le frappant sur la tête mais quand je l'ai entendu appeler à l'aide, j'ai compris que le coup n'avait pas été assez fort.

— Je le regrette. Cela nous aurait épargné bien des ennuis ensuite.

Puis, elle reprit :

— Je me suis enfuie à travers les champs et abritée dans une grange… C'est au matin que j'ai entendu les chiens.

Elle frissonna.

— J'ai couru, encore et encore, traversé une rivière à la nage pour qu'ils perdent ma trace. C'est ce qui s'est passé mais aujourd'hui encore, je les entends aboyer, dans ma tête.

Il y eut un long silence, durant lequel on entendit le tonnerre qui s'éloignait.

— La voilà, la vérité, major Falconer, reprit Marina. J'ai volé votre cousin et me suis enfuie. Je suis une criminelle et je sais que ce que je viens de vous avouer pourrait me conduire en prison… Je voulais toutefois que vous sachiez enfin la vérité. J'aurais voulu vous dire tout cela plus tôt, mais j'ignorais le genre d'homme que vous étiez.

Nick alla s'accouder au manteau de la cheminée.

— Je comprends que vous m'ayez menti pour vous épargner la prison, mais vous ne l'avez pas fait que pour cela, n'est-ce pas ? Vous vouliez surtout protéger les *Glory Girls*, n'est-ce pas ?

Marina le fixa de ses grands yeux. Elle ne voulait pas lui mentir encore. Mais pouvait-elle lui révéler des secrets qui n'étaient pas seulement les siens ?

Il vint se rasseoir à côté d'elle, sans la toucher.

— Je sais que vous n'avez jamais participé physiquement à leurs raids, mais que vous étiez leur tête pensante, leur cerveau, et je crois comprendre pourquoi...

Comme elle ne répondait rien, il ajouta :

— Je vous jure que vous pouvez me faire confiance, Marina, il est vrai que j'étais venu à Peacock Oak pour vous confondre, mais à présent que je sais tout, je vous donne ma parole de ne rien dire.

— Je pense que Laura vous a également appris que Charles était le chaînon manquant entre Rashleigh et les *Glory Girls* ?

Devant l'air stupéfait de Nick, elle s'empressa d'ajouter :

— Elle ne vous l'a pas dit ? Non, bien sûr. Elle est bien trop discrète et il est votre ami... Je suis désolée...

— Charles ? répéta Nick. C'est Charles qui a prévenu Rashleigh de l'existence des *Glory Girls* ?

— Oui, et Rashleigh m'a vendue à lui. C'était Charles, mon maître chanteur, l'auteur des lettres anonymes que je croyais être de votre main.

Elle vit de nouveau la fureur flamboyer dans ses yeux. Il se leva et fourragea dans ses poches, comme s'il se retenait de quelque mouvement violent.

— Et voilà donc pourquoi Rashleigh avait sur lui une carte de visite de Glory. Charles avait dû la lui donner avec des instructions pour la retrouver. Pauvre Laura, soupira Nick, rien d'étonnant à ce qu'elle l'ait jeté dehors !

— Oui. Et malgré la volonté de son mari de faire de moi sa maîtresse, elle ne m'a jamais montré que de la tendresse et de la générosité.

Il alla se verser un verre de brandy et en tendit un autre à Marina.

— Racontez-moi le reste, lui dit-il. Finissons-en.

Marina s'exécuta. Elle raconta les bas-fonds de Birmingham où elle s'était cachée afin que Rashleigh ne la retrouve pas et les arrière-boutiques de Manchester, où elle avait vendu les bijoux par petites quantités, afin de ne pas trop attirer l'attention. Elle expliqua comment elle avait travaillé comme gouvernante chez une dame de la bonne société, en s'inventant une nouvelle identité aussi éloignée que possible de celle de Marina Valstoya. Comment elle avait vécu de nombreuses épreuves, sans toutefois aller jusqu'à se vendre, ni à voler de nouveau.

— Et M. Osborne ? demanda Nick.

— Il n'a jamais existé, comme vous l'aviez deviné.

— Et au bout de cinq ans, il a fallu que Charles s'en mêle et que Rashleigh vous retrouve ?

Elle acquiesça et reprit une gorgée de brandy. C'était réconfortant. Si elle continuait ainsi, elle finirait par y prendre goût.

— Et le plus ironique dans tout cela, c'est que j'avais bien l'intention de tuer Rashleigh, la nuit où nous nous sommes rencontrés. Sauf que quelqu'un a été plus rapide que moi.

— Ma foi, il y a bien assez de gens qui haïssaient Rashleigh pour avoir fait la besogne, fit remarquer tranquillement Nick. Je le détestais moi-même… Et maintenant, je le hais plus encore.

Sa voix s'était passablement durcie. Elle le regarda.

— J'étais à moitié folle de peur et de dégoût, la nuit où nous nous sommes retrouvés à la gloriette, expliqua-t-elle. Je croyais que vous étiez là pour me proposer un autre répugnant marché, comme votre cousin.

— Je ne ressemble en rien à cet homme, répondit-il très doucement.

— Je le sais et je crois que, même à ce moment-là, je le savais au fond de moi. Mais je n'osais pas le croire, je ne voulais pas espérer que vous étiez aussi droit et vertueux que je l'avais cru tout d'abord…

Leurs yeux se rencontrèrent de nouveau et une intense émotion passa entre eux.

— Moi aussi j'ai douté de vous, dit-il lentement. Mais quand vous m'avez quitté, cette nuit-là, j'ai su que vous ne pouviez pas être celle que vous paraissiez être.

Les joues de Marina s'empourprèrent. Elle se hâta de détourner les yeux et de les garder fixés sur son verre.

— A présent, reprit-il, il n'y aura plus de secret entre nous.

Elle releva la tête.

— Une question, encore. Que faisiez-vous, ce soir-là, à la taverne ?

Il rit.

— Ce que je vous ai déjà dit à la gloriette était vrai :

j'avais rendez-vous avec Rashleigh, pour tenter de lui faire entendre raison à propos de ses dettes. Vous savez, Marina, il ne faut pas vous reprocher ce qui est arrivé ; rien n'était votre faute.

Cela paraissait trop à la fois. Nick lui avait rendu sa liberté, l'avait délivrée de ses secrets et maintenant, il lui promettait le silence à jamais. Marina s'émerveillait de l'étrange intimité née entre eux. Cette compréhension, cette complicité, comme s'ils se connaissaient depuis des années. Elle ne savait pas bien comment c'était arrivé, mais elle se sentait de plus en plus amoureuse de lui, tout en n'oubliant pas un instant qu'il était l'héritier d'un marquis et qu'elle était, elle, l'ex-maîtresse de Rashleigh et une esclave affranchie. Son passé était bien sombre et cela l'effrayait. Comment pourraient-ils jamais avoir un quelconque avenir ensemble ?

Elle se leva et instantanément, la tête se mit à lui tourner.

— J'ai trop bu, balbutia-t-elle. Il faut que je m'étende.

La pluie cinglait les vitres, à présent, et il faisait si sombre que dans l'état de confusion où elle se trouvait, Marina ne savait plus exactement si c'était le jour ou la nuit. Elle vacilla et dut s'appuyer à l'accoudoir du canapé pour ne pas tomber. Elle se sentit alors soulevée dans les bras de Nick, qui l'emporta vers la porte. Il la tenait étroitement serrée. La tête contre son épaule, elle pouvait entendre battre son cœur.

— Qu'est-ce que vous faites ? bredouilla-t-elle, en s'agrippant tout de même à lui.

Il baissa les yeux sur elle.

— Vous disiez que vous vouliez vous étendre. Où est votre chambre ?

— Je la trouverai moi-même.

— Je ne le pense pas. Vous pourriez tout aussi bien tomber dans l'escalier. Je ne me doutais pas que vous teniez si mal l'alcool. Je croyais que les femmes russes en remontraient aux hommes en fait d'absorption…

— C'est une généralisation ridicule !

Il sourit et la serra encore davantage contre lui tandis qu'ils passaient dans le corridor, puis montaient les premières marches de l'escalier.

— J'imagine que vous avez raison. Ne vous inquiétez pas, vous êtes parfaitement en sécurité.

Parfaitement en sécurité… C'était une idée fort séduisante.

Il répéta, son souffle soulevant doucement une mèche de cheveux de Marina :

— Votre chambre ?

Elle rendit les armes.

— La deuxième porte à droite.

Il ouvrit et la déposa délicatement sur le lit.

— Vous croyez que vous pourrez vous déshabiller seule ?

— Certainement. Vous n'allez tout de même pas le faire pour moi !

Elle devina son sourire dans la pénombre.

— Très bien. Je vous laisse, alors.

Marina se sentit saisie d'effroi. Peut-être était-ce le brandy qui réveillait en elle de vieilles terreurs plus ou moins refoulées.

— Mais… Vous n'allez pas me laisser seule dans la maison, n'est-ce pas ?

Elle le vit hésiter un instant, qui lui parut une éternité. Puis, il hocha la tête.

— Je vais voir si je peux aller faire chercher vos domestiques au village et je resterai jusqu'à leur retour. Cela vous va ?

Elle acquiesça, rassurée.

— Merci.

Ses paupières étaient lourdes de sommeil. Dès qu'elle eut entendu la porte se refermer derrière Nick, elle se débarrassa de ses chaussures d'un coup de pied, s'extirpa de sa robe et se glissa sous les couvertures, physiquement et émotionnellement épuisée. Un instant plus tard, elle était profondément endormie.

Nick descendit doucement l'escalier et traversa le vestibule pour se diriger vers la porte d'entrée. Peu lui importait qu'il pleuve, il fallait qu'il sorte. Il avait besoin d'air pour clarifier ses pensées. D'ailleurs, la tempête qui soufflait en rafale au-dehors reflétait exactement la violence de ses sentiments.

Jamais encore il n'avait ressenti une telle colère en lui. Tant qu'il avait pu parler à Marina et s'occuper d'elle, il avait réussi à dominer sa fureur pour ne s'occuper que de la jeune femme. Mais à présent, il débordait d'une haine farouche envers son cousin, comme il n'en avait jamais éprouvé de sa vie. Si Rashleigh avait été encore en vie, il l'aurait très certainement poursuivi sans relâche pour le tuer de ses mains nues. Et même cela n'aurait pas suffi à punir cette ordure et à étouffer la soif de vengeance de Nick. Mais quelqu'un d'autre avait déjà fait justice à sa place et l'impossibilité où il se trouvait de venger Marina le remplissait d'une rage impuissante. Il s'était toujours considéré comme un homme civilisé mais il voyait à présent combien était fine cette couche de vernis, sur ses instincts.

Il traversa la terrasse. La pluie s'abattait sur sa tête nue sans parvenir à le calmer. Les trombes crépitaient sur le dallage comme des baguettes sur un tambour. Il descendit sur la pelouse qui se gonflait d'eau comme une éponge sous ses pieds. Levant son visage vers le ciel, il se demanda s'il existait bien une justice divine capable, au-delà de la mort, de punir de telles exactions. Le tonnerre roulait au loin, semblant apporter une réponse réconfortante à sa question. En quelques instants, Nick se retrouva trempé jusqu'aux os, mais il se sentit mieux.

Il trouva Frank en train de fermer les serres et l'envoya au village trouver Jane et lui dire que sa maîtresse était revenue. Puis il retourna à l'intérieur de la maison et se tint un moment dans l'entrée, l'eau dégoulinant de ses vêtements. Il ignorait combien de temps s'écoulerait avant le retour des domestiques et il avait promis à Marina de ne pas la laisser seule. Aussi, mieux valait qu'il se sèche s'il ne voulait pas attraper froid. Il passa donc dans la cuisine, trouva un torchon sec près du poêle et s'en servit pour s'essuyer vigoureusement les cheveux, puis il retira sa chemise, tellement trempée qu'elle lui collait à la peau et alla l'étendre dans le petit appentis qui servait de lingerie. Il se demanda s'il n'allait pas devoir rallumer le feu pour sécher ses culottes, quand il entendit un cri venu de l'étage.

Il monta l'escalier quatre à quatre, ouvrit en trombe la porte de la chambre et trouva Marina emberlificotée dans son drap et ne portant plus sur elle que ses sous-vêtements. Sa robe gisait en tas sur le plancher, à côté du lit. Elle respirait vite, comme si elle manquait d'air. Nick comprit qu'elle était en train de faire un cauchemar.

Il lui posa doucement la main sur l'épaule et elle se dégagea violemment d'une bourrade.

— Ne me touchez pas ! Laissez-moi tranquille !

Il la maîtrisa en tenant doucement ses mains et la prit dans ses bras.

— Je suis là, murmura-t-il dans ses cheveux. Tout va bien. Vous êtes en sécurité, comme je vous l'avais promis.

Marina ouvrit les yeux et quand elle le vit, instantanément, elle lui sourit. Nick sentit une profonde émotion monter en lui. Comment Rashleigh avait-il pu détruire sciemment autant d'innocence ?

— Nicholas…

C'était seulement la deuxième fois qu'elle l'appelait par son prénom. Elle posa sa main sur la joue de Nick, il pouvait sentir ses longs cheveux sur son torse nu.

— Ne me laissez pas, murmura-t-elle.

— Non. C'est promis.

Elle sourit, ferma les yeux et il sut qu'il était pris, à jamais.

14

Trèfle à quatre feuilles : soyez à moi.

A travers les brumes du sommeil et du brandy, Marina entendait une voix. Un cri plus exactement. Elle s'étira, sans vouloir encore s'extirper de sa douce léthargie. Elle était au chaud, se sentait bien et, pour la première fois d'aussi loin que pouvait remonter sa mémoire, elle avait l'impression d'être en sécurité, protégée.

Mais quelqu'un criait, à n'en pas douter, et ce quelqu'un semblait être Jane.

Elle essaya bien de bouger et s'aperçut alors que quelqu'un la retenait contre lui. Elle sentait la chaleur d'un autre corps, tout contre le sien. Une mèche de cheveux bruns lui chatouillait la joue. Et puis, il y avait cette odeur masculine, fraîche et boisée.

Elle roula sur le côté et il poussa un petit grognement de protestation en l'attirant contre lui de nouveau. Elle se figea. Grands dieux ! Elle était au lit, dans les bras de Nicholas Falconer, sa main posée sur son torse nu.

Il lui caressait le dos… elle en avait entendu parler mais personne, jamais, ne l'avait doucement caressée ainsi. C'était bon, délicieusement, intime, et vous donnait envie de vous pelotonner encore davantage et de rester ainsi pour toujours.

Marina était stupéfaite de ne ressentir aucune crainte, aucune appréhension. Un autre cri résonna à son oreille et elle se dressa à demi sur le lit. La tête lui tournait et quand elle ouvrit les yeux, elle eut l'impression que le plancher de sa chambre tanguait comme un bateau sur une mer déchaînée. Jane se tenait au pied du lit, une bouteille de brandy dans une main et ce qui ressemblait bien à une chemise d'homme dans l'autre. Marina se tourna vers Nick. Son torse nu suggérait qu'il pouvait bien en être le propriétaire.

— Mon Dieu, hoqueta Jane, outrée, vous voilà devenue comme lady Hester, à présent !

— Euh... Ce n'est pas ce que vous croyez, Jane, commença Marina avant de se mettre les doigts sur les tempes, car elle avait l'impression que son crâne allait éclater.

Sa femme de chambre se permit de la regarder d'un air goguenard après avoir jeté un coup d'œil sur la bouteille qu'elle tenait à la main.

— Je vais vous préparer un bain, madame, et une tisane pour votre migraine, lui dit-elle d'un air un peu pincé. Est-ce que le monsieur... reste ?

— Il reste, confirma gaiement Nick en s'asseyant sur le lit.

Toute rougissante, Marina essaya de ne pas regarder les muscles saillants de son torse.

— Il reste, tant qu'il n'aura pas convaincu Mme Osborne d'accepter sa proposition de mariage.

— Je serai dans la cuisine, si Madame et Monsieur

ont besoin de moi, répliqua Jane, impavide. Mais ça m'étonnerait…

— Oh, mon Dieu, bégaya Marina, tandis que la servante refermait la porte derrière elle. Major Falconer, je crois qu'il vaut mieux que vous partiez, j'expliquerai les choses à Jane.

— Quand vous me demandiez de rester avec vous, vous m'appeliez Nicholas.

Marina rougit fortement.

— Je ne me souviens pas, balbutia-t-elle. Et je suis sûre qu'il ne s'est rien passé entre nous.

Nick prit sa main.

— Vous avez eu un cauchemar, expliqua-t-il, et je vous ai promis de rester auprès de vous.

— Vous n'étiez pas obligé de prendre les choses tellement… à la lettre ! Je… je me suis sentie très en sécurité, je vous remercie.

Elle ajouta, dans un murmure :

— Je… Je savais que vous ne me feriez pas de mal. J'ai confiance en vous.

Il serra sa main un peu plus fort et la regarda intensément, au fond des yeux.

— Epousez-moi, alors. Bientôt, tout le village saura que vous aviez un homme dans votre lit ce matin. Vous êtes compromise, Marina. Devenez ma femme.

— Vous épouser ? Mais vous avez perdu l'esprit, major Falconer ! Hier, vous m'avez enlevée d'un couvent, puis vous m'avez fait boire et maintenant vous me proposez le mariage ? Tout cela me paraît si incongru que je me demande si vous ne devriez pas voir un médecin !

Nick éclata de rire. Il s'étira et Marina put voir ses

muscles bouger souplement sous sa peau dorée. Une vague de sensations inattendues la saisit.

— Mais je vais très bien…

Il la regarda, elle rougit et il ajouta :

— Vraiment très bien.

— Il n'est pas pour autant nécessaire de me demander en mariage. Etre compromise, un peu plus ou un peu moins, dans ma situation, vous comprendrez que cela n'est pas bien grave. J'ai donc peur de devoir refuser votre offre… si étonnante.

Il sourit, visiblement pas intimidé par cette rebuffade. Il semblait croire qu'il pouvait la convaincre. En lui faisant la cour, peut-être. C'était presque choquant.

Pour ne pas lui opposer un refus trop brutal, elle posa doucement sa main sur son bras et tressaillit. C'était doux, chaud et tentant à un point inimaginable. Elle aurait voulu le toucher tout le temps. Ce n'était certainement pas normal. Elle s'écarta prudemment de lui alors que son propre corps s'enflammait.

— Nicholas…, commença-t-elle.

Et alors il sourit, de ce fameux sourire qui la faisait fondre littéralement.

— Je comprends ce que vous cherchez à faire, lui dit-elle. Vous essayez de racheter les torts de Rashleigh. Mais comme vous l'avez dit vous-même, vous n'êtes pas votre cousin. Vous n'êtes pas responsable et n'avez pas à payer pour ce qu'il m'a fait.

Nick reprit sa main.

— Vous vous trompez complètement, répliqua-t-il. Ce n'est pas ce qui me motive. Il est vrai que je ferais n'importe quoi pour réparer le mal qu'il vous a fait…

Il sentit le recul instinctif de sa main, mais tint bon.

— Mais ce n'est pas pour cela que je vous demande en mariage. Je veux que vous deveniez mon épouse car… je vous aime.

Le choc coupa toute possibilité de réplique à Marina pour un moment.

— Vous ne pouvez pas m'aimer, Nicholas ! finit-elle par s'exclamer. Vous me connaissez à peine !

Elle retira enfin sa main, dans l'intention de se lever pour mettre un peu de distance entre eux, mais se souvenant opportunément qu'elle était à peine vêtue, elle y renonça. Elle se sentait terriblement vulnérable, sous le regard brûlant qu'il posait sur elle et qui faisait battre son cœur.

— Lorsque vous m'avez rencontrée, vous croyiez que j'étais une criminelle et une prostituée. C'est cette Marina Osborne que vous désiriez, celle qui vous embrassait à la taverne et que vous avez vue se baigner nue sous la cascade. Puis vous avez découvert la vérité, vous m'avez crue injustement accusée et maintenant vous voulez me sauver. C'est une autre femme que vous désirez à présent. Mais pas moi, Nicholas. Toujours pas la véritable Marina. Vous vous êtes créé des images différentes et successives de moi, mais vous ne me connaissez pas.

Il allait parler pour se défendre mais elle l'interrompit d'un geste.

— Et moi non plus, je ne vous connais pas. Ne vous êtes-vous jamais demandé pourquoi je ne vous ai jamais posé de questions sur vous, sur vos intérêts, vos goûts, alors que vous étiez si curieux des miens ? C'est parce que je ne souhaitais pas découvrir qui était le vrai

Nicholas Falconer. J'étais instinctivement attirée par vous, mais je savais que vous étiez là pour me tendre un piège et j'avais peur, non seulement de ce que vous pouviez faire, mais de la véritable personne que vous étiez. Peur de vous apprécier, tout simplement, alors que vous étiez mon ennemi. Il en résulte qu'aujourd'hui nous ne nous connaissons pas et ce n'est que l'un des nombreux obstacles qui se dressent entre nous.

Nick ne bougeait pas. Silencieux, il la fixait du regard.

— Je ne peux être d'accord avec vous sur ce point, lui répondit-il enfin. Car je sais bien des choses sur vous : que vous êtes brave et bonne, dévouée à ceux que vous aimez et aux causes en lesquelles vous croyez…

Tout en parlant il ne la quittait pas des yeux.

— Vous êtes pleine de compassion envers les autres et je n'oublierai jamais votre détresse lorsque vous m'avez délié les mains, après l'attaque des *Glory Girls.* Vous êtes douce, belle et passionnée aussi. Je vous veux dans mes bras tous les jours de ma vie et dans mon lit toutes les nuits. Il me semble que ce sont de bonnes raisons pour un mariage.

Il s'interrompit et reprit en souriant :

— Ah, oui ! Et aussi parce que vous êtes une épouvantable cavalière et que vous avez bien besoin d'un moniteur d'équitation à demeure.

Et soudainement, il la prit par le poignet et la bascula sur le lit, ses lèvres à quelques centimètres des siennes.

— Epousez-moi et vous pourrez apprendre tout ce que vous voulez savoir sur moi durant nos fiançailles.

— Et si, par malheur, nous découvrions chacun des aspects du caractère de l'autre que nous n'aimons pas ?

Il sourit.

— Je ne le pense pas. Dites oui.

— Non.

Marina essaya de se remémorer toutes les bonnes raisons qu'elle avait de refuser son offre. Ce n'était guère facile, avec sa bouche à quelques centimètres de la sienne. Son cœur battait à ses tempes.

— Je ne veux pas d'un mari.

— Qu'en savez-vous ? Vous n'en avez jamais eu.

Il enfouit son visage dans le cou de Marina et baisa la tendre chair palpitante. Elle sentit tout son corps frissonner. Puis, il se releva sur un coude.

— Je sais bien que vous redoutez les contacts physiques, Marina. Je l'ai bien compris. Je sais que je vous ai fait peur, cette fameuse nuit à la gloriette et j'en suis désolé. Mais je suis sûr que si vous voulez me faire confiance, nous pourrons surmonter cela. Je le sais… à cause de la manière dont vous avez répondu à mes baisers.

Marina ferma les yeux, se concentrant sur ses caresses, qui faisaient bouillir son sang.

— Ce n'est pas exactement que j'ai peur, expliqua-t-elle, en essayant d'être honnête avec lui. Je sais bien que j'y réponds. Quand vous m'avez embrassée pour la première fois, j'ai confié à Laura à quel point cela avait été merveilleux et comme j'étais étonnée de ma propre réaction.

Elle vit une lueur de triomphe masculin dans ses yeux et se mit à rire.

— Cela vous plaît, n'est-ce pas ?

Il lui prit la main et lui embrassa le bout des doigts.

— Bien sûr, mon amour, que cela me plaît !

Elle posa sa main à plat sur le torse de Nick, comme pour le retenir, l'empêcher d'aller plus loin.

— Attendez ! Après ce qui est arrivé à la gloriette…

Il lui était même pénible d'y repenser.

— Eh bien, j'ai peur, acheva-t-elle avec honnêteté. Oui, j'ai peur de recommencer.

— Je comprends…

Il passa doucement un doigt sur sa joue et la força à le regarder.

— Je ne vous presserai pas. Nous irons tout doucement et nous verrons bien ce qui arrivera…

Il la regarda et soupira :

— Il y a autre chose… Qu'est-ce qui vous trouble encore ?

Marina lui lança un regard rapide du coin de l'œil.

— Votre oncle… Vous êtes héritier d'un marquis et moi, l'ex-maîtresse de votre cousin. Nous ne pouvons pas changer cela.

Il lui effleura les lèvres des siennes.

— Chut…, murmura-t-il. Cela ne compte pas, si vous voulez m'épouser.

— Cela compte !

— Pas pour moi. Et je me moque de l'opinion des autres.

— Si l'on découvre ce fait, vous serez rejeté par la société et votre famille elle-même vous reniera probablement. Personne ne voudra me recevoir. Moi, cela m'est bien égal, mais il serait bien injuste que vous, vous deviez être mis au ban de la société.

Une ombre passa sur le visage de Nick et il ne répondit

pas immédiatement, preuve que l'argument devait avoir porté. Marina devrait supporter toute sa vie le poids de son passé et s'il l'épousait, il devrait en prendre sa part.

Il soupira et se redressa dans le lit.

— Je ne peux pas nier que cela peut arriver. Mais avec le temps, je suis certain que ma famille vous acceptera, vous appréciera et vous aimera. Mais la bonne société, elle, jasera toujours quand elle apprend un scandale bien juteux…

Il se pencha encore pour l'embrasser.

— Mais cela m'importe peu, parce que je vous aime et que je sais que vous pourrez vivre avec cette menace suspendue au-dessus de notre tête. Le pourrez-vous, Marina, à mes côtés ?

— Je… je ne sais pas.

Elle passa ses doigts sur la ligne des larges épaules nues de Nick.

— Je n'en sais rien et je ne veux pas vous faire porter ce fardeau-là.

— J'ai fait mon choix, lui répliqua-t-il d'un ton plus pressant, et mon choix, c'est vous !

Marina baissa les yeux et joua nerveusement avec le drap.

— J'ai trop de choses… à penser, Nicholas. C'est… c'est trop neuf.

De nouveau, il prit sa bouche. Un peu moins doucement cette fois. C'était toujours très tendre mais en dessous, il y avait quelque chose de plus pressant, de plus exigeant. Elle leva la main pour toucher sa joue. Sa barbe du matin était dure et piquait un peu.

— Je me sens… très bizarre, soupira-t-elle, et ce n'est pas seulement à cause du brandy.

Nick se mit à rire.

— Je m'en vais. Mais je reviendrai demain et je n'aurai pas changé d'avis.

Il s'interrompit et la regarda un instant.

— Toutefois, il vous suffira d'un mot, un seul, et je n'insisterai plus. Je vous laisserai définitivement en paix. Ce mot, vous pouvez le prononcer tout de suite, si vous le souhaitez.

Marina le regarda. C'était le moment de parler, de lui dire qu'elle ne pouvait lui laisser aucun espoir, que tout se liguait contre eux, qu'elle était bien trop effrayée pour prendre le risque de l'aimer. Il la fixait, lui aussi, de ses yeux sombres et perçants.

— Je vais y réfléchir, murmura-t-elle, et elle vit la petite lueur revenir dans ses yeux.

— Merci, articula-t-il, la voix rauque.

Il l'embrassa de nouveau. Un baiser ardent, exigeant, plein de désir qui lui fit tourner la tête. Heureusement qu'elle était couchée…

Quelqu'un gratta alors à la porte. Elle s'entrouvrit avec un petit cri de surprise étouffée.

— Doux Jésus ! s'exclama Jane. Monsieur n'a pas encore persuadé Madame ?

— Pas encore, non, répondit Nick en saisissant sa chemise. Mais j'y arriverai !

Il sourit à Marina et elle se sentit fondre une fois encore.

— Demain ! lui lança-t-il, plein de confiance.

Et cela sonnait comme une promesse.

*
* *

— Il paraît que vous avez proposé le mariage à Mme Osborne ? grogna Josie en déposant une assiette d'œufs au bacon devant Nick, dans la salle commune de l'auberge du Clair de Lune.

Surpris, il leva les yeux vers elle. Elle se tenait devant sa table, les mains sur les hanches, en occultant pratiquement toute la lumière venue de la porte. Derrière elle, Lenny polissait le comptoir comme s'il réglait avec lui un compte personnel. Nick s'éclaircit la gorge. Etrangement, il avait soudain moins d'appétit et regrettait d'avoir choisi de descendre à l'auberge du Clair de Lune, plutôt qu'au Lion d'Or.

— En effet, acquiesça-t-il en soutenant le regard furieux de Josie.

Le regard de l'aubergiste se fit plus sévère encore.

— Et pourquoi que vous avez fait une chose pareille ?

Nick l'observa un instant. Il se doutait que Josie et Lenny, comme Laura Cole, Hester, Teague et probablement d'autres personnes, voulaient protéger Marina. Il valait donc mieux, sans doute, leur dire l'absolue vérité.

Il repoussa son assiette.

— Eh bien, je l'aime, avoua-t-il tranquillement. Je veux prendre soin d'elle et la protéger.

Du coin de l'œil, il vit Lenny faire le tour du bar, s'approcher de sa table et l'examiner, les bras croisés. Puis le visage rond de Josie s'illumina d'un large sourire et elle lui donna une grande claque dans le dos, à lui couper le souffle.

— Bon sang, Lenny, mais il a l'air sincère ! coassat-elle, hilare. Le major Falconer est amoureux de notre Mme Osborne !

— Il fera bien de s'occuper d'elle comme il faut, alors, laissa tomber Lenny d'un ton sinistre.

Il ne souriait pas du tout et Nick songea que c'était sans doute trop lui demander.

— Je le ferai, répondit-il tranquillement. Si toutefois elle me laisse faire.

— Elle est têtue, indépendante et n'accorde pas facilement sa confiance, égrena Lenny, de plus en plus lugubre.

— Qui pourrait l'en blâmer ? fit remarquer Josie. Tous les hommes sont des ordures, sauf votre respect, major, et sauf toi, Lenny, bien sûr.

— Je vais vous dire ce qu'il faut faire, reprit Lenny en s'asseyant en face de Nick, ses coudes sur la table. Faut lui faire plaisir, lui apporter des fleurs et tout ça… euh… non, pas des fleurs, elle en a déjà plein. Mais des cadeaux, vous voyez ce que je veux dire ? Lui faire la cour, quoi.

— Eh ben, Lenny, qui aurait dit que tu étais un cœur tendre ? s'étonna Josie.

Elle posa lourdement sa main sur l'épaule de Nick, qui faillit en vaciller sur son tabouret.

— Encore du bacon, major ? Va vous falloir des forces, à présent.

— Merci, oui. Merci beaucoup…

— Tu comprends ce qui t'arrive, n'est-ce pas ? Tu vois bien ce que le major Falconer est en train de faire ?

Hester rayonnait de son bonheur tout neuf. Elle était

assise avec Marina sur la terrasse de Peacock Cottage, à regarder le soleil se coucher derrière les collines en buvant de la limonade faite maison. Août avait à présent fait place à septembre, et il y avait déjà comme un parfum d'automne dans l'air.

— Il te fait la cour, voyons, Marina. Josie m'a raconté que Lenny lui avait donné des conseils. Lenny, tu te rends compte ? Et il paraît que, depuis, ils ne se quittent plus tous les deux.

Elle fit une petite pause et reprit :

— J'ai vu cette jolie petite aquarelle qu'il t'a offerte et il paraît même qu'il essaie de t'apprendre à monter à cheval. Si ce n'est pas de la dévotion, ça…

Hester rit en prenant un biscuit dans le plat posé sur un plateau d'argent.

— Est-il un meilleur professeur que moi ?

— Il est certainement plus patient, répliqua Marina avec un sourire.

— Ma chérie, en équitation comme en amour, la théorie m'ennuie. Rien ne vaut la pratique…

— Je vois ce que tu veux dire. En tout cas, cela semble te réussir. Je suis contente de te voir aussi heureuse.

— Je le suis. Très, très heureuse. Alors, quand vas-tu accepter de l'épouser ?

Marina serra machinalement son châle autour de ses épaules.

— Je ne sais pas… Il y a quelques difficultés…

Hester ouvrit des yeux ronds.

— Lesquelles ? Il t'aime et vous passez tout votre temps ensemble. Il n'y a pas de difficultés qui ne puissent se surmonter.

Marina se mordit la lèvre.

— Peut-être que tu as raison. Et il est exact que nous passons beaucoup de temps l'un avec l'autre. Mais il reste beaucoup de choses dont nous n'avons pas parlé, soupira-t-elle. Il ne fait jamais aucune allusion à sa femme et bien que je l'aime, je doute encore de vouloir l'épouser. Je viens à peine de recouvrer la liberté, pourquoi la sacrifier encore dans le mariage ?

Hester éclata de rire.

— L'état matrimonial n'est tout de même pas comparable à l'esclavage !

Marina ne put s'empêcher de sourire.

— Je suppose que cela dépend du mari…

Mais très vite, une ombre passa sur son front.

— Le congé de Nick se termine bientôt, expliqua-t-elle, et je crois qu'il n'attendra pas encore ma décision bien longtemps. Chaque jour, je crois qu'il va m'annoncer son départ. Il a promis d'aller visiter sa famille en Ecosse et…

Hester posa sa main sur celle de son amie.

— La patience n'est peut-être pas la vertu première du major Falconer, mais il en montre beaucoup avec toi. Je suis sûre qu'il ne pressera pas ta décision. Je parierais même qu'il ne t'a pas encore embrassée.

Marina rougit violemment. En fait, il y avait bien eu des baisers entre eux, la nuit où Nick lui avait proposé le mariage mais depuis, c'était à peine s'il la touchait. Marina en était venue à développer une grande attente, mêlée de frustration, à ce sujet. Le désir qu'elle avait de lui grandissait jour après jour, avec l'intimité, de plus en plus forte, qui naissait entre eux. Les leçons d'équitation étaient un supplice, avec toutes les occasions de se frôler qu'elles entraînaient, quand il l'aidait à monter en selle ou à en descendre, quand il se penchait sur elle pour lui montrer comment tenir les rênes ou comment améliorer son assiette. Une véritable torture.

— Il a beaucoup de respect pour toi, Marina, dit Hester en reprenant un biscuit, et une très grande retenue.

Elle eut du mal à ne pas sourire en voyant clairement la frustration sur le visage de son amie.

— Voilà un homme qui agit de façon très honorable. Sachant ce qui t'est arrivé autrefois, il ne veut pas te brusquer. Mais je suis bien certaine qu'il a déjà acquis une licence de mariage. Il te veut, Marina, corps et âme, et il ne te laissera pas lui échapper.

Marina frissonna, comme si une ombre était passée sur le soleil. Hester s'en aperçut tout de suite.

— Qu'y a-t-il ? Qu'est-ce que j'ai dit ?

— Rien.

Elle se souvenait de cette nuit à la gloriette, lorsque Nick avait employé ces mêmes mots. Elle avait vu alors clairement la passion qui l'enflammait et qui l'avait embrasée à son tour. Depuis, il avait tenu les rênes courtes à son désir. Marina savait bien que si elle se donnait à lui, rien ne serait plus comme avant. Pouvait-elle s'enchaîner de nouveau, même par amour, si peu de temps après avoir recouvré sa liberté ? Elle ne savait pas, ne savait plus.

— Rien vraiment, rien du tout.

Septembre égrena ses journées à son tour et l'automne s'installa à Peacock Oak. Au jardin, les feuilles flamboyèrent, de bronze, d'or et de pourpre parmi les dernières roses. Marina avait fait tant de progrès en équitation qu'elle pouvait à présent sortir à cheval tous les jours avec Nick et par une belle journée encore ensoleillée, ils allèrent pique-niquer dans les ruines de l'abbaye de Bolton.

Il souriait en la voyant en selle. Elle ne serait sans doute jamais une excellente cavalière, mais elle semblait y prendre plaisir. Il s'était montré aussi patient à la familiariser aux chevaux qu'à attendre sa réponse. Il savait trop que se montrer pressant aurait signé sa perte, dans l'un comme dans l'autre domaine.

En de nombreuses occasions, ils avaient été proches l'un de l'autre et cette proximité avait mis ses nerfs à rude épreuve. Le seul fait de voir les lèvres de Marina s'incurver en un sourire dont elle ne soupçonnait pas la sensualité ou de la frôler en l'aidant à mettre le pied à l'étrier, grisé soudain par son parfum, d'entendre le son de sa voix ou son rire, soumettait le pauvre Nick à la plus délicieuse mais aussi à la plus réelle des tortures. Il se demandait s'il serait possible de l'aimer un jour davantage qu'il ne la chérissait déjà et se disait que c'était impossible.

Chaque fois qu'elle était auprès de lui, il était instantanément dans un état d'excitation indescriptible et aujourd'hui, l'eau claire de la jolie rivière qui coulait aux alentours lui paraissait propre à calmer sa frustration, même si ce n'était que pour un moment.

Aujourd'hui, il avait quelque chose de très important à dire à Marina et il était bien conscient que si son message passait mal, la partie serait perdue, définitivement. Aujourd'hui, il devait lui parler d'Anna.

Ils avaient choisi pour leur pique-nique un bien joli décor, au bord de l'eau, et Nick y avait étendu une couverture sous un grand chêne. Marina, toute fraîche, toute pimpante dans une robe bleue, déballait les provisions.

— Il y a du jambonneau, du pain frais, du fromage, une tourte au faisan, des pommes et du cidre brut…, détailla-t-elle en piochant dans le panier.

Elle leva les yeux vers son compagnon en souriant.

— On dirait que Jane tient à vous soigner, Nick, pour vous avoir préparé toutes ces merveilles…

— Il faut que je vous parle de ma femme, lui dit-il abruptement, en cassant une branche morte qu'il venait de ramasser à terre.

Ce n'était pas ainsi qu'il aurait voulu amener les choses. Mais il semblait incapable de s'y prendre plus habilement.

— Bien sûr, murmura Marina, les mains sur ses genoux.

Il la regarda. Elle avait l'air effrayé et il comprit soudain qu'elle redoutait ce qu'il allait dire. Il en ressentit une grande bouffée de tendresse.

— Marina…

Elle le retint d'un geste.

— S'il vous plaît, lui dit-elle. Racontez-moi.

Nick lança le bâton dans l'eau et le regarda s'éloigner dans le courant.

— Je l'aimais, commença-t-il. Mais je n'ai pas su la protéger.

Il s'interrompit. Marina le regardait intensément, attendant qu'il poursuive.

— Nous étions promis l'un à l'autre depuis l'enfance et je l'ai épousée dès que j'ai eu vingt et un ans. Je suppose, car bien sûr j'y ai beaucoup réfléchi depuis, qu'à cause de cela, j'ai toujours tenu la présence d'Anna auprès de moi comme acquise et que je ne me suis pas interrogé plus avant. En fait, je crois que je la chérissais tendrement, mais que je n'étais pas amoureux d'elle…

Il se sentait étrangement calme, apaisé bien qu'il livrait là des pensées qu'il n'avait jamais dévoilées à personne, des choses dont il n'aurait jamais cru pouvoir parler ainsi.

— Nous avons été séparés durant la plus grande partie de notre vie de couple. J'étais à l'armée, au loin, et Anna, chez nous, en Angleterre.

Les beaux yeux noirs de Marina s'ouvrirent tout grand de surprise.

— Elle ne vous accompagnait pas ?

Il secoua la tête.

— Non, elle était trop délicate. Et puis…

Il prit une profonde inspiration. Il allait exposer la désagréable vérité.

— Je crois que je ne voulais pas vraiment d'elle auprès de moi. Non pas que je ne l'aimais pas, mais je pensais qu'elle ne supporterait pas cette vie et qu'elle était mieux auprès de ses parents. Aujourd'hui, j'ai l'impression qu'en fait, nous n'étions pas réellement mariés.

» Elle m'écrivait chaque semaine et j'étais heureux quand je pouvais aller la voir en congé. Je l'aimais ou du moins, je croyais l'aimer. Mais c'était seulement de la tendresse, sans rien de la passion que j'ai ressentie dès l'instant où je vous ai vue.

Marina baissa les yeux mais très vite elle les releva vers lui et son regard ne cilla pas quand elle lui demanda :

— Lui étiez-vous fidèle ?

Devait-il lui mentir ? Il en était devenu incapable. Mais s'il disait la vérité, il risquait de faire voler en éclats la fragile confiance qu'il avait pu établir entre eux et qui relevait presque du miracle, étant donné ce qu'elle avait pu traverser dans le passé.

Il ferma les yeux un instant.

— Non, dit-il enfin, non, je ne l'ai pas toujours été, bien que j'aie essayé. Ce n'est arrivé que lorsque Anna a été malade, alors que nous ne nous étions pas vus depuis deux ans.

Il s'interrompit.

— Mais je cherche des excuses, là où il n'y en a aucune, soupira-t-il.

Il y eut un nouveau silence. La brise ridait la surface de l'eau. Nick essayait désespérément d'ajouter quelque chose, mais n'y parvenait pas.

— Beaucoup de gens auraient fait comme vous, je suppose, murmura Marina. Simplement… Je n'aurais pas imaginé que… enfin…

— Je n'aurais pas dû agir ainsi. J'ai eu beaucoup de remords…

Il s'interrompit, ne souhaitant pas donner de détails. Il était bien jeune alors, avec des besoins physiques qui n'avaient pas été satisfaits depuis deux ans. Un soir qu'il était ivre, il s'était laissé séduire par l'épouse d'un officier supérieur. A bien y repenser à présent, c'était banal et ridicule, mais il n'avait pas su résister à la tentation et seul le remords, la culpabilité, l'avaient empêché de recommencer. Il brisa un second bâton entre ses doigts, qui suivit le chemin du premier dans la rivière. A présent, il fallait en finir et tout lui dire.

— J'ai surtout négligé Anna, dit-il. Mon infidélité n'était qu'une partie d'un manquement plus général. Ce n'était pas de ma part une cruauté délibérée, mais je lui ai fait du mal, bien sûr. Elle était seule, j'étais absent. Et puis la mort me l'a enlevée. Je n'étais pas là pour la protéger quand c'est arrivé et mon remords a été si grand, si insupportable, que c'est à peine si je pouvais vivre encore, après cela.

Elle s'était approchée de lui, presque à le toucher. Il sentait une mèche de ses cheveux tout contre sa joue. Mais Marina ne fit rien pour le réconforter. Peut-être savait-elle, du fait de ses terribles expériences, que ce n'était pas là le genre de douleur que l'on pouvait apaiser avec des mots. Elle le prit dans ses bras, simplement, et se serra contre lui. C'était bon, mais cela ne prouvait rien. Nick voulait savoir.

— Que dites-vous de tout cela ? lui demanda-t-il doucement, anxieux de sa réponse.

Elle leva les yeux vers lui et son regard était celui, tendre et clair, qu'il aimait.

— Quand vous m'avez demandé ma main, il y a maintenant plusieurs semaines de cela, je vous ai dit que vous ne connaissiez pas la véritable Marina, que vous m'aviez placée sur une sorte de piédestal. A présent, je vois que j'ai fait la même chose. J'aimais votre intégrité et votre force, sans deviner que vous aussi, vous aviez fait des erreurs.

— Vous n'avez rien fait de mal, grogna-t-il.

— A part voler, mentir, préparer des embuscades au bord des routes…

Malgré ses propres tourments, Nick ne put s'empêcher de sourire.

— Vous aviez une bonne raison de faire tout cela.

— Non. Ne travestissez pas les choses. J'avais peut-être des excuses, mais je suis coupable.

— Alors, demanda-t-il, que pensez-vous de moi, qui suis bien loin d'être parfait, également ?

Elle soutint son regard.

— Je pense que vous devriez vous accorder le pardon.

Nick ressentit une profonde émotion l'envahir.

— Je vous aime, lui dit-il. Je n'ai pas su aimer, autrefois, et peut-être n'ai-je pas le droit de vous le dire, ni de vous demander de m'épouser. Mais si vous le voulez, alors je vous chérirai, je vous serai fidèle et je vous aimerai toute ma vie. Jamais je ne vous ferai défaut. Je vous le jure.

Il vit l'incertitude dans son regard et comprit qu'il lui en demandait trop.

— Cela vous est impossible, dit-il d'une voix morne. Vous ne pouvez me faire confiance.

Il se remit debout.

— Cela n'a rien d'étonnant. Je peux le comprendre.

Il s'éloigna à grands pas vers l'endroit où ils avaient laissé leurs chevaux. Bien sûr qu'elle ne pouvait lui faire confiance ! Comment l'aurait-elle pu ? Pourtant il n'avait pas menti. Il savait que si elle le voulait, il l'aimerait et la protégerait toute sa vie. Mais il avait été impuissant à le lui faire comprendre. Elle avait si peu de raisons de faire confiance à quiconque…

— Nicholas ?

Elle s'était approchée de lui et posa une main sur son épaule.

— Je vais réfléchir à ce que vous m'avez dit. Et je vous donnerai ma réponse rapidement, je vous le promets.

— Bien sûr. Je vous en remercie, répondit-il en cachant sa déception.

Ils revinrent à Peacock Oak en silence et quand il l'aida à mettre pied à terre, Nick prit bien garde de ne pas effleurer Marina davantage qu'il n'était nécessaire, bien qu'il eût tant aimé la serrer dans ses bras et ne jamais la laisser s'en aller.

Puis, il s'en retourna à l'auberge, en repensant à Anna et à tout ce qu'il venait de confesser.

Marina lui avait conseillé de s'accorder le pardon. Elle avait raison. Il lui fallait faire la paix avec son passé, avant de pouvoir lui demander quoi que ce soit.

En sortant de l'écurie de l'auberge du Clair de Lune, il alla droit dans sa chambre, ouvrit le tiroir où il avait rangé le portrait miniature d'Anna dans son médaillon et ressortit. Il prit alors la direction du pont qui enjambait la rivière, avec la sensation familière du bijou, au creux de sa paume. Sur le parapet, il resta un instant à contempler le visage dessiné de sa première femme, en se remémorant tous les souvenirs heureux de leur vie ensemble et sans que jamais, étrangement, le remords ne vienne les assombrir. Puis il referma doucement le médaillon et le laissa tomber au fond de l'eau. Un rayon de soleil brilla sur le bijou au moment où il s'enfonçait dans le courant.

Nick retourna vers l'auberge, le cœur considérablement allégé. Il savait qu'il n'avait plus besoin du médaillon, à présent. Anna vivrait toujours dans sa mémoire, mais dorénavant, son souvenir ne lui procurerait plus aucune amertume, ni regret, ni culpabilité. Seulement l'espoir que son passé n'allait pas détruire son bonheur futur.

Et pour cela, il n'y avait plus qu'à attendre la réponse de Marina…

15

Verveine : enchantement.

Allongé sur son lit, Nick observait le plafond. Aucune des sollicitations de Josie ne l'avait persuadé de descendre déjeuner. Elle avait essayé de le tenter avec un ragoût de mouton qui sentait délicieusement bon, ou un Yorkshire pudding à la sauce à l'oignon et à présent, elle tapait de nouveau à la porte.

— Mme Osborne est là pour vous voir, major, lui dit-elle en passant la tête par la porte. Mais je peux pas la laisser monter, ce serait pas correct. Descendez donc dans le salon, Lenny et moi, on s'arrangera pour que vous soyez tranquilles tous les deux…

— Merci.

Il se leva et tendit la main vers sa jaquette. Sa chemisette à demi boutonnée, il avait l'air quelque peu chiffonné, mais comme Marina allait certainement lui donner son congé, ce n'était plus si grave. Il suivit Josie dans l'escalier.

Il faisait sombre dans le salon. Le soleil qui avait illuminé leur sortie à l'abbaye de Bolton était à présent voilé par de lourds nuages, qui s'amoncelaient au-dessus des collines. Il songea qu'au moins, Marina ne l'aurait pas fait attendre très longtemps. La jeune femme se tourna vers lui lorsqu'il entra. Elle portait une robe bleu lavande et paraissait nerveuse. Il s'inclina.

— Madame Osborne…

Elle lui sourit et le cœur de Nick se serra. Comme elle était nerveuse ! Sans doute ce qu'elle avait à lui annoncer n'était-il guère plaisant…

Il éleva nerveusement ses mains à son cou pour rectifier sa cravate avant de s'apercevoir qu'il n'en avait pas.

— Major Falconer, j'ai quelques questions à vous poser.

Il avait la gorge sèche.

— Je vous en prie…

— Vous dites que vous m'aimez…

— En effet.

Elle le regardait très intensément.

— Vous m'avez bien promis de me chérir, de me protéger et de m'être absolument fidèle ?

— Oui, et je vous le jure encore.

— Avez-vous une licence de mariage ?

Il avait pris ses précautions mais hésitait à l'admettre. Cela lui semblait bien présomptueux, après tout ce qui avait été dit.

— Major Falconer ?

Elle semblait s'impatienter.

— J'en ai une, oui.

Elle s'approcha de lui.

— Vous dites que vous m'aimez, mais êtes-vous vraiment amoureux de moi ?

Elle le fixait, les lèvres légèrement entrouvertes.

— Plus précisément, est-ce que vous me désirez, avez-vous envie de me faire l'amour ? Je vous en prie, soyez honnête, que je sache à quoi m'en tenir, vous ne m'avez pas même effleurée depuis le jour où vous m'avez fait votre demande en mariage.

Nick la regarda, les yeux écarquillés. Etait-elle devenue folle ou bien était-ce lui qui perdait la raison ? Comment ne voyait-elle pas à quel point il la désirait ? Le seul fait d'y penser le rendait fou, comme le jour où il l'avait vue se baigner nue dans la cascade.

— Alors je vais vous épouser, dit-elle, décidée. J'ai réfléchi à tout ce que vous m'avez dit. Je pense que vous avez le droit à une seconde chance, tout comme moi. Un moment j'ai eu peur, si je m'autorisais à vous aimer, de n'être plus jamais libre. Je craignais de perdre une part de moi-même.

Toujours à quelques centimètres de lui, elle plongea son regard dans le sien.

— Mais je sais à présent qu'en vous aimant, je gagne quelque chose et ne perds rien. Il ne peut pas y avoir de liberté sans vous.

Il la prit dans ses bras. Elle était bien réelle.

— Vous m'aimez, c'est vrai ?

Elle rit.

— Est-ce que je ne viens pas de vous le dire ?

Il prit sa bouche avec fureur et ce n'est que lorsqu'il eut retrouvé son souffle qu'il put articuler :

— Vous savez, n'est-ce pas, vous ne pouvez pas ne pas savoir, que je suis fou de désir pour vous ?

La porte s'ouvrit à cet instant même, ce qui prouvait

sans équivoque que Josie et Lenny avaient eu l'oreille collée dessus un instant auparavant.

— Vaudrait mieux aller à l'église, maintenant, dit l'aubergiste. Le pasteur vous attend…

— C'était un magnifique mariage ! dit Hester en embrassant Marina sur les deux joues puis en se hissant sur la pointe des pieds pour embrasser Nick. Mais je suis bien certaine que vous êtes pressés de vous débarrasser de vos invités, c'est pourquoi…

Elle passa son bras sous celui de John.

— … nous partons.

John Teague tapa sur l'épaule du marié. Il avait été son témoin, pour la cérémonie.

— Félicitations, mon vieux. Je vous souhaite beaucoup de bonheur, Marina.

— Oui, beaucoup de bonheur.

Laura Cole la serra à son tour dans ses bras. Marina voyait bien que la joie de son amie se teintait de tristesse. Comment aurait-il pu en être autrement, alors que le propre mariage de la duchesse tournait au désastre et que Charles était continuellement absent ?

Marina avait de la peine pour elle mais, déjà, la fière et discrète Laura s'éloignait.

De la terrasse de Peacock Cottage, elle les regarda passer la petite porte du parc aux cerfs et se diriger vers le château. John tenait Hester par la main et Laura suivait, un peu à l'écart. Nick vint se placer derrière elle et lui passa un bras autour de la taille, l'attirant contre lui.

— Une bien belle journée, dit-elle en se laissant aller contre lui. Quelle délicate attention a eue Jane, de choisir justement cette soirée pour aller visiter son frère au village…

Nick rit et embrassa ses cheveux.

— Elle a dû en avoir assez de notre comportement choquant de ces derniers jours. Rentrons, on dirait qu'il va pleuvoir…

Il ne se trompait pas. La journée avait été ensoleillée et chaude, mais l'air était lourd à présent et de gros nuages d'orage s'amoncelaient tandis que les premières gouttes s'écrasaient déjà au sol.

— J'aime cette odeur, dit Marina sans bouger. La terre est sèche et a besoin d'eau, on dirait qu'elle l'appelle… Oh !

A cet instant, le ciel ouvrit ses vannes et des trombes d'eau se déversèrent. Nick la tira par la main mais elle se libéra.

— Mon Dieu ! s'écria-t-elle, mes serres ! Les vitres sont ouvertes, tous mes plants vont être détruits !

Ramassant ses jupes dans ses mains, elle s'élança vers le jardin. Ses ballerines de satin glissaient sur l'herbe mouillée. Elle avait de la pluie dans les yeux, sa coiffure piquée de perles s'effondrait et son corsage trempé lui collait à la peau. Nick la dépassa en courant. Il entra dans une serre et elle dans l'autre. L'eau ruisselait partout le long des panneaux de verre et des montants de bois. L'un après l'autre, en se hâtant, ils refermèrent les vitres dont les châssis glissaient sous leurs doigts mouillés. Nick termina avant elle et la rejoignit alors qu'elle finissait de fermer les dernières fenêtres, la pluie crépitant sur le verre.

Il était aussi trempé qu'elle, sa chemise collée à la

peau, son visage ruisselant, ses longs cils collés par la pluie. Marina passa en souriant sa main sur sa joue, il s'en saisit et l'instant d'après, il l'embrassait avec une fureur égale à la force des éléments déchaînés.

Il faisait chaud dans la serre à présent, sombre et humide, et le lourd parfum des fleurs était grisant. Marina se recula un peu pour mieux observer son époux. Il respirait vite, sa large poitrine se soulevait. Il avait un air ténébreux et ardent. La chaleur de son corps se mêlait à la sienne, à travers leurs vêtements mouillés.

— Votre robe est trempée, lui dit-il d'une voix rauque.

— Enlevez-la-moi. Déshabillez-moi, Nick. Mettez-moi nue.

Une lueur flamboya dans les yeux de Nick en même temps qu'un éclair déchirait le ciel. Fiévreusement, il commença à défaire les boutons de sa robe. Tout aussi impatiente que lui, Marina prit le relais, les arrachant à moitié avant de laisser tomber le vêtement à terre... Sa fine chemise et ses jupons de dentelle ne tardèrent pas à suivre le même chemin.

Nick poussa une sorte de soupir, un son rauque, venu du fond de la gorge. Puis, enfouissant ses mains dans les cheveux de Marina, il reprit furieusement sa bouche. Elle écarta les pans de sa chemise, faisant courir ses mains sur son torse et sur ses épaules, sur tout son corps brûlant et trempé. A l'extérieur, le tonnerre roulait dans le ciel et ses coups résonnaient à leurs oreilles. Marina avait appréhendé leur nuit de noces, pour elle-même comme pour Nick. Elle redoutait de ne pas savoir comment lui procurer le plaisir qu'il méritait. Mais à présent, elle ne ressentait plus la moindre petite crainte.

Elle se pressait contre lui, voulait aller jusqu'au bout, emportée par la passion.

Quand il la souleva pour l'asseoir sur le bord de sa table de travail, elle l'attira contre elle pour le goûter à présent non plus seulement des doigts, mais de la langue et des lèvres. Il se laissa faire, la tête en arrière, mais quand elle posa ses mains sur l'agrafe de sa culotte, il l'arrêta.

— Attends, c'est à mon tour.

Il empauma ses seins lourds, caressant les pointes de ses pouces jusqu'à lui donner envie de crier de plaisir. Mais elle ne le pouvait pas, car il avait repris sa bouche, dans un baiser qui exigeait tout ce qu'elle pouvait lui donner. La faim qu'il déchaînait en elle exigeait d'être satisfaite.

Il la poussa très doucement aux épaules et elle se laissa tomber sur le dos, parmi les pots de semences. La table était dure sous son dos et les mains ardentes de Nick, partout sur elle, lui procuraient des sensations dont elle n'avait jamais cru qu'elles puissent exister. Elle ouvrit les yeux pour le regarder. Ce qu'elle put lire sur son visage concentré l'excita encore davantage.

— Je voudrais…, murmura-t-elle.

— Chut… Laisse-moi faire…

Elle ferma les yeux de nouveau et il se pencha au-dessus d'elle pour effleurer légèrement de ses lèvres les pointes dressées de ses seins. Elle se cambra et gémit :

— Oh, Nicholas…

Il lui retira doucement son mince pantalon de dentelle et elle sentit l'air humide sur ses cuisses. Elle écarta les jambes, avec déjà, une sorte de reconnaissance pour ce qui allait arriver. Le battement de tambour de la pluie sur les vitres était comme un écho de son cœur. Bientôt...

Les doigts de Nick la touchaient à présent, au cœur même de sa féminité. Elle tremblait d'anticipation. Soudain, il plongea sa tête entre ses cuisses et sa langue la pénétra.

Le choc de ce contact intime la saisit. Elle lutta pour se redresser, mais il la maintint en place, sur la table, impuissante, soumise au plaisir malgré elle. Elle gémit, le corps parcouru de spasmes.

Mais même au plus profond du brouillard de sensations dans lequel elle se trouvait, elle savait que « cela » n'était pas complet. Elle s'accrocha à ses épaules et d'un coup, il entra en elle.

Elle cria, ses jambes largement écartées, tandis qu'il allait et venait, avec d'amples et puissants mouvements de ses reins. De sa bouche, il dévorait une pointe de sein, elle s'arc-boutait contre lui, tandis que des vagues successives de plaisir déferlaient sur elle, une à une. Lorsqu'il eut fini de tourmenter ses seins et que sa bouche revint se poser sur la sienne, elle noua les jambes autour des hanches de Nick et l'attira plus profondément en elle. Elle se sentait aspirée par une spirale de plaisir et une intense lumière blanche l'aveuglait. Accroché au corps de son époux, elle entendait sa respiration précipitée, tandis que leurs deux chairs se frottaient l'une à l'autre dans la plus délectable des unions. Dans un sursaut de plaisir, elle planta ses ongles dans les épaules de Nick tandis qu'il poussait un cri rauque, secoué par la force de son orgasme. La bouche enfouie au creux de son épaule, Nick se laissa aller contre elle. Puis, peu à peu, leurs deux souffles s'accordèrent et s'apaisèrent. Ils purent parler de nouveau.

— Je ne savais pas que cela pouvait… Cela n'était jamais arrivé, avant… Comment avez-vous pu… ?

Nick caressa la tendre chair de ses cuisses et le cœur de Marina se mit à battre de nouveau, follement. Son corps se tendit avec la même incroyable passion.

— Veux-tu que nous recommencions, plus lentement ? demanda son mari, un sourire aux lèvres.

— Pas tout de suite, je…

Elle le suppliait presque.

— Je ne peux pas…

— Mais si, tu peux.

Il reprit sa bouche et cette fois encore, elle oublia tout, se laissant submerger par les sensations qu'il savait si bien faire naître en elle. Un moment, il s'interrompit et elle gémit de frustration.

— Je veux te faire jouir encore, murmura-t-il, et de son doigt, il caressa doucement le délicat bouton, centre de sa féminité.

Puis, il revint rendre hommage à ses seins de sa langue, de ses lèvres brûlantes. Elle se cabra, se tendit et se pressa contre lui tour à tour en gémissant de plaisir, son sang semblant devenir de la lave ardente dans ses veines.

Un moment, il releva la tête et remarqua avec un petit sourire :

— Cela ne s'est pas du tout passé comme je le prévoyais.

Interloquée, elle leva la tête.

— Que veux-tu dire ?

— Eh bien, mon amour, je voulais attendre que nous soyons au lit et tout faire de façon douce et respectueuse.

Marina eut un petit rire.

— Et respectueuse ?

— Je ne voulais pas te choquer.

— Je ne le suis pas.

Elle le regarda.

— Juste un peu surprise de te voir avec les culottes sur les chevilles, remarqua-t-elle malicieusement.

— C'est que je n'ai pas même eu le temps de les enlever !

Il les remonta avant de les agrafer et, sans la laisser dire un mot, il la souleva dans ses bras pour l'emporter hors de la serre. Il traversa en courant le jardin, sur lequel la pluie tombait à seaux.

Une fois dans le hall de la maison, il se dirigea vers l'escalier et la déposa enfin sur le lit de leur chambre.

— Dans un lit, lui dit-il. Doucement et respectueusement.

Marina se regarda avec curiosité dans le miroir. Sa chemise, que Nick lui avait enfilée à la hâte avant de la prendre dans ses bras pour l'emmener, était toujours trempée, son visage était rouge, ses yeux brillants, ses cheveux en bataille. Jamais elle ne s'était vue ainsi et surtout, jamais elle ne s'était *sentie* ainsi. Elle ne ressentait rien du dégoût et de l'horreur qui s'emparaient d'elle chaque fois que Rashleigh la prenait. Tout cela lui semblait loin, son passé était mort. A présent elle était une autre personne, transformée et libérée.

— Oh, dit-elle avec surprise, je... j'ai l'impression... d'être belle.

— Tu l'es.

Il vint s'agenouiller sur le lit derrière elle et posa ses mains sur ses épaules nues. Elle pouvait sentir son corps contre le sien. Il pencha la tête, l'embrassa dans le cou, et elle se pencha pour mieux s'offrir à son baiser brûlant sur sa peau palpitante. Les mains de Nick descendirent de ses épaules à sa taille, tout en la maintenant fermement contre lui. Il mordillait légèrement son cou, faisant naître des frissons sur sa peau. Elle tourna la tête pour l'embrasser, un baiser sensuel qui était comme une invite à la passion. Jamais elle n'aurait pu imaginer pouvoir le désirer de nouveau, aussi vite. Les attentes et les réponses de son corps étaient mystérieuses, encore inconnues. De nouveau, il empauma ses seins, excita leurs pointes du pouce, à travers le fin tissu de la chemise, une merveilleuse sensation qui la fit vibrer. Elle se tourna vers le miroir pour le voir la déshabiller encore et profiter de la vue de ses mains brunes sur la pâleur laiteuse de ses seins.

Il insistait plus que jamais sur les mamelons dressés et elle dut se mordre les lèvres pour retenir un cri de plaisir.

Ils se retrouvèrent finalement agenouillés l'un devant l'autre. Nick enfouit ses doigts dans la sombre chevelure de Marina et l'attira à lui pour un nouveau baiser. Mais à présent, elle voulait sa part du jeu, elle désirait prendre l'initiative. Elle posa sa main sur le torse de son amant et, par surprise, le fit basculer à plat sur le lit. Avant qu'il ait eu la moindre chance de protester, elle bondit sur lui, ses seins contre les muscles durs de son torse et elle l'embrassa à pleine bouche. Il poussa un grognement de plaisir et elle sentit la flèche de son érection se presser contre sa cuisse. Cette sensation lui donna un sentiment de puissance et de féminité d'une intensité exceptionnelle.

Elle lui dégrafa sa culotte et, s'enhardissant, elle dégagea son sexe dressé, puis n'hésita pas à explorer son corps entier avec ses doigts et sa langue. Pour ce faire, elle prit bien tout son temps, passant lentement ses mains sur ses épaules et son torse, parcourant de baisers son ventre. La vue de son érection grandissante, de ses poings serrés sur le drap, lui procura une satisfaction secrète. Elle était fascinée et excitée par le contraste entre la douceur de velours de son membre et sa rigidité de fer. Elle le prit dans sa bouche avec le désir de faire subir à Nick le même délicieux tourment que celui qu'il lui avait donné, mais il la prit bientôt par les épaules et la fit basculer sous lui, tandis qu'il se dressait au-dessus d'elle dans un mouvement souple.

— La prochaine fois, grogna-t-il.

Il entra en elle et elle cria de plaisir, s'accrochant des deux mains à ses fesses pour l'attirer plus profondément en elle. Il la souleva par les fesses pour répondre à sa demande, attisant encore son plaisir.

Délicatement, il écarta une mèche de cheveux de son visage.

— Marina ?

— Oui, murmura-t-elle.

— Je t'aime. Je t'aimerai toujours.

Et sur ces mots, il commença à se mouvoir en elle, leurs deux corps enlacés sur le lit. Marina ouvrit les yeux pour admirer leur reflet dans le miroir. La main de Nick sur sa cuisse, son lent mouvement de va-etvient, la vue de sa propre silhouette pâle sur les draps froissés et sous le corps brun et musclé qui accélérait sa cadence, c'était une vision extraordinaire et bien propre à la conduire encore plus vite vers le sommet du plaisir, qu'ils atteignirent ensemble en un seul cri mêlé.

Longtemps, longtemps plus tard, Nick repoussa les draps et reprit Marina tout contre lui. Elle l'embrassa délicatement sur la joue.

— Nicholas ?

— Hmm ?

Il était tout près de sombrer dans le sommeil.

— Frank va trouver ma robe et ta chemise, dans la serre. Qu'est-ce que Jane va encore dire ?

— Qu'il était urgent de nous marier et je suis bien de son avis…

16

Camélia : amour éternel.

— Quand comptais-tu partir pour l'Ecosse, Nicholas ? Je sais que tu voulais rendre visite à ta famille avant la fin de ton congé…

Les deux époux se promenaient parmi les roses et Nick profitait du plaisir tout simple de contempler Marina en se disant qu'elle était sa femme.

Sa femme.

Cela avait quelque chose de miraculeux.

Après lui avoir posé cette question, elle s'était mise à triturer une rose entre ses mains dans un geste nerveux. Nick comprit que quelque chose la tracassait. Il fallait dire que, durant ces quelques jours de lune de miel, ils n'avaient fait aucun projet d'avenir, trop pris qu'ils étaient tous deux par le moment présent.

Il saisit délicatement ses mains et déposa un baiser sur ses paumes.

— Peut-être la semaine prochaine. Que dirais-tu de passer ton voyage de noces en Ecosse ? Hester et John veulent se rendre dans la région des lacs, pour le leur.

Nous pourrions les accompagner, puis continuer vers le Sutherland, ensuite.

Le visage de Marina s'éclaira soudain et Nick ressentit une bouffée de plaisir à l'idée de pouvoir ainsi, d'un mot, la rendre heureuse. Ces derniers jours, il avait appris à guetter ses réactions et il pouvait à présent voir aisément ce qui la troublait. Bien sûr, elle pensait à la fin de son congé en se demandant ce qui allait se passer ensuite, pour eux.

— Quant à l'armée… En fait, j'ai songé à vendre ma commission d'officier et à venir vivre avec toi à Peacock Oak…

Sans crier garde, Marina se jeta à son cou.

— Oh, ce serait merveilleux, s'exclama-t-elle. Mais…

Elle le lâcha.

— Que vas-tu faire, alors ? Tu n'es pas le genre d'homme à rester sans occupation dans ton coin.

— Eh bien, je me disais que je pourrais acheter un lopin de terre et apprendre à être un fermier… En prenant exemple sur John Teague… Qu'en penses-tu ?

Marina glissa son bras sous le sien.

— Je pense que cela t'irait très bien !

— Charles vend ses terres…

Il lui lança un rapide regard de côté.

— … Laura ne te l'a pas dit ?

Marina s'arrêta net et le regarda, stupéfaite.

— Il vend Cole Court ? Mais il ne le peut sûrement pas ; est-ce que le domaine n'est pas attaché à son titre ?

— Le château et une partie des terres, oui, mais pas la totalité. Je lui ai fait une offre.

Marina se mordit la lèvre.

— Cela veut dire qu'il ne reviendra pas. Il tranche un à un tous les liens qui le retiennent encore à Peacock Oak. Pauvre Laura ! Que va-t-elle faire ?

— Vivre sans lui, j'imagine. On ne pouvait pas raisonnablement imaginer qu'ils resteraient ensemble après tout ce qui s'est passé.

Marina secoua doucement la tête.

— Non, sans doute, mais je me disais qu'ils essaieraient de donner le change, de garder les apparences d'un mariage heureux.

— Je n'ai pas l'impression que Laura tienne à ce genre de choses, remarqua Nick, mais tu la connais certainement mieux que moi.

Marina poussa un long soupir

— Dire qu'elle l'a tant aimé. Si seulement il avait bien voulu s'en apercevoir !

Ils passèrent la petite porte qui menait au parc des Cole et s'approchèrent de la table de jardin, sous les arbres, où l'on servait le thé. Hester, John et Laura étaient déjà assis. Ils firent de grands signes au couple.

— Comme c'est gentil à toi d'avoir fait porter de ton gâteau aux pommes, ma chérie, lui dit Laura. Il est si délicieux avec…

Elle s'interrompit, la théière à la main.

— Mais… Que se passe-t-il ? Voilà Jane qui vient par ici… Mon Dieu, je ne l'ai jamais vue courir comme ça !

Nick se retourna. La servante courait à perdre haleine vers eux, en effet. Quand elle parvint enfin près de la table, elle était si essoufflée qu'elle ne pouvait plus parler. John Teague lui avança une chaise, mais elle refusa d'un geste. Puis elle regarda Marina, et les larmes se mirent à couler sur ses joues sans qu'elle puisse les arrêter.

— Les hommes du constable sont en route, madame, parvint-elle enfin à articuler. M. Anstruther est avec eux. Ils ont un mandat d'arrêt à votre nom pour le meurtre de lord Rashleigh. Vous n'avez pas une minute à perdre, ils seront bientôt là.

Nick sentit un frisson glacé lui parcourir le corps. Marina chercha sa main qu'elle serra dans la sienne. Son visage était couleur de cendres. Laura paraissait ébahie et Hester, accablée.

— Je ne comprends pas, balbutia Marina. Je croyais qu'il savait que j'étais innocente, je croyais…

Nick l'avait cru, lui aussi. Il ne pouvait que supposer que lord Hawkesbury avait finalement écarté sa version et retenu Marina comme étant la coupable la plus probable.

Il la serra dans ses bras.

— Tout ira bien, lui dit-il pour la réconforter. Je te défendrai, je te le jure !

Il vit alors apparaître, dans ses yeux, la terrible frayeur qu'il croyait enfuie à jamais. Elle ne l'avait pas même entendu. Elle devait penser que le passé revenait toujours à la surface, aussi profondément qu'on ait voulu l'enfouir.

S'ils ne parvenaient pas à prouver qu'elle était une meurtrière, ils la pendraient pour vol, pour association de malfaiteurs ou pour Dieu sait quoi encore.

Jamais. Jamais, il ne les laisserait faire.

Il se leva, l'air décidé, grave.

Mais on entendit le raclement d'une autre chaise sur le sol et John Teague se leva à son tour, les épaules basses, accablé.

— C'est moi qu'ils vont devoir emmener, dit-il dans le silence qui s'ensuivit. Je suis le meurtrier de Robert Rashleigh.

Il y eut un long et terrible silence. Emergeant enfin de sa stupeur, Marina vit que le visage d'Hester était devenu plus pâle que celui d'une morte. La jeune épouse de Teague se jeta sur lui et s'accrocha à son bras, les yeux agrandis par la terreur.

— John, s'écria-t-elle, ce n'est pas possible !

Il se dégagea aussi doucement qu'il le pût et lui dit :

— Hélas si, mon amour.

Puis il se tourna vers Marina.

— Ils ne vous emmèneront pas, lui dit-il, car je vais leur dire la vérité.

— Mais, je ne comprends pas, balbutia Hester, interdite. Tu as tué Rashleigh ? Mais pourquoi ? Pour sauver Marina ? C'est pour elle que tu l'as fait ?

John n'avait pas quitté sa femme des yeux. Il était aussi pâle qu'elle, à présent.

— Non, c'est pour toi, Hester. Lorsque tu m'as dit que Rashleigh menaçait de révéler le passé de Marina et son action à la tête des *Glory Girls*, j'ai voulu vous protéger, elle et toi, mais toi, d'abord.

Hester baissa la tête.

— C'est ma faute, alors, dit-elle d'une voix blanche et cassée. Je n'aurais jamais dû te parler de cela. Mais… je n'aurais jamais pu imaginer que… que toi, tu le tuerais.

Teague lui prit la main. Elle tressaillit et posa la sienne dessus, comme pour la retenir, comme s'il s'éloignait déjà d'elle.

— Je suis amoureux de toi depuis très longtemps, Hester. J'ai cru que tu ne serais jamais à moi et je crois que je suis devenu fou à force de te désirer. Lorsque Rashleigh a menacé Marina, et toi à travers elle, j'ai vu rouge et n'ai plus pensé qu'à écarter ce danger. Je savais comment ton amie devait le rencontrer et où. Alors je l'ai guetté à la sortie de La Poule et Le Vautour et j'ai eu ma chance. Je l'ai tué.

Il regarda son épouse avec une infinie tendresse et pressa sa main.

— Dis-moi que tu me comprends, que tu me pardonnes... Dis-moi que tu m'aimes.

— Je t'aime ! s'écria Hester en se précipitant dans ses bras pour enfouir la tête dans son cou et se serrer très fort contre lui.

L'expression de son visage était déchirante. Un mélange d'amour et de perte irréparable. Marina sentit les larmes lui monter aux yeux. Elle se tourna vers Laura et vit la même détresse, tandis qu'elle aussi regardait Hester.

— C'est ma faute, répétait celle-ci. Je t'ai poussé à bout, je ne pensais qu'à moi, qu'à moi toujours...

Au détour du chemin qui menait au portail du château, les hommes du constable s'avançaient vers eux, à travers la pelouse. A leur tête, marchait Dexter Anstruther, le visage grave, mais une lueur de triomphe dans les yeux. Marina vit Nick se raidir et se tourner vers Teague. Celui-ci lui répondit par un signe de tête et écarta Hester avec toute la douceur du monde.

— Monsieur Anstruther, dit-il avant que le jeune homme n'ait pu seulement ouvrir la bouche, je crois savoir que vous êtes détenteur d'un mandat d'amener pour le meurtre de Robert Rashleigh ?

Anstruther paraissait surpris et quelque peu choqué de cette intervention.

— Oui, milord, mais je ne vois pas…

— C'est moi qui l'ai tué, le coupa John. Mme Falconer est absolument innocente. Je peux fournir des témoins qui certifieront que je me trouvais bien à Londres le jour du crime, décrire précisément la tenue que Rashleigh portait ce soir-là et donner d'autres détails qui, je pense, convaincront n'importe quel tribunal.

— Eh bien… Si vous pouvez le prouver, milord…

Anstruther paraissait éberlué.

— Sans le moindre doute, confirma John sans quitter Hester des yeux. Je vous en donne ma parole de gentilhomme.

Le constable s'éclaircit la gorge et John Teague parut s'éveiller d'un rêve.

— Pardonne-moi, Hester, murmura-t-il. Pardonne-moi, je t'en prie !

Et sans un mot de plus, il se dirigea vers la grille du parc, suivi d'Anstruther et des autres.

— J'ai mis Hester au lit…

Laura venait de rejoindre Marina dans le salon. John Teague avait demandé à Nick de l'accompagner à la prison de Leyburn, où il avait été enfermé. Il devait être conduit dans la matinée au château de Skipton et de là, être transféré à Londres, dans l'attente de son jugement.

— Je lui ai donné du laudanum, expliqua la duchesse,

c'était le seul moyen de la faire dormir. Elle est à demi folle de chagrin et de désespoir.

Laura regarda son amie.

— John ne parlera pas, Marina. Il ne dira rien des *Glory Girls*. Comme mobile du crime, il invoquera les dettes ou quelque chose de ce genre. Mais il protégera Hester, et nous, du même coup, même si cela doit le conduire à l'échafaud.

— Je sais, soupira Marina.

Elle se leva et marcha vers la fenêtre.

— Que pouvons-nous faire, Laura ? On ne peut pas le laisser pendre, n'est-ce pas ? Ce n'est pas possible !

La duchesse regarda son amie bien en face.

— Il n'y a qu'un seul moyen, lui dit-elle, et Marina sentit un frisson lui parcourir l'échine, car elle savait déjà ce que Laura avait en tête.

— Les… Les *Glory Girls* ?

— Oui, demain. Quand ils emmèneront John à Skipton. Après, ce serait plus risqué. Son escorte risque d'être trop nombreuse.

La main sur la poignée de la fenêtre, le regard perdu au-dehors, dans l'obscurité, Marina garda un instant le silence. Puis elle se tourna lentement vers son amie.

— Tu sais que Nick sera très probablement avec lui, étant donné qu'il avait pour mission, au départ, de trouver le coupable du meurtre.

— Tu crois qu'il nous trahirait ?

Marina frotta son front pour essayer d'effacer la migraine qui lui martelait le crâne depuis des heures. Non, ce n'était pas possible. Nick était bien sûr un officier, un homme de devoir, de principe. Mais il l'aimait autant qu'elle l'aimait. Il garderait le silence, pour elle.

Et puis il y avait Hester, la meilleure des amies, que Marina chérissait tendrement et qui avait besoin de leur aide.

Laura la regardait avec sympathie, devinant son tourment.

— Tu montes beaucoup mieux qu'auparavant, ma chérie, lui dit-elle, mais je ne crois pas que tu doives venir avec nous… Ce ne serait pas bien, pour Nicholas…

— Je viens, coupa Marina d'un ton sans réplique. Hester est en miettes, tu ne pourras compter que sur Josie et Lenny. Et puis, elle est mon amie, je lui dois bien ça. Enfin, si je monte encore moyennement, je tire juste. Souviens-toi que je suis celle qui a failli tirer sur Glory…

— Je m'en souviens, dit Laura avec un sourire. Mais même si Nicholas ne nous dénonce pas, comment vas-tu le lui expliquer ?

Marina croisa les bras sur sa poitrine, comme pour se réconforter.

— Je ne peux que lui dire la vérité en espérant qu'il comprendra. Il ne nous dénoncera pas, ça, je le sais. Mais me pardonnera-t-il ? Ça, c'est une autre histoire.

Molly, oui, la Molly de la taverne de La Poule et Le Vautour, se tenait sur la route de Leyburn à Skipton et se tordait les mains de désespoir, en regardant sa berline, à demi dans le fossé, qui bloquait le passage. Sur sa droite, il y avait une rangée d'arbres et la rivière et, tout de suite à sa gauche, les premières pentes des collines du Yorkshire. Aujourd'hui, Molly portait, non pas une perruque blonde, mais un postiche d'un roux flamboyant, trouvé dans la malle à déguisements de la duchesse de Cole, une cape à capuchon et un loup de velours bleu. Ses lèvres étaient d'un rouge vermeil et l'on pouvait voir, sous la cape, une robe écarlate au profond décolleté. L'officier commandant le détachement de dragons qui venait de s'arrêter pour lui offrir son assistance ne pouvait en détacher ses yeux.

— Oh, capitaine, disait-elle, les yeux modestement baissés, je ne sais pas ce qui est arrivé... Mon cocher dit qu'un renard a traversé la route et que les chevaux ont pris peur...

Elle montra du geste la voiture à demi renversée que le très large cocher et son aide avaient déharnachée et tenté sans succès de remettre sur ses roues.

— Lord Tremblett sera très déçu si je suis en retard, minauda-t-elle en s'assurant que le regard avide du capitaine ne quittait pas son décolleté. Nous avons, lui et moi, rendez-vous...

Elle posa une main blanche sur son bras.

— Vous êtes un homme du monde, et vous comprenez ce genre de choses, n'est-ce pas ? Est-ce que vos hommes ne pourraient pas... ?

Elle lança un regard plein d'espoir en direction des cinq soldats qui, à l'évidence, gardaient le fourgon aux vitres grillagées qui avait dû faire halte, devant cet obstacle imprévu.

— S'il vous plaît, capitaine... C'est si important pour moi.

L'officier s'éclaircit la gorge. D'un côté il avait pour

mission de transférer un prisonnier au château de Skipton. De l'autre… Il y avait Molly, avec ses lèvres si rouges et son décolleté… vertigineux. Et puis, de toute façon, sa voiture bloquait le passage. Il lui sourit.

— Allons, les gars, vous avez entendu la dame ? Dégagez-moi ça !

Les soldats posèrent leurs fusils et vinrent se grouper autour de la berline accidentée, pour aider à la déplacer. Le capitaine, qui n'avait nulle intention de salir son bel uniforme, resta auprès de Molly pour lui tenir compagnie et engager un peu la conversation.

— Je serais bien heureux de connaître le nom de la ravissante personne à qui j'ai le plaisir de pouvoir rendre service, dit-il, le sourire ravageur, en caressant sa moustache.

— Mon nom est Molly Lane, susurra Marina en le regardant sous ses longs cils.

Le capitaine s'inclina.

— Eh bien, mademoiselle Lane, seriez-vous assez bonne pour faire plaisir à un vieux soldat en retirant ce masque, qui le prive injustement du spectacle de votre beauté ?

— Oh, capitaine, s'écria Marina en battant des cils de plus belle, j'aimerais beaucoup, croyez-le bien, mais lord Tremblett tient beaucoup à la confidentialité de nos… échanges.

— S'il vous plaît, susurra l'officier, presque suppliant.

— C'est que…, minauda-t-elle, ses lèvres peintes à quelques centimètres des siennes. Milord est si possessif… S'il nous voyait ainsi, si proches, tout près de perdre la tête… Enfin, bien sûr, s'il ne s'agit que d'un petit baiser…

L'officier se pencha en souriant, savourant déjà son triomphe… avant de glisser au sol, proprement assommé, son sourire béat flottant toujours sur son visage.

— Bon sang, soupira Marina, j'ai bien cru que tu n'arriverais jamais !

— Il va faire de beaux rêves, répondit Laura, montée sur sa jument baie à la tache blanche sur le chanfrein, qu'elle fit virevolter comme au manège pour faire face aux soldats.

Josie et Lenny avaient tiré des pistolets de sous leur cape et ils tenaient en respect les dragons en habit rouge, médusés. Laura passa devant eux, au pas, si près que son cheval les frôlait, et leur braqua le canon de son arme à quelques centimètres du front.

— Nous sommes les *Glory Girls*, lança-t-elle d'une voix claironnante, et nous faisons justice. Nous allons libérer votre prisonnier. Attachez-les, ajouta-t-elle à l'intention de Josie et de Lenny.

— Ça alors ! laissa échapper l'un des dragons, si on m'avait dit…

— Silence ! cracha Laura. A plat ventre, tous, face contre terre !

Les soldats n'avaient pas la moindre envie de jouer les héros. Ils s'empressèrent d'obtempérer. Marina fouilla les poches du capitaine et y trouva les clés du fourgon. Elle les lança à Hester.

— Attention, lui dit-elle, tandis que son amie poussait son étalon noir vers la voiture close. Il n'est sûrement pas seul, là-dedans…

Il ne l'était pas, en effet. Les deux autres occupants en étaient Dexter Anstruther… et Nick.

Le cœur de Marina se mit à battre follement quand elle le vit.

— Baissez vos armes, ordonna Hester. Nous tenons votre escorte en otage.

Nick regarda longuement Marina, droit dans les yeux. Elle soutint son regard et au bout d'un moment, il jeta son pistolet dans l'herbe et sauta à terre. Il abaissa le marchepied et John Teague parut alors à la portière, clignant des yeux devant la vive lumière de l'extérieur. Dexter Anstruther le suivait.

Hester poussa un cri étouffé et sauta à bas de son cheval pour se précipiter vers John. Les poignets enchaînés, il resta un instant à vaciller sur place, comme s'il ne comprenait pas très bien ce qui lui arrivait, mais quand elle lui retira ses fers, il referma ses bras sur elle comme s'il ne voulait plus jamais la laisser partir.

— Allons, les pressa Marina en les faisant s'écarter de la voiture, tandis que Laura et Josie venaient tenir Nick et Anstruther en respect. John, vos chevaux sont sous les arbres. Il y a de la nourriture et de l'argent dans les fontes. Fuyez, prenez la route de Liverpool et embarquez-vous pour l'Amérique.

Hester se jeta dans ses bras. Marina la serra contre elle, avec effusion.

— Ecris-moi, lui murmura-t-elle, la gorge serrée.

Par-dessus l'épaule de son amie, elle pouvait voir Nick qui la regardait, le visage impassible, indéchiffrable.

Les yeux d'Hester étaient pleins de larmes.

— J'espère qu'un jour, je reviendrai, dit-elle. Mais

il faut sauver John et pour cela je dois aller vivre en Amérique…

Elle leva fièrement le menton.

— Je suis une *Glory Girl.* Je le serai toujours ! Merci, Glory !

— Allez, lui répondit Laura en lui envoyant un baiser, et que Dieu vous garde !

Ils coururent main dans la main vers leurs chevaux, tandis que Laura et Josie tenaient toujours Nick et Anstruther en respect. Puis la duchesse poussa son cheval en avant, attrapa Dexter Anstruther par la cravate, se pencha sur sa selle et, collant sa bouche à la sienne, lui donna un furieux baiser.

— Grands dieux ! dit Josie tandis que Laura relâchait Anstruther et lui glissait dans la poche une des cartes de visite ornée du paon à la queue déployée de Glory. Elle n'a jamais fait ça, avant !

— Bon, il faut partir, annonça Laura.

Lenny et Josie étaient allés chercher les chevaux de la berline. La duchesse tenait à la main le grand étalon d'Hester et regardait Marina d'un air interrogateur.

Celle-ci carra ses épaules. Cela avait été son idée d'échanger leurs chevaux avec son amie, pour brouiller les pistes. Mais maintenant, elle n'était plus du tout sûre d'avoir eu raison. L'animal paraissait tellement énorme… et guère amical.

Elle se tourna vers Nick. Il semblait y avoir une lueur amusée dans son regard, comme un défi. Certes, il lui avait appris à monter, mais pas un tel monstre. On eût dit qu'il s'attendait à la voir supplier Laura de changer de monture avec elle.

Ce sourire la soulageait bien un peu aussi de son inquiétude : s'il souriait, cela signifiait qu'il n'était pas tellement furieux contre elle, après tout. Et c'était exactement le moteur qu'il lui fallait pour agir.

Elle mit le pied à l'étrier, se hissa en selle comme un homme, mais superbe dans sa robe rouge, regarda Nick et lui dédia le sourire le plus triomphant qu'elle put afficher sur son visage. Il en écarquilla les yeux de surprise et une grande appréhension envahit son visage.

Elle fit virevolter adroitement le grand cheval et passa si près de son mari qu'elle le frôla de ses jupons, comme une promesse. Puis elle entendit le rire de Laura… et eut l'impression de s'envoler dans un fracas de sabots, Josie et Lenny à sa suite. Ils passèrent la rivière à gué dans un jaillissement d'écume. Son sang bouillonnait dans ses veines, le vent lui fouettait le visage, elle se sentait libre et riait aux éclats.

— Je comprends maintenant pourquoi tu aimes tant monter à cheval, dit-elle à Laura en flattant l'encolure du grand étalon lorsque, hors de danger, ils se furent remis au pas.

Lenny et Josie les quittèrent à l'embranchement qui menait à l'auberge. Elles leur abandonnèrent leurs montures.

— Il faut que je me dépêche si je veux être à la maison avant Nick et me changer, dit Marina.

Elle embrassa son amie.

— Tu as été splendide !

— Toi aussi…

Aucune d'elles ne fit la moindre allusion à ce que Nick allait bien pouvoir dire de leur petite équipée…

Marina traversa le parc aux cerfs et passa la petite porte, dans le mur d'enceinte. C'était une douce journée d'automne, et les feuilles tombaient au sol en un lent ballet, un brin mélancolique. Les moutons paissaient paisiblement au bord de la rivière.

Tout en pressant le pas, Marina arracha son loup de velours et sa perruque rousse, libérant ses longs cheveux noirs sur ses épaules nues. Elle monta les quelques marches de la terrasse et s'arrêta net. Nick l'attendait à la porte. La première pensée de Marina fut de se demander comment il avait bien pu faire pour rentrer aussi vite. Puis elle espéra que son impression avait été la bonne et qu'il n'était pas trop furieux contre elle.

Hélas, il ne souriait pas lorsqu'elle s'approcha de lui. Il paraissait même très en colère.

Marina eut l'impression que son cœur allait défaillir, si bien qu'elle dut poser la main sur la balustrade pour garder son équilibre. Elle avait pris un grand risque et à présent, elle devait en payer le prix. Elle l'avait fait pour Hester, parce que c'était son amie, qu'elle l'avait toujours défendue et qu'elle lui devait bien cela. Mais elle redoutait par-dessus tout de perdre ce qu'elle avait de plus cher au monde : l'amour de celui qui lui importait plus que sa vie.

Pour ce qui lui parut une éternité, ils demeurèrent face à face, sans parler. Puis Nick se redressa.

— Je savais ce que tu allais faire. Alors j'ai envoyé des ordres, hier, au port de Liverpool.

Marina ferma les yeux. Tout cela n'avait servi à rien. Il avait deviné ses plans et avait ordonné que l'on arrête Hester et John avant l'embarquement. Elle était effondrée. Bien sûr, c'était beaucoup demander à l'officier qu'il était, mais elle aurait tant aimé qu'il comprenne.

— Je pense qu'ils vont avoir besoin d'un bateau rapide, reprit calmement Nick. Alors je me suis arrangé pour qu'une goélette les attende et appareille dès leur arrivée.

Marina leva lentement les yeux. Elle balbutia :

— Tu… Tu les as aidés à s'évader, toi aussi ?

Nick ne répondit pas tout de suite, alors elle ajouta d'un ton précipité :

— Il fallait que je le fasse, je suis désolée, Nicholas. Je t'aime et j'aurais tant voulu ne pas te placer dans cette situation, parce que je sais que ce n'est pas juste envers toi. Mais je le devais, pour Hester. Tu comprends ?

Le visage de Nick restait neutre, sans expression.

— Oui. Elle est ton amie. Elle et Laura t'ont toujours soutenue. Bien sûr que je comprends…

Il se détourna et alla s'appuyer à la balustrade, les yeux dans le vide.

— Je comprends aussi pour une autre raison. J'aurais fait exactement la même chose que John, à sa place.

Il tourna la tête vers elle.

— Lorsque tu m'as dit ce que Robert Rashleigh t'avait fait, s'il avait été encore en vie, je l'aurais tué de mes mains et aucune loi au monde ne m'en aurait empêché, parce que je t'aime, Marina. Je t'aime tant !

En un éclair, il fut auprès d'elle et la serra si fort contre lui qu'elle en eut le souffle coupé.

— J'ai peut-être tort, lui dit-il dans ses cheveux, mais je n'aurais jamais pu laisser condamner à mort un homme pour un crime que j'aurais très bien pu commettre moi-même.

Pendant un long moment, ils restèrent accrochés l'un à l'autre, puis Nick s'écarta de quelques centimètres et la regarda.

— Mais je devrais être en colère contre toi, c'est vrai. Je *suis* en colère, en fait, parce que tu aurais pu te faire tuer.

— Je sais, murmura Marina, tremblante d'émotion. Je te demande pardon.

Il s'empara de sa bouche avec fureur et quand ils reprirent un peu leur respiration il ajouta :

— Quand je t'ai vue sur ce cheval, j'étais terrifié. Tu n'es pas tombée ?

— Bien sûr que non ! C'est toi qui m'as appris à monter, je te le rappelle.

Il l'embrassa de nouveau, plus doucement, cette fois.

— Je suis très fier de toi. Mais à présent, ces raids doivent cesser, tu me le promets ?

— Je te le promets. C'était la dernière fois.

— Molly, c'est autre chose, dit-il, son regard s'attardant sur sa robe écarlate et ses taches de rousseur. Je serais ravi de refaire un peu connaissance avec elle…

Marina mit la main sur la nuque de son mari et attira sa bouche vers la sienne.

— Elle est toute à toi, murmura-t-elle.

Elle était libre, elle était aimée. Une nouvelle vie commençait.

Best-Sellers n°478 • suspense

Jamais je ne t'abandonnerai - Antoinette van Heugten

Danielle Parkman, une brillante avocate qui élève seule son fils Max, est complètement désemparée face aux crises de colère de plus en plus fréquentes et incontrôlables de l'adolescent. Malgré tout, elle refuse le diagnostic posé par les médecins de la meilleure clinique psychiatrique de l'Iowa. Certes, Max souffre d'une forme d'autisme rare, mais il n'est pas dangereux. Elle en est certaine. Jusqu'à ce qu'elle le retrouve inconscient et couvert de sang à côté d'un jeune patient sauvagement assassiné. Séparée de force de son enfant, Danielle s'accroche à l'idée que Max est innocent. Mais peut-elle vraiment en être sûre ? Et si son fils était bien le meurtrier ? Soutenue par Tony Sevillas, un séduisant avocat qui semble prêt à tout pour défendre sa cause, Danielle décide de braver la peur et le doute pour découvrir la vérité – et sauver son fils d'une justice qui ne voit en lui que le coupable idéal.

Best-Sellers n°479 • suspense

Les disparues du bayou - Brenda Novak

Depuis l'enlèvement de sa petite sœur Kimberly, seize ans plus tôt, Jasmine Stratford a enfoui ses souffrances au plus profond d'elle-même et s'est dévouée corps et âme à son métier de profileur. Mais son passé ressurgit brutalement lorsqu'elle reçoit un colis anonyme contenant le bracelet qu'elle avait offert à Kimberly pour ses huit ans. Bouleversée, elle se lance alors dans une enquête qui la conduit à La Nouvelle-Orléans. Sur place, elle ne tarde pas à découvrir un lien effrayant entre le meurtre récent de la fille d'un certain Romain Fornier et le kidnapping de sa petite sœur. Prête à tout pour découvrir la vérité, Jasmine prend contact avec Romain Fornier, seul capable de l'aider à démasquer le criminel. Elle se heurte alors à un homme mystérieux, muré dans le chagrin et vivant dans le bayou comme un ermite. Un homme qu'elle va devoir convaincre de l'aider à affronter le défi que leur a lancé le tueur : *« Arrêtez-moi »*.

Best-Sellers n°480 • paranormal

La nuit écarlate - Heather Graham

Lors d'un voyage en Transylvanie, Jessica Fraser, jeune psychologue, est oppressée par la sensation d'être constamment épiée. Une appréhension qui grandit encore en elle et que viennent bientôt confirmer de terrifiants incidents survenus au cœur de la forêt des Carpates. Comme si la forêt était hantée par des créatures malfaisantes. De retour chez elle à La Nouvelle–Orléans, Jessica, encore sous le choc de cette étrange expérience, fait la connaissance de Bryan McAllister, professeur d'Histoire ancienne. Et lorsque Bryan lui parle de ses recherches sur un culte satanique déjà à l'œuvre en Transylvanie et sur le point d'atteindre les Etats-Unis, l'inquiétude ne la quitte plus. Irrésistiblement attirée par cet homme qui la déstabilise pourtant profondément, Jessica accepte d'aider Bryan à dévoiler la vérité. Leur quête les entraîne des bars confinés du Quartier français de La Nouvelle-Orléans vers des forêts obscures, là où l'on craint de se perdre et de prononcer le mot tant redouté…celui de *vampire*.

Best-Sellers n°481 • roman

La maison des secrets - Emilie Richards

En emménageant dans une maison au bord de l'eau, sur la presqu'île de Happiness Key, en Floride, Dana Turner souhaite simplement offrir un havre de paix à sa fille Lizzie. Jamais elle ne se serait attendue au sentiment profond de bonheur qui la gagne dès leur installation. Car non seulement ses voisines l'accueillent chaleureusement, mais Pete Knight, un homme séduisant et attentionné, lui fait une cour assidue. Pourtant, Dana a toutes les raisons redouter que ce bien-être ne soit éphémère, car un passé douloureux la condamne à déménager sans cesse, dès que les questions sur sa vie se font trop pressantes. L'ennui, c'est que cette fois-ci, sa petite Lizzie semble plus heureuse que jamais, tandis qu'elle-même s'attache chaque jour d'avantage à Pete. Alors doit-elle encore fuir, au risque d'avoir le cœur brisé et de faire à nouveau souffrir Lizzie ? Ou peut-elle enfin dévoiler le secret qu'elle garde précieusement enfoui au plus profond de son cœur, et se donner, ainsi qu'à Lizzie, la chance de sourire pleinement à la vie ?

Best-Sellers n°482 • suspense

Dans l'ombre du danger - Maggie Shayne

Traumatisée pendant l'adolescence par son père, un homme odieux et violent, Dawn Jones a quitté Shadow Falls cinq ans plus tôt, espérant oublier les souvenirs douloureux liés à sa ville natale. Pourtant, lorsqu'elle apprend que le policier Bryan Kendall, son seul et unique amour de jeunesse, est accusé du meurtre de sa petite amie, elle décide immédiatement de retourner dans le Vermont pour lui venir en aide. Bryan, qui n'a jamais cessé de hanter ses nuits, est incapable de commettre un crime, elle en est persuadée. Mais à peine est-elle de retour qu'un nouveau meurtre vient frapper la tranquille petite communauté. Et tandis que la peur gagne les habitants, Dawn sent monter en elle une impression étrange et angoissante : celle d'être observée dans chacun de ses gestes par le tueur.

Best-Sellers n°483 • thriller

Tourmentée - Pamela Callow

Hantée par la mort de sa jeune sœur, fragilisée par une rupture amoureuse mais décidée à aller de l'avant, Kate Lange se lance à corps perdu dans sa carrière d'avocate, en Nouvelle-Ecosse. Mais le meurtre horrible de Lisa, la petite-fille de l'une de ses clientes venue lui demander conseil au sujet de l'adolescente, ravive ses blessures secrètes : aurait-elle pu empêcher ce drame ? Est-elle responsable de cette mort – comme de celle de sa petite sœur, morte 15 ans auparavant dans un accident de voiture dont elle seule a réchappé ? Tourmentée par le poids de ses doutes, déterminée à faire la lumière sur le meurtre de Lisa, Kate décide de mener sa propre enquête. Quitte à risquer sa carrière en s'exposant aux critiques acerbes et au regard d'acier de l'intransigeant Randall Barrett, son directeur de cabinet. Et sans savoir que le danger est toujours là. Car le tueur, lui, a déjà repéré sa nouvelle proie…

BestSellers

Best-Sellers n°484 • historique

La rebelle de Longwood - Susan Wiggs

Picardie, 1414.

Mariée précipitamment pour échapper à l'époux anglais que son oncle veut lui imposer, Belliane, châtelaine de Longwood, savoure silencieusement sa victoire. Car si son mariage avec Lazare Mondragon ne lui apportera jamais la passion à laquelle toute femme aspire, il lui permettra, croit-elle, de protéger Longwood de son ennemi éternel, l'Angleterre. Hélas, dès leur nuit de noces, Belliane découvre que Lazare ne lui donnera jamais d'enfant : s'il l'a épousée, c'est pour capter son héritage au profit de son propre fils.

Bien décidée à se battre pour garder Longwood, Belliane voit son espoir renaître lorsqu'elle rencontre Rand, un chevalier. Au fil de leurs rendez-vous secrets, Rand la guide sur le chemin de la sensualité, éveillant en elle une femme libre, rebelle et passionnée. Et suscitant au plus profond de son cœur le désir de concevoir un héritier pour Longwood. Sans imaginer que le piège qu'elle a si ardemment voulu éviter va maintenant se refermer sur elle…

Best-Sellers n°485 • historique

Piège d'émeraude - Nicola Cornick

Yorkshire, 1810.

Alice Lister est révoltée par la proposition de l'arrogant Miles Vickery. Certes, un an plus tôt, elle s'est éprise du marquis avec une passion naïve, convaincue qu'il était un homme courageux, loyal, sincère... Mais, après une cour passionnée de plusieurs mois, Miles s'est montré sous son vrai jour en disparaissant sans un mot d'explication pour poursuivre une héritière plus riche qu'elle. Depuis, Alice lui a clairement fait comprendre qu'elle ne voulait plus jamais le revoir. Alors comment ce chasseur de dot ose-t-il se présenter chez elle et lui demander sa main ? La croit-il assez sotte pour se laisser tromper une nouvelle fois ? Quoi qu'il en soit, Alice est déterminée à l'éconduire sans ménagement. Mais, alors qu'elle savoure déjà sa vengeance, le mufle abat sa dernière carte : si elle refuse de l'épouser, il dévoilera son appartenance aux Glory Girls. Un secret qui pourrait bien l'envoyer tout droit en prison…

Composé et édité par les
éditions Harlequin
Achevé d'imprimer en juin 2011

CPI
BRODARD & TAUPIN

La Flèche
Dépôt légal : juillet 2011
N° d'imprimeur : 63559

Imprimé en France